m

—————— 阅读之前 没有真相

午 夜 文 库

/ 浪击而不沉

[日] 原田舞叶 著
星野空 译

新 星 出 版 社　NEW STAR PRESS

1	一九六二年 七月二十九日 瓦兹河畔奥维尔
11	一八八六年 一月十日 巴黎 第十区 豪特维尔街
275	一八九一年 二月三日 巴黎 第二区 维多利亚街

一九六二年 七月二十九日 ———
瓦兹河畔奥维尔

一名男子伫立在广阔的麦田中，麦田刚被收割过，连一束麦穗都没剩下。

这是一片空荡荡的风景，飞机悄无声息地划过地平线，留下一道白线。努力爬过半空的太阳朝着他那日渐稀疏、白发苍苍的脑袋射出锐利的光芒之箭。他背上汗津津的，白色衬衫牢牢贴在上面。

汗水顺着额间的皱纹落下，他凝视着田间小路，大片的麦子不知延伸向何处，仿佛一直等着谁到来。

耳边吹着嘈杂的风，短小的影子清晰地投落在尘埃飞扬的小径，唯有手中拿着的麻布上衣在晃动。

教堂的钟声宣告正午来临，他向后转身，挺了挺背，又低着头闭上眼。他面朝的方向是一片公共墓地，他默默祈祷，直到第十二下钟声彻底平息。

男子朝着位于村公所前的拉乌客栈走去，入口处一个看起来像是店主的男人正和一个四五十岁的东方人争执。

"我不是什么可疑的人，我只想请你让我看看这家店楼上的房间，一下就好。"

他用不怎么正宗的法语请求着。

拉乌客栈的店主挺着圆鼓鼓的肚子，一直重复："都说了不行了。"

"为什么？我是从日本来的，我是梵·高的研究者，所以想看看梵·高去世时的房间。"

男子走近这两人，用法语打招呼："你好，阁下。这人说他是从日本来的研究梵·高的学者。梵·高的确是在这家店的三楼去世的吧？虽然对于一般公众没有开放，但给研究者看看的话还是可以的吧？"他又补充道，"还是特地从日本来的……"

"你怎么回事？"店主用惊讶的眼神看向他，"你怎么会知道这件事？"

"这件事在研究者中可是很有名的哦。"他微笑着回答。

"是吗，那么我再说一次，不行。"

店主回复得斩钉截铁。

"我们这里在做提供伙食的寄宿生意，那间房本来就因为不吉利而没人租，然后还总有研究者赶过来说想要看看。起初我觉得无所谓，就让他们看了；但最近总是有人来，如果全都接待，我们就没法做生意了。"他连珠炮似地说，又道，"不过特地从日本赶来我还是觉得很感动的，毕竟是这种乡下地方。虽然楼上的房间不能让你看，不过你吃了午饭再走吧，我们家的炖肉可好吃啦。"

"你懂英语吗？"男子试着用英语问那个日本人。

日本人当即回答："嗯，比起法语好多了。"

男子向日本人转达了店主的意思，日本研究者虽然很失望，却也爽快地表示："既然这样，那就吃顿午餐吧。"

日本人被带进店里，男子也随之坐在了旁边的座位上。

男子点了红酒炖肉，身旁的日本研究者也点了同样的菜，随后他从黑色皮包里取出笔记本和铅笔,在桌上写着什么。男子用眼角余光偷瞄笔记本。

笔记本里密密麻麻地写着竖排文字,日本研究者不时用铅笔末端挠挠雪白的头发,再自右向左书写文字。曾是机械师的男子想起"一战"前,自己作为技术指导去日本时,第一次看到日本人书写的文字后,才恍然大悟为什么日本的绘画作品有许多竖构图。

日本研究者察觉到男子对笔记本表现出了兴趣,于是停下笔,问:"你是从哪里来的?"

"拉伦,在荷兰。"男子回答,"离阿姆斯特丹三四十分钟车程的小镇。"

"拉伦?我没去过……"

"那么荷兰呢?"

"嗯,去过,毕竟我也算是梵·高的研究者嘛。我去过阿姆斯特丹和埃德。"

在埃德,有一家由梵·高作品的著名收藏家库勒·穆勒夫妇于一九三八年开设的美术馆。日本研究者说他去到那里后,才第一次完整地观赏到梵·高的作品。"哎呀,真是说不出话来。感动,这两个字就够了。"或许是因为当时的记忆复苏了,他的声音中饱含热忱,"不过,虽然我知道比起法国,美国的美术馆里收藏有更多梵·高的作品,但我还没能去过,因为机票太贵了……不过我个人的愿望是,有生之年能去纽约现代美术馆看看《星月夜》。"

他一脸憧憬。

"我在卢浮宫看到了《罗纳河上的星夜》《自画像》《梵·高的卧室》《加歇医生像》,还有……《奥维尔教堂》。"他微笑着说道，准确地背出了画作的标题。

"日本的美术馆里没有吗？"

"有哦，但只有一幅。"对方又立即回答，"是晚期描绘玫瑰的一幅作品，收藏在战后建成的美术馆——国立西洋美术馆里。"

《玫瑰》这幅作品是战前一个名叫松方幸次郎的日本企业家的收藏品。购于法国，和其他画家的作品一起保管在法国国内的某个地方。之后发生了战争，日本是战败国，松方拥有的多幅法国名画都被法国政府没收了。战后，日法之间就返还事宜进行了交涉，多达四百多幅的松方的藏品中，法国指定留下了十八幅，其余全部被"寄赠返还"，梵·高的《玫瑰》就是其中一幅——日本研究者详细地解说给男子听。

"卢浮宫里的《梵·高的卧室》，那本来也是松方的藏品。不过法国不舍得，据说把这幅画留下了。虽然对日本人来说，觉得这事岂有此理，但毕竟画的是梵·高在阿尔勒生活时的房间，能留在法国的美术馆，而且是世界第一的卢浮宫，这对画家来说也更好吧。"

可能是红酒的劲儿上来了，研究者口齿伶俐，以相当熟练的英语说着。男子则一边用叉子把炖肉往嘴里送，一边默默倾听。

"对了，"侍者把账单放到桌上时，男子开口问，"你知道一个姓林的人嘛？"

"嗯？"研究者反问，"林？"

"是的，一个叫林忠正的日本画商，听说他曾于十九世纪末在巴黎的画廊里卖日本的美术作品……"

研究者皱起眉，陷入沉思，仿佛这是个什么重大的问题。

"不……很遗憾，我不知道他。这个人和梵·高有关吗？"

男子苦笑道："我不是研究梵·高的专家，所以也不知道。我是一名机械技师……不对，我在两年前，七十岁时退休了，应该说我以前是一名技师。"表明了身份之后他又说，"我以前好像看到过'林'这个名字，觉得日本的研究者或许会知道，所以才问的。"

"咦，我还以为你也是研究梵·高的专家呢，毕竟，如果不是相当程度的爱好者或者专家，是不可能特地在梵·高的忌日从荷兰赶来这个村子的。"

"咦，是这样啊。"他故作惊讶，"今天是梵·高的忌日吗？"

"那你为什么来这个村子呢？"

"我是来吃这家店的炖肉哦。"听到研究者的问题，男子笑着回答。

两人各自结了账，之后在客栈门口握了手。研究者很有礼貌地致歉："到最后才自我介绍，真是不好意思。"然后说，他姓式场，本职工作是精神科医生。

"你呢？"式场问，"该怎么称呼？"

男子一时语塞，然后回答："文森特。"

"哇哦！"式场欢呼，"和梵·高同名呢。"

他的脸上浮现出微笑，宛如透过树叶缝隙洒下的阳光。

"是的，这是荷兰人里很常见的名字。"

男子走过瓦兹河畔、奥维尔车站前的道路，顺着一道缓坡往下。这条路一直延伸到河那一边的村庄梅里。

晚上七点，离驶往巴黎的末班火车还有大约一小时。他早就决定今天要在村里逛到能赶上末班车的时间，于是朝着瓦兹河走去，想用剩下的时间去河边看看。

太阳强壮的手臂此时温柔得仿佛正轻抚幼儿的手心,男子所居住的拉伦也一样,这个季节的北欧,白天很长,太阳总也不落。在紧邻湖泊的拉伦镇上,人们喜欢在黄昏时分躺在水边享受日光浴,似乎不舍得短暂的夏天离去。然而,在瓦兹河河畔却不见人影。

走到通往邻村的渡桥中央时,他停下脚步。

西风依旧猛烈地吹着,他终于穿上拿在手里一整天的麻布上衣,身体倚在了桥栏上。吹着风,男子眺望着河的下游。

蜿蜒的河道边,可以看到红色的屋顶鳞次栉比。而奥维尔这一侧,沿着河道的森林里,白杨树的树枝如挥手一般轻轻摇曳。他一直望着河边的景色,然后突然转过身,仿佛远处有人正呼唤他一般。

河上游的天空拥抱着夕阳,拉起轻柔的暗红色面纱。水面喧嚣着,反射着如丝绢般顺滑的阳光。

他凝视着流动的河水,然后仿佛下定了决心,从上衣的内侧口袋中取出一封信。古老的信纸上是用蓝色墨水书写的法语。

一八九〇年一月十一日 巴黎

亲爱的提奥多尔
终有一天,你哥哥的画会被世人认可。
请你变得强大,我会在这个城市和重吉一起奋战。
倾我所有的友情
林忠正

这封信是在他年幼时就去世的父亲的遗物之一。

男子久久地注视着皱巴巴的信纸,像是要确认一般,一遍遍地看着简短的几行字。

一阵风忽然从正面吹来,转眼就从他手里抢走了那封信。他屏住呼吸仰望天空。

信在风中飞舞,忽上忽下地被卷远,漂然落入河中央。

他把身体探出栏杆,目送着信漂走。

那封信化为纸船漂浮着远去,纵被浪击亦未沉没。

一八八六年 一月十日 ————
巴黎 第十区 豪特维尔街

铺着石子的路上，头戴礼帽、身穿礼服、手提大皮包的男子独自伫立。

瘦小却挺拔的身姿、梳理平整的黑发、嘴边精心修剪过的黑色胡须、矮鼻梁、圆脸，这个东方人正眨巴着眼仰望耸立在马路对面的公寓。

"喂，那边的家伙，碍事！让开，让开！"

粗暴的法语扑面而来的同时，一辆马车以飞快的速度从眼前奔驰而过。男子一闪身，却就势翻倒在地，礼帽骨碌骨碌地滚远了，落在雨后石子路的坑洼处积起的水塘里。

"啊……好疼。那辆马车怎么回事啊，真过分。"

他用日语嘀咕着，知道往来的路人正毫不客气地盯着自己看。

男子站起身，拍了拍礼服的下摆，然后发现帽子已不在头上。

"阁下，你的帽子掉了哦。"

有人在身后说话。男子转过身，只见一名身裹深绿色天鹅绒大衣的年轻女子正手持礼帽站着。

"啊，这个是……"男子用日语说到一半，突然慌慌张张地端正了姿势，改用法语致谢道，"非常感谢，小姐。"并恭敬地行礼。

女子莞尔一笑，把礼帽递给了他，随后拉了拉裙摆，离开了。男子目送着她的背影，却见她一只手捂着自己的嘴，背部轻微震动，显然是在拼命忍笑。

——果然会被笑话……就因为是东方人。

男子微微叹了口气。一到这个国家，他就觉得自己置身于好奇的视线包围中。想乘马车被拒载，住旅馆被要求先付全款；去饭馆、咖啡馆，哪怕就这么走在路上，毫无疑问，自己都是格格不入的——和林阁下说的一样。

亏自己还定制了法国风的礼服和礼帽，特地从日本带来。

在这座城市，自己是"外国人"，这件事是无从掩饰的。

这个刚到法国就在心中叹息的男人，名叫加纳重吉。

从日本出发，结束漫长的航程，在勒阿弗尔港转乘火车，终于在昨天抵达巴黎。

和传闻中的一样，巴黎是一个像梦一样美丽的城市。

从圣拉扎尔站乘上街头马车的重吉一直用日语喋喋不休地惊呼着："哇！好厉害！好厉害、好厉害！终于来了！巴黎，这里是巴黎！"即使被同一辆马车上的法国人翻白眼，他也依旧无所谓。

坦白说，他一直想在这座梦幻的花之都走一走，哪怕只是短暂的一刻都好。

举办过世博会的夏乐宫，收藏着法国王室及拿破仑皇帝拥有的无数一流美术品的卢浮宫，曾燃起熊熊革命之火的巴士底广场，还有壮丽的凯旋门、巴黎圣母院、卢森堡公园……他想去的地方数不胜数。

然而，重吉这次来巴黎，并不是为了观光。

精心修整了头发和胡子，穿上礼服，把一封信藏在上衣内侧口袋里，漂洋过海来到巴黎的重吉步入豪特维尔大街。

那封信是重吉就读东京开成学校时的学长、如今在巴黎居住的一位日本人寄来的。

到了巴黎以后，你一定会因为这里与日本的迥然不同而目瞪口呆吧。

不过，你没有时间目瞪口呆地去都市观光。

我希望你能身穿礼服、头戴礼帽，毅然来见我。

即使身穿洋装，仍然无法掩饰我们是东方人的事实，但是根本没有必要去掩饰，同时也没有必要强调。

倘若能气定神闲地穿着洋装，举止彬彬有礼，便是最好。

我觉得，如今来到巴黎，身为日本人反而是"卖点"。

这是为何呢？

总之，我希望你能到我在豪特维尔街开的店里来。

详情等我们见面后再谈……

像是在测试重吉的法语能力，又可能是想避免被其他日本人看到，这封信的每一字每一句都是用法语写成的。

在开成学校的综合艺术科学系习得法语、并以成绩第一的身份毕业的重吉，毫不费力地读完了这封信。读完以后，他为两件事而感到胸口激荡。

一则是因为写这封信的人流利的法语。

二则是这人暗藏的野心……

此时，重吉就伫立在豪特维尔大街，再次仰望那栋公寓。

确认了沉重的石柱上挂着的门牌号，他穿过拱门走向中庭。一楼南侧，就是重吉从日本千里迢迢赶来的目的地：若井·林商会。

站在厚重的木门前，重吉调整呼吸。他的心脏在剧烈跳动，仿佛一不小心就要从胸口滚出来。

重吉把濡湿的礼帽重新戴好，帽檐压至眼眉，敲了两下门。

过了一会儿，只听"吱"的一声，门缓缓打开。

出现在重吉眼前的是一个金发碧眼的青年。他身材高挑，穿衬衫、打领带，外套一件羊毛背心。重吉一下子说不出话来，只是咽了咽唾沫。

然后，蓝眼睛青年微笑着用法语对他说："你好，加纳阁下，欢迎光临'若井·林商会'。"

重吉略显失望，"啊……"地应了一声，随后道："你好。请问……林先生是在这里吗？"

因为是边思考边说的，所以这法语说得结结巴巴。然而青年毫不在意。

"是的，当然。他在哦。"他开朗地回答，"请进。"

门被拉开，重吉就像被请入龙宫城的浦岛太郎，战战兢兢地踏入室内。

室内的每个角落都被日本书画工艺品塞满。

描绘着雄鹰与松林的屏风、画着龙虎相争的隔扇画、堆积如山的卷轴、镶嵌着螺钿的涂漆信匣、朱漆镜台、小镜子、铜器、银器、日本刀的护手、金粉佛画……还有中国产的黑漆椅子、紫檀桌子、屏风，以及各种文人的画。众多物品摆放得井井有条，在从窗外洒入的阳光下散发出淡淡的光彩。

"这些是……"重吉刚开口用日语喃喃自语，又立刻换成法语,"好厉害,好像迷失在美术馆。"

这时,松林雄鹰图的屏风后面响起笑声,紧接着传来听起来甚是愉快的日语。

"很有一套嘛,阿重,连自言自语都能用法语。"

重吉一惊,转向屏风。

一名中等身材的男子从屏风后现身,他身穿黑色的三件式西装,系着丝绸领带,头发梳理得整整齐齐。

男子朝满脸通红、正在发呆的重吉得意地一笑。

"辛苦你了,阿重,我一直在等你。"

男子正是林忠正。

他是专门经手日本美术作品的美术商"若井·林商会"的老板,是给眼下的巴黎美术市场带来"日本主义"潮流的风云人物。

加纳重吉和林忠正的初次相遇是在十年前。

那一天的记忆依旧鲜明,像是被牢牢刻在重吉的脑海中。

一八七四年(明治七年),重吉作为公费生,从旧加贺藩的金泽县来到东京的开成学校。

出生于兰学[①]世家的重吉自幼就是出类拔萃的逸才,他的未来一直备受期待。十八岁时,为让他研修外语与西方文化,好在毕业后荣归故里成为官员,县里援助他,送他去东京读书。

开成学校的前身是明治维新后日本政府开设的教授西方各学科的"大学南校",历经数次改革后,如今是一所教授外语和西方文化的专门学校。一八七七年又与东京医学院合并,称为

[①] 兰学,指的是日本江户时代经荷兰人传入日本的学术、文化、技术的总称,字面意思为荷兰学术,引申可解释为西洋学术(简称洋学)。

东京大学。

重吉或许是因为天生优秀，加上暗中有自己和别人不同、也不能和别人相同的心思，所以性格上有些乖僻。也因此，入学开成学校后，他毫不犹豫地选择了能学习法语的综合艺术科。

所谓综合艺术科，是相对于法律、理科、工科三大专门学科，综合学习文化知识以及语言的学科，简单来说就是一门大杂烩学科。

以重吉的学习能力，若要专修其他三门学科中的一科也是游刃有余，但他没有这么做。因为那三科都以英语为基本教学语言，之前学习德语或法语的学生，或者今后想学习这些语言的学生就不愿进入这三科。重吉在家乡已经自学过英语，自忖已熟练掌握，认为既然要学，那就学一门不同的语言吧。

年号改成"明治"已经过了七年，日本到了必须认真去追赶其他国家的时期。东京府里点着煤气，马路边种着林荫树，日本不能再继续在世界地图上被当成空白了。

开成学校里有这样一个制度，会挑选十名左右的优秀学生去发达国家留学。去法国留学的名额只有一个，虽然成败难料，但重吉从一开始就盯上了它。

学习外国的文化却不出日本，那不过是井底之蛙。

若真要学，就必须留学。不是去美国或者德国，而是去法国。

我要用这双眼睛去外国看看，去了解真正的世界，然后为金泽、为日本做贡献。

为此，不管怎样我都要去巴黎。听说巴黎的产业与文化居世界第一，这不就表示它是世界的中心吗？

重吉胸中燃着这样的斗志。若论决心，他已打算"得天下"

了,即使被同学在背后说是古怪的"法国痴",或是冷漠孤僻的家伙,他都完全不在意,只是埋头学习法语。

刚开始学习法语,或许还有几分别扭的心情,但在学习的过程中,他因为法语的深奥而渐渐沉迷。

法语简直就是语言的艺术。顺滑的发音,拼写,结构……感觉像是一幅山水画。

法语老师作为参考书送给他的好几本法语书,加上让·雅克·卢梭等人的书,他又读了乔治·桑[①]、大仲马等人的小说,已被无法抑制地震撼。

总有一天要去巴黎——我想去巴黎。

重吉憧憬巴黎,就像是爱慕触不可及的贵妇一般。

终于有一天,主任教官庵野修成告诉他:"我推荐你去留学吧。"他还说,"你对外语的掌握即使在所有学生中都是出类拔萃的,你最有资格成为留学生。"

听了这番话,重吉喜形于色。

然后,留学地却是英国。重吉当场就谢绝了这次推荐。

——如果想要活跃在世界的中心,不是巴黎就没有意义。

同学们都在背后嘲笑执着于留学巴黎的重吉。

——能对法国忠诚到那个地步,真是个不折不扣的法国痴。

——现在英语或德语才是主流,沉迷在法语里是没法出人头地的。

——那家伙压根就没想要出人头地吧,最多也就是当个什么贵族小姐的家庭教师吧。

还有人故意凑到重吉听得到的地方窃窃私语。

[①] 乔治·桑(George Sand,1804—1876),十九世纪法国女小说家、剧作家、文学评论家、报纸撰稿人。

——想说就说吧，井底之蛙们……

重吉虽然逞强，但如果没法去留学，那也就是井底之蛙中的一只而已。

——我该怎么做。

愁闷中，重吉渐渐无心学习，他觉得自己再怎么努力都是白费功夫。

——要怎么做才能去巴黎……才能到井的外面去。

事情就发生在这样的日子里。

正要走出开成学校的校门时，背后忽然有人对他说话。

"Souhaitez-vous aller à Paris？"（听说你想去巴黎？）

他吃惊地停下脚步。

——法国人？

转过身，却见一个陌生的日本青年站在校门旁。青年凝视着吃惊的重吉，忽然笑了。

"你真有远见。"

他说着走向重吉，小声道："走吧。"

"我们要是凑在一起，又要被英国一派传些奇怪的谣言了吧……陪我来一下？"

他没等重吉回答，就把他带去了日本桥那里的一间茶屋。

这名青年正是林忠正。

忠正二十二岁，是在开成学校还是南校的时期，受废藩置县前的富山藩派遣入学，是高重吉三届的学长。虽然听说过在综合艺术科有一个姓林的高才生，但重吉却是在这时才第一次直接与他见面。

忠正也听说过低三届的学生里有一个很了不得的外语高才生。据说他从那个时候就开始关注重吉了。

"我一直都想和你说说话，看看你有多厉害。"

在茶屋坐定后，忠正自斟自饮着温酒，十分坦率地说。

重吉立刻就对不拿学长身份压人、率直地对自己表现出好奇心的林忠正产生了好感。

"听说你还谢绝了庵野老师送你去英国留学的提议？这事可传得沸沸扬扬哦……去英国留学不就等同于开拓了出人头地的道路吗？任谁都会立刻扑上去，你为什么拒绝？"

"那是因为……"重吉有一瞬低下了头，但很快他就抬起脸回答，"因为巴黎不在英国。"

忠正一个激灵，眨了眨眼，然后噗地笑出了声。因为他笑得太过夸张，周围的客人都看着这两个人。

重吉受不了了。

"林学长……请不要这样笑啊，笑过头了啊。"他虽然这么小声地说着，但不知怎么的，自己也觉得很滑稽，也一起笑了起来。

在酣畅地笑过之后，忠正眼里闪着泪光说："哎呀，妙，实在妙。是的，正如你说的，巴黎不在英国，而不是巴黎就没有意义。对此我完全同意。"

他愉快地说着，递过酒壶："来，喝吧，我的同志！我们聊聊巴黎吧！"

忠正出生于富山藩的医学名门长崎家，之后成为亲戚林家的养子，继承家业后立刻去了东京，立志学习新的学问。他下定决心，尤其是要学好外语。

忠正选择了法语而不是英语。虽然他跟重吉一样性子多少有些乖僻，但决心要掌握法语，是在有机会了解到拿破仑皇帝的故事，对曾燃起革命之火、最终被拿破仑拿下的天下第一的城市巴黎产生憧憬后才发生的。

刚开始的时候，每当他说自己在学法语时，别人的眼光的确有些怪，但最近世间的风潮是英语一边倒，再说自己学法语时，别人的眼光就像是在看怪人了——忠正抱怨着。

"对了，你听说了吗？我们就读的法语综合艺术科……到下一学期就要停办了。"

"什么？"重吉不由自主地探出身，"怎么会……我完全没听说过这件事，那我们会怎样啊？"

"谁知道呢。"忠正像是在说其他人的事一样，然后猛地仰头喝了口酒，"只能去法国了。"

林忠正认为，和世界列强相比，有过很长一段闭关锁国时期的日本应该更加贪婪地表现出自我的主张。

因此，他想去聚集了全世界的财富、人才和文化的巴黎展现出日本人奋斗的样子。

和重吉一样，忠正也在寻找去法国留学的道路。但如今掌握英语的学生呈压倒性优势，比起花费高额费用送留学生去法国，还是去英国或美国更能实现人才活用。所以政府也好、学校也好，都想叫停公费法国留学。

"果然还是天国门窄啊……"重吉咕哝着。

"要说窄，能有个钻进去的缝隙就好啊，但现在和关上了门一样。明明比起美国，法国有更悠久的历史与传统，文化也好、艺术也好，都不逊于英国……混账。"

忠正啐了一口。重吉无言以对，陷入了沉默。

两人沉默了一阵，无意识地眺望开着的拉窗外正在流动的隅田川支流。

又过了一会儿，忠正咚地起身，邀请道："真是个令人心旷神怡的夜晚，稍微走两步吧？"

吹皱河面的五月夜风轻柔地拂过二人微醺的脸颊，并肩漫步走到日本桥畔时，他们不约而同地停下了脚步。

有几艘小船拴在河岸边的桩子上，被风吹得嘎吱嘎吱响。河水击打在船身上，发出咕嘟咕嘟声。空气中飘着礁石的香味。

重吉望着在桥梁投在河面的阴影，小船们像是有生命一般彼此撞击，感觉自己心中的阴郁正在扩散——就没有能发挥自身所长的路吗？

"我说，"在一旁沉默良久的忠正忽然抬起头，对重吉说，"浪击而不沉——你知道这句话吗？"

重吉猝不及防，这次轮到他眨巴眼了。

忠正扑哧一笑。"是在说巴黎哦。"

"巴黎？"

"是的……巴黎即使被浪击，也不会沉没。"

花之都，巴黎。

流过巴黎市中心的塞纳河曾数次泛滥，给城市与住在那里的人们带去苦难。

水灾在巴黎并不罕见，每一次，人们都齐心协力地重建城市。几十年前实施的大型城市计划又使得城市的外观变得更辉煌美丽了。

巴黎，作为欧洲及世界的经济文化中心，是个如同宝石般灿烂炫目的城市，但洪水的威胁至今仍伴其左右。

只要塞纳河还在流动，巴黎就无法逃离水灾这一魔物。

即使这样，人们依然爱巴黎，一直都爱。

靠塞纳河生活的船夫们更是和巴黎共命运。他们往返于塞纳河上，运货、捕鱼、生活。所以，如果巴黎因为水灾而受苦，那他们无论如何都要努力去拯救。不管是什么时候，不管发生多少次。

不知从什么时候开始，船夫们纷纷在自己的船上挂起平时总在念叨的咒语——浪击而不沉。

不论巴黎陷入怎样的困境，即使动荡，但绝不沉没，宛如浮在塞纳河中心的西岱岛。

每次发洪水，西岱岛都像要沉于水底，遇上狂风大浪，便会如船只一般颠簸，但它绝不沉没，总会再次现身于船夫们眼前。在船夫们眼里，水灾之后的西岱岛显得格外神圣庄严。

是的，那就是巴黎的模样。

不论什么时候、不论发生几次，虽顺流漂泊、委身于激流，但绝不沉没，并会很快再次站起。

这样的城市。

才是巴黎。

"喂，阿重……总有一天，我一定会去的。我会去给你看，去那个浪击而不沉的城市……巴黎。"

听到"阿重"这么亲切的称呼，重吉把视线从漂浮在水面上的小船转向了身旁的忠正。

忠正的侧脸毅然迎着风，他的眼眸因为看到了未来而熠熠生辉。

一八八六年 一月上旬
巴黎 第二区 蒙马特大街

宽敞的店铺墙面上挂满了油画，密密麻麻，毫无空隙。

其中多数是裸体女神像和裸体诸神像，灿然浮现于微暗的立体背景上的裸体洁白耀眼。丰满而形状姣好的乳房、曲线明显的细腰、光洁的肌肤，明亮的光芒洒遍女神的身体，那上面没有一丝伤痕或斑点。性器官之类的好像理所当然地不存在似的，从应该存在的部位上消失了。

玫瑰色的脸颊泛着晚霞似的红晕，清澈的眼眸闪烁有如星光。调皮的丘比特从天而降，偷偷亲吻女神润泽的嘴唇，女神吃惊却又陶醉地接受了这个可爱的吻。

还有在画中和恶魔英勇搏斗的阿波罗。他有强健的肌肉，身着闪着幽光的甲胄，勇猛地挥起了剑。

还有的画，描绘似乎此刻正要从弥漫着蒙蒙雾气的威尼斯港口起航的帆船，波塞冬在船头岿然傲立，手指遥远的理想乡，宣告着启程的时刻。

一个男人的身影伫立在这些画前。

他身穿深灰色三件式西装和浆得笔挺的立领衬衫，黑色的织纹领带系在脖子上。颀长的身材与做工讲究的西装相得益彰，搭配整齐的红发和茶褐色的眼眸。他双臂交抱，从一端把密密麻麻挂了一整墙的画看到另一端，然后重重地叹了口气。

——唔……内容虚构的画。

这些画的全都是些扯淡的鬼故事，陈腐、无聊到不可救药。

自己却必须向人展示、推销这些毫无趣味的画。

男子无力地抬起眼，望着被装饰在浮夸的金色画框里的维纳斯。然后抬手摸着精心修剪的胡子，锃亮的皮鞋不住地踢着木地板，看起来很是心绪不宁。

这里是"古皮尔商会"蒙马特大街分店的内部。

"古皮尔商会"以巴黎为总部，在荷兰海牙、比利时布鲁塞尔、伦敦，甚至纽约都有分店，是当代在世界范围内获得成功的著名画廊。

男子是蒙马特大街分店的经理，名叫提奥多斯·梵·高。

五年前，才二十四岁的他成为这家店的经理，就一直认真、时而大胆地推销着画。

当时，在第三共和国政府[①]统治下的巴黎呈现出空前繁荣的景象。铁路网在整个欧洲铺开，人、钱、物全都汇聚在巴黎。不只是欧洲，发展势头正盛的美国也不断有富裕阶层及立志成为艺术家的年轻人蜂拥而来，大家都想来花之都巴黎。

集中到巴黎的资本被用在了各种投机生意上，有钱人变得更有钱。人们讴歌着都市文化、纸醉金迷，市场更为繁荣。

如巴黎这么繁华的城市，即使放眼全世界，恐怕都没有第二个了吧。

[①]第三共和国，指法兰西第三共和国，是一八七零年法兰西第二帝国在普法战争中崩溃后建立的政体，直到一九四零年七月十日法国在第二次世界大战中被纳粹德国击败，随后维希法国成立。

——简直就像收了有钱恩客送的礼服以及宝石等礼物的高级妓女。

对于这个让人们失去理智、大肆挥霍的城市，来自荷兰的提奥也在自己的身上感受到了非同一般的执着；但另一方面，他又觉得像是在冷眼旁观。

因为憧憬巴黎、热爱巴黎，无论如何都想要在这个城市工作，提奥卖掉了全部财产，来到了这里。

如今他已对巴黎十分熟悉，这座城市对任何人——不论是异乡人还是异教徒——都能轻易包容，但这种宽容反而让提奥觉得无趣。

"因为自己是特别的，所以才能被这所城市接受。"——可以沉浸在这种优越感的时期非常短。

自己并不特别，既没有商业才能，也没有过人的能力。无非就是偶然在这个时期——十九世纪就要在十几年后结束了——遇上了巴黎而已。

工作顺利、被公司信任、身为外国人却当上了大画廊的经理，他也曾经因为这些立场感觉仿佛一跃到了花之都的中心。和有钱人打交道，把价格虚高的法国艺术学院派画家们的画推销给他们，他曾经因此感觉良好，仿佛自己也成了出入巴黎社交圈的名人一般。

但实际上，就算能和出入社交圈的名人打交道，他也不可能因此而变强。

诚然，会有一些收入，即使和同龄的伙伴相比也绝不算差。不，甚至可以说比他们好。

然而，哪怕用光一个月的工资，也买不起这面墙上最有名的画家——是的，就是那个权威主义者让·莱昂·杰罗姆[①]——的一张画。

提奥愤恨地再次望向一整墙的画。在正中央那幅巨大的画布上，肌肤润泽、通透的女神立像，就是法国艺术学院派权威杰罗姆亲笔画的。

可是……今早刚到了一幅布格罗的新作，但提奥一看这面墙，嚯，满得连一只蜘蛛都爬不进去嘛。

画和画之间如果挂得毫无间隙，会凸显不出画的品质。他此前鼓足勇气提醒过老板……可老板却说，对顾客而言肯定是选择越多越好，让他无言以对。

然而，如果新到的作品不挂起来，老板就会喋喋不休地发牢骚："那幅画怎么回事？为什么还放在仓库里？"

真是的，要怎么做才好啊？

敲门声响起，提奥应了一句"请进"后，西装得体、性格耿直的员工皮耶罗快步走了进来。

"夏索夫人到了。"

"请她进来。"提奥说着，整了整领带。

过了一会儿，出现了一位身着波尔多塔夫绸和天鹅绒制礼服的妇人。提奥漾起满脸笑容，踩着有规律的脚步声向她走近，接过她动作优雅地递来的戴着小羊皮手套的手，轻轻地吻在了手背上。

"欢迎光临，夫人，我一直在等您。"

听到提奥恭敬礼貌的问候，夏索夫人满意地眯起了眼。她轻声对一旁的侍女吩咐了几句，然后环视覆盖整座墙的绘画

[①]让·莱昂·杰罗姆（Jean-Leon Gerome，1824—1904），法国学院派画家和雕塑家。

作品。

"那么你推荐的画是哪幅，提奥多尔？"妇人问。

法国人绝不会像荷兰人那样，把提奥的名字叫成"提奥多斯"。

"你也知道我们上个月在尚蒂伊买了座古堡的事吧？我想尽快买些画，装饰会客室、客厅和餐厅。其实我是想和丈夫一起来选的，真是的，男人忙起来可真是……他说交给古皮尔就准没错，让我来找你商量。你说这人过分吗？"

她说着，抬眼望向提奥。提奥露出笑容。

"能被您丈夫信赖，真是不胜荣幸。"

他把手抚在胸前，诚恳地说道。

夏索阁下是一位靠贸易致富、在巴黎市内经营百货商店的实业家，购买装饰在自家大宅里的绘画主要由夫人负责。

是的，和花丈夫赚来的钱随性买画的贵妇打交道，身材颀长、衣着优雅又散发出些许性感气息的年轻经理再合适不过。

时下，巴黎有许多像夏索一家这样的新兴富裕阶层，他们大多住在由塞纳省省长乔治·奥斯曼主导的巴黎大改造中建成的雅致公寓里，并在郊区拥有避暑别墅。他们想用法国艺术学院派知名画家的画装饰在家中的会客室、书房、寝室、餐厅，甚至所有墙面上。总之，"古皮尔商会"的顾客想用画来填满墙面，就差明言"留白就是贫穷的证据"了。但也并非只要是画就好，他们只要有"名"和"权威"的画家的作品。必须得是能让被请入会客室的客人感叹："啊，真是太棒了，这幅作品是谁的？"然后送上"对您的审美我深表敬意"这种赞叹的画家。而如果想收藏这种画家的作品，"古皮尔商会"是最好的选择。毕竟，这个画廊的创立者阿多尔夫·古皮尔的女婿，就是闻名天下的让·莱昂·杰罗姆。

正是这样,在"古皮尔商会"买画准没错——

"正好今天早上到了一批很适合您家新别墅的作品。"

提奥想起刚刚打开,还在思考要挂哪里好的布格罗①的作品。

——正好,不用挂了,直接卖给对何为名画一无所知的暴发户夫人吧。

"啊,真的?在哪里?"

夫人扫视了一圈墙上的画问。她的礼服很合身,裙摆自腰间蓬起。提奥轻轻把手搭在她的背后,说:"为了能让您第一个看到,我就没挂到墙上。来,这边请。是一幅非常棒的作品,毫无疑问您会喜欢的……"

提奥说着,把夫人请进里面的会客室,向她展示了布格罗的作品。

浮于海面的贝壳船,船上站着裸体女神。她的肌肤白皙光洁,金发随风飘逸。飞舞在女神周围的丘比特,屁股就像桃子一样。

"哇……这也太棒了,令人叹息。"

夏索夫人细细观看着涂抹均匀、几乎看不出笔触的画布,真的发出了叹息。

提奥微微叹气,不过他很小心,没让夫人察觉。

"您可中意,夫人?"

"是的,当然。这个我要了。还有其他的吗,同一个画家的。"

提奥感觉自己正强忍苦笑。真是的,这位夫人,连"中意"

---

①威廉·阿道夫·布格罗(William Adolphe Bouguereau,1825—1905),十九世纪末法国学院派画家。布格罗的绘画常用神话为灵感,以十九世纪的现实主义绘画技巧来诠释古典主义的题材,并且经常以女性的躯体作为描绘对象。

的画家的名字都没有问。

最终，夏索夫人购买了三幅布格罗的作品、一幅杰罗姆的作品，还有两幅帕斯卡·达仰·布弗莱①的小作品。

提奥去准备付款单的时候，夏索夫人慵懒地坐在会客室的长椅上，小口喝着画廊仆人送上的热可可。

"提奥多尔，说起来……"夏索夫人把花朵造型的咖啡杯放回到杯碟上，缓缓地问道，"你对被称为'印象派'的画家们有什么看法？"

提奥突然僵住了，手中握着刻有精美花纹的细长银制笔，抬起头。

"这个……没想到您会留意这个新兴画派。"

"哎哟，"夫人的语气有些不满，"我对流行是很敏感的哦。我至少知道时下奇怪的画家们不怎么安分呢。"

"我知道，您对艺术的热心程度是一般人的好几倍……不过您竟然对印象派感兴趣。"

"唔，你误会了。"夫人的声音愈发不满，"我知道印象派，但不表示我感兴趣。那种乱蓬蓬的，好像颜料起毛的画……还有连中心都找不到的构图，看着就觉得不舒服。"

"您去看过展览会吗？"提奥继续动笔，同时问道，"不过最近几年也没开过印象派画展。"

"我怎么可能去那种展览……"夫人的声音略显僵硬，"我可没闲到为了看那种让人毛骨悚然的画特地去展览会。"

"是我失礼了……正如您所言，夫人，印象派确实令人毛骨悚然。"

---

①帕斯卡·达仰·布弗莱（Pascal-Adolphe-Jean Dagnan-Bouveret, 1852—1929），十九世纪末法国学院派绘画大师之一。

提奥淡淡地说完，把笔放下。

"是吧！你和我意见相同咯？"

提奥把带有"古皮尔商会"标志的便笺仔细折好，放入白色信封，然后起身冲夫人微笑着说："这是自然，夫人，印象……那种东西，不能算在艺术的范畴里。"

夫人用戴着皮手套的手轻轻握住了装有付款单的信封。

一八七八年五月一日，提奥在巴黎迎来了二十一岁生日。

再没有比五月的巴黎更美的事物了，提奥曾听"巴黎通"森特伯父这么说过，此话绝非虚言。

连通凯旋门的笔直道路边，七叶树绿荫蔼蔼，绽放的花朵如同沾上淡淡晕红的棉花。

街上行人的穿着渐渐轻便、色彩明亮，尤其是女性的着装，宣告着初夏的到来。蓬起的裙摆，凉爽的雪纺绸布料，光是坐在咖啡馆的天台上眺望路上往来的人们，就能让人精神焕发。

此刻自己正在巴黎，切切实实地身处憧憬中的花之都——每当想到这一点，提奥就感到心中油然而生不可思议的优越感，仿佛已在世界的中心占据了一席之地。

提奥二十一岁生日那天，世博会在巴黎开幕。

一八五五年，巴黎第一次举办世博会；此次则是第三次。每一次评价都会高于上一次，为了到世博会一饱眼福，大批观众朝巴黎涌去。

第一次举办世博会时，巴黎在拿破仑三世的统治下。为了超越四年前伦敦的那届，巴黎人赌上了威信，精心筹划，隆重地办了一场。会场定在塞纳河左岸的战神广场，有三十七个国家参加，最终参观人数达五百万。会上聚集了来自世界各国的特色产业、名品珍品,观众们为各种新鲜事物而陶醉、狂热。

对第一次举办的成功而深感满意的法国,一八六七年再次举办巴黎世博会,取得了更大的成果。

之后法国虽然经历了"普法战争"、"巴黎公社运动"等困难时期,但克服了这些以后,巴黎迅速如不死鸟一般复活。

第三次举办世博会,为了让绝不沉没、成功复兴的巴黎给全世界留下印象,拿破仑去世后,执政的第三共和国政府决心无论如何都要成功,要举全国之力筹备这一盛典。

以塞纳河为中线,左岸的战神广场上,各国——当然,因为"普法战争"的关系,德国不在受邀之列——的展馆鳞次栉比,右岸则围绕特罗加德罗花园建起了壮丽的夏乐宫。

此次巴黎世博会还展示了十年来取得显著发展的科学技术和尖端产业的成果,还有无数来自遥远异国的珍奇工艺品和文物,简直就像世界各国的精华都汇聚在了巴黎一样。

是的,就世博会来看,巴黎的确就是世界的中心。

刚满二十一岁的提奥无法相信,自己竟然身处世界的中心。

就在不久之前,自己还处于失意的深渊——他自暴自弃,对什么都不在乎,工作、人生、人际关系,一切都放任不管。

然而来到巴黎,不仅因为工作而和世博会有了关系,此外他还发现了使用"新表现手法"的"新兴艺术派",心灵受到无比的震撼。

真是令人难以置信的展开,幸运的是,这些都是现实。

提奥生于一八五七年,父亲是一名牧师,名叫提奥多洛斯(人们都叫他多洛斯)·梵·高,母亲叫安娜,两人都是荷兰人。他的家乡在荷兰南部,北布拉邦特省的津德尔特村,靠近比利时。

提奥在家中六个孩子中排行老三,和兄妹感情很好,尤其和比他年长四岁的哥哥文森特更是可以产生共鸣、分享一切的挚友。不,与其说挚友,更像是两人之间存在着不可思议的纽带,就像双胞胎一样,彼此都觉得对方是自己的一部分。我和哥哥是无法分割的——在满二十岁的那天,提奥认识到了这一点。

梵·高家每一代都有牧师,另外还有从事画商谋生,并取得成功的。提奥的曾祖父和祖父一辈子都是牧师,父亲家里的三个叔叔是画商。

父亲多洛斯身为神的仆人非常虔诚,但家中经济情况不太好,提奥和兄妹的成长都仰仗伯父帮助。

伯父森特经营画廊,非常富有。文森特十六岁时,森特把画廊卖给了合作伙伴,于是文森特开始在总部位于巴黎的"古皮尔商会"(旧梵·高社)的海牙分店工作。

森特伯父没有子嗣,也因此他非常疼爱侄子侄女。提奥的父亲仅凭牧师的收入根本无法养活那么大一个家庭,森特伯父没有袖手旁观。

森特伯父对提奥和文森特的经济支援毫不吝啬,就像对待自己的孩子一样。但他们兄弟俩却莫名地感到别扭。伯父的资助越多,就越显得父亲窝囊。哥哥曾神情复杂地表示:"我一直在想,就这么接受伯父各方面的资助真的好吗?"对此,提奥深表同意。

但就结果而言,文森特还是依照森特伯父铺好的轨道成长。

自从亲密无间的哥哥去了海牙,提奥便非常寂寞;一到夏天,他就迫不及待地等着文森特返乡。

久别重逢后,提奥觉得哥哥成熟了,也健壮了。在瘦弱的提奥看来，文森特已经不是挚友或双胞胎兄弟，而是成了他憧憬和尊敬的对象。

假期结束，提奥依依不舍地和要回海牙的哥哥告别，文森特轻轻地拍了拍他的背，说："不论我在哪里，都不会忘记你的，提奥。你是我最好的朋友。"

——想成为文森特那样的人。

想成为强健聪明，能出色完成工作的人。

提奥心中的憧憬与日俱增。和文森特一样，提奥也喜欢观赏艺术品，并对荷兰及法国的绘画感兴趣。提奥十六岁时，在森特伯父的指引下，去了"古皮尔商会"布鲁塞尔分店工作。虽然没法和哥哥经常见面，但和哥哥走上了同一条道路，提奥因为这个想法而倍感骄傲。

在画廊的工作让提奥的天性得以发挥。他机灵又会察言观色，能理解顾客的喜好，和高层之间的协作也很顺畅。"古皮尔商会"的老板阿多尔夫·古皮尔只是看到提奥工作的身影，就感觉他比哥哥更适合当画商。

在布鲁塞尔分店工作了十个月后，提奥被提拔到了海牙分店。同时，已经二十岁的文森特被调去了伦敦分店。因为高层认为，兄弟俩在同一家分店工作可能会拉帮结派，绝不是什么好事。

满心以为终于能和哥哥一起工作的提奥大失所望，不过海牙和伦敦分店之间有许多合作业务，两人开始了频繁的书信交流。

我知道你非常沉迷美术——文森特在信上写道——也很高

兴你喜欢米勒①、雅克②、施莱尔③和弗兰斯·哈尔斯④等人的画。

不论是否与工作有关,提奥都会时常去美术馆,贪婪地观赏荷兰及法国前卫画家们的作品。

他也不知道为什么自己对美术如此着迷,但是就好像干渴的喉咙想要寻求水的滋润,他想不顾一切地直面绘画——如果现在不去看,如果现在不去找到它……

不可思议的是,他从没有想过自己画画。他只是无可救药地喜欢欣赏画,更喜欢去寻找自己喜欢的画。当他发现厉害的画家时,就好像听到神谕一般,连灵魂都会颤抖。

——文森特一定也是这样。

提奥对哥哥和自己有着相同想法这一点深信不疑。是的,我和文森特都拥有发现优秀画家的眼力。他还想着,说不定有一天,他们两人能离开古皮尔,一起经营画廊。

终有一天,兄弟俩可以一起工作。

但是,和提奥的期待相反,文森特正渐渐偏离画商之路。

原本深谋远虑、信仰坚定的文森特,却在伦敦因失恋而陷入苦恼的深渊。他的惨状让森特伯父看不下去,于是安排他转到了巴黎总店。但即使这样,他还是无法摆脱消沉,最终他从"古皮尔商会"辞职。那时文森特二十三岁。

似乎与其呼应,提奥也陷入了严重的抑郁状态。他的初恋情人忽然离世,他一下子觉得神明也好、美术也好、工作也好、

---

①让-弗朗迪克·米勒(Jean-François Millet, 1814—1875),法国巴比松派画家。他以写实手法描绘的乡村风俗画闻名法国画坛,被认为是写实主义艺术运动的参与者。
②雅克-路易·大卫(Jacques-Louis David, 1748—1825),法国画家,新古典主义画派的奠基人和杰出代表。
③阿道夫·施莱尔(Adolf Schreyer, 1828—1899),德国十九世纪杜塞尔多夫画派的画家。
④弗兰斯·哈尔斯(Frans Hals, 1580—1666),荷兰黄金时代肖像画家,以大胆流畅的笔触和打破传统的鲜明画风闻名于世。

人生也好，一切都变得不可信赖。

这段时期，文森特和提奥都没有心情理会对方，两人有些生分。

文森特埋头研读《圣经》，觉得唯有上帝的国度才是自己的心灵归属地。但即使这样，或许比起提奥来他还是幸福的，因为他的心灵有归属。

提奥仿佛被孤零零地抛弃在茫茫黑夜的海洋中，只能在忧伤的海浪中漫无目的地漂流。

然后，在满二十一岁前，他去了巴黎。

对心爱的侄子的未来感到担心的森特伯父，借"古皮尔商会"要参加巴黎世博会的契机，给他安排了一个职位。

森特伯父认为，虽然提奥看起来已经彻底丧失了对工作及美术的兴趣，但如果环境有所改变，他一定能像原来那样，再次认真工作。

要让烦恼的年轻人振作起来，巴黎这味特效药是必需的——不过这味秘藏特效药没有在文森特身上起效。

巴黎世博会主办国法国馆里，集中了多家法国杰出企业的展台。"古皮尔商会"作为其中一员，展出了法国艺术学院派画家们的杰作，琳琅满目，让人目不暇接。

提奥的工作是向从世界各地而来的观众介绍这些令法国自豪的画家的作品，进而销售出去。这是个十分重要的角色。

提奥觉得好像突然被人从幽暗的海洋中拉了出来，然后又被扔进了光彩夺目的游乐园中。

没有时间磨蹭了。世界各地的观众为了巴黎和世博会蜂拥而至，他们会来"古皮尔商会"，会来到自己面前。

——必须行动起来。

名为"巴黎"的特效药,"世博会"这道魔法对提奥有了奇效。

提奥干劲十足地接待观众,拼命解说,竭力兜售着作品。回过神,才发现自己已经全情投入。提奥越是投入,观众也越投入地听提奥的讲解,如痴如醉地观赏陈列着的绘画。

有一次,一个头戴礼帽、身穿礼服、身边跟随着许多随从的高大男子来到世博会上"古皮尔商会"的展台。这名蓄着恺撒胡的男子正是当时的法国总统帕特里斯·德·麦克马洪。

麦克马洪总统忽然问负责"古皮尔商会"展台的提奥。

——这个是学院派的画家吗?

——是的,总统阁下。这是亚历山大·卡巴内尔的作品。他能从神话以及历史故事中寻求题材,并画出完美的人物画像以及风景,真的是很少有的艺术家。

——那个是谁的?这个画家我第一次见。这幅"波浪"的作品看起来似乎平淡无奇……

——不,总统阁下,恐怕您曾经在什么地方看到过,他叫居斯塔夫·库尔贝,是写实主义画家。如您所言,这幅画乍看之下似乎平淡无奇。但是,画家意在尽力摒弃无谓的装饰,只是画下纯粹的"波浪"。

提奥回答得很干脆,几乎没有感到紧张。在那个瞬间,全世界的视线都确实地聚集在了这个才二十一岁的年轻人身上。总统满意地点了点头,离开了。

——厉害啊,提奥多尔。竟然能毫不露怯地和总统对话!你是古皮尔的骄傲!

就在提奥附近,却没能和总统说上一句话的上司重重地拍了拍他的背。

的确，提奥感到幸运女神对自己露出了微笑。

但同时，他又觉得在面对总统时能镇静地说出违心之论的自己很可怕。

那段时间，某个画派强烈激发出提奥的兴趣。

这些画家们找到了和"古皮尔商会"销售的学院派画家们截然不同的表现方式。在社会上，他们经常被称为落魄画家的乌合之众，又或者被说成一群看着就觉得很可怕的堕落画家。

但是，作为古皮尔的世博会工作人员来到巴黎的提奥在看到他们画作的复制品时，却感到了胸口无法抑制的骚动。

光是看复制品就会如此心悸，那如果见到真迹，不是连心跳都要停止了吗？——他甚至这么怀疑。

他们的画对提奥来说，就等同于如此重大的"事件"。

这个画派被称为"印象派"。

既不仔细打草稿，也不定构图，就连色彩的分布也没有好好斟酌，也就是说，它们是画家凭着自己的"印象"所做的、粗劣的、连画都谈不上的、只是单纯的"印象"而已。

——让人毛骨悚然的画。不能算在艺术的范畴里。

但是，提奥却被这个画派倾倒，就好像坠入了新的恋情。

而他的哥哥——文森特，也果然对这个画派产生了兴趣，很快开始自己执起画笔。二十一岁的提奥，对此还毫不知情。

一八八六年 二月上旬
第十区 豪特维尔街

在公寓昏暗的小房间里，加纳重吉对着挂在墙上的陈旧水银镜，拼命要在自己的脖子上打好白色的蝶形领结。

真是的，自己总是对这个领结没辙。虽然已经不知打了多少次领结，但每次打的结都很难看。

他的脑中想起自己在东京开成学校的学长，同时也是在法的前辈，如今还成为自己雇主的林忠正的声音。

——听着，阿重。在巴黎，我们日本人不管去哪里都会被注目。被注目的理由有两个。

第一，当然是因为我们是东方人。黑头发、黄皮肤、矮鼻、短腿。我们外表中的每一点，在西方人眼里都显得很滑稽。

但是，没法把头发变成金色的，皮肤也不可能染成白的，穿再高跟的鞋都无法掩饰腿短。

但如果就那么索性穿上正式的带有家徽的和服，强调自己是日本人，反而只会被当成傻瓜。

那么，应该怎么做？——那就是完美而优雅地穿上西方绅士的服装。

如果能把洋装穿得完美，那么在外表上就已经能和法国人并肩而立。虽然实际上完全不能算是并肩；但总之，要表现出你要和他们站在一起的气概。

在这个基础上，还要用发音完美的法语说上一个识大体、能让妇人们欢喜的玩笑话。

这样一来，别人就会觉得这个东方人挺厉害的嘛。

如果能做到这一步，就终于离他们的地位近了一步。

所以，阿重，你刚到巴黎，我首先期待你能完美地穿上西洋风的服装。

蝶形领结要好好地打。像上次那样松松歪歪的可是不及格的。要庄重、文雅，并且不突出。好好做！

"这不是没办法嘛，我手笨啊……"

重吉独自嘟囔着，仿佛忠正就在眼前。

"……那么，第二点是什么？我们在巴黎被注目的第二个理由是……"

——被注目的理由，其二。那是因为，如今，在巴黎正在掀起"日本主义"的旋风。

眼下，巴黎的中产阶级在竞相购买日本的美术品。当然，并不是所有的有钱人都是这样，但有着虚荣心、旺盛的好奇心、喜欢新奇事物、满脑子想着超过别人的新兴中产阶级，正在寻求"从未有过的事物"。

而吸引了这些人目光的，就是日本美术了。

我在巴黎已经住了八年，从没想过日本美术竟然会这么受欢迎。

不只是巴黎，维也纳也是，伦敦也是……日本美术在欧洲各地都非常受欢迎。

所以，我们店的生意也很好，还能特地把你从日本叫来。

在巴黎大受欢迎的日本美术。经办优秀日本美术的"若井·林商会"。我这个社长,还有你这个刚从日本来的经理。能完美穿着西洋风绅士服装的两个日本人。

——怎么样?这样还能不受注目?

忽然有硬物"咚"敲在窗上,正专心照镜子的重吉吃了一惊,连忙转身朝着窗的方向。

走到窗边,推开玻璃窗。重吉的房间在四楼,没有阳台。他探出身体往下瞧,只见停着一辆带篷马车。一个身披斗篷的日本男子站在人行道上,正抬头往这边看。

"——林学长!"

重吉大声喊他后,忠正把手举过头顶,不知又扔了什么东西。"啊,好疼。"重吉捂着额头哼哼。地上响起骨碌骨碌声,只见一颗核桃在鱼骨纹木地板上滚动。

"快下来!"忠正喊道。

"嗯!"重吉应了一声,草草地打了领结,戴上礼帽,抓起手杖就冲出了屋子。

他一口气沿着螺旋楼梯从四楼赶到一楼。每次上下公寓的楼梯时,他都在团团转,都会觉得两眼发晕,不知道现在到了几楼。"若井·林商会"虽然也是占了整栋四楼,但那是栋大房子,楼梯也宽敞,所以不会晕。真要说起来,如果在公司里来去都要晕,那就没法工作了。

"让您久等了,真对不起。"

重吉对着伫立在马车前的忠正郑重地低下头。

忠正一脸不悦:"我接受你的道歉。但,不要低头。"

然后,他利落地上了马车。重吉虽然有些发愣,但也立刻跟着忠正钻进马车。

听到车夫狠狠地抽了下鞭子，马车动了起来。

在马车的颠簸中，忠正说："……日本人一说话就会微微低头。我刚到这里的时候，被人说过就像是头装在弹簧上的人偶。"

重吉的身体和忠正一样在马车中上下起伏，他松了口气，随口回了句："嗯啊。"

忠正如教诲一般地对自己的后辈说："阿重，在这里，一切都要西化。对人低头，只能在顾客购买了一百法郎以上的东西后才可以。除此以外，即使我是你的雇主，也不用行礼。"

重吉眨了眨眼，问："那么，像今天这样受到邀请……那个，要怎么向屋子的主人问好？"

"不是屋子的主人，是沙龙的夫人。"

忠正当即纠正。重吉又"嗯啊"了一声，似乎完全没有听懂。

"听着，阿重。"忠正起了个头，用浅显易懂的语言告诉来巴黎时日尚浅的后辈，"在巴黎，真正的文化庇护者是贵妇们。在日本，妇女不露面，只是在暗地支持丈夫。并被认为这样才是美德。但在巴黎却是行不通的。丈夫通过事业创造财富，妻子则去消费。礼服、鞋子、帽子、阳伞。给孩子穿上高级的服装，饲养可爱的小狗，吃五颜六色的点心……"

在这个国家，生活富裕的贵妇们，会把自己从头打扮到脚，然后出门购物看戏。充实家里的家具用品，在所有能称为墙的墙上挂上画，在玄关摆放雕塑，然后为了炫耀这些而邀请客人上门。比起只请一个人，还是一次请许多人更能成为话题，所以就会召开盛大的宴会。

在这样的宴会上，会请专门的厨师烹饪，会用葡萄酒款待宾客。会请有名的钢琴家或歌手、乐团来给宴会助兴。这就是被称为"沙龙"的宴会。

绅士淑女们会竭尽所能盛装出席。沙龙并不只是单纯吃喝的地方,它还是社交场所、商谈场所。

召开沙龙的人自然如此,但被邀请的人若只是傻傻地去参加也一样没有意义。绅士们衣着潇洒,女士们用最潮流的服饰打扮,这已是理所当然。如果说话不懂察言观色,那么既无法在恋爱中进退自如,更不可能谈成生意。

所以,人们会外出逛街,购买流行的礼服、参加音乐会、观看戏剧还有展览会。他们会拼命地寻找正在巴黎成为话题的事物。

这么一来,他们就没有理由会不买眼下正处于最流行的"日本美术"。

"经办最流行的日本美术品的日本画商。这就是我们的身份。所以我们没必要随便向他们低头。态度坚定就好。"

忠正微微抬起下巴看着前方。重吉点了点头,似乎已经完全理解了。

"那么,对沙龙的夫人的问候,就只要站直身体,然后说:'Bonsoir, madame'就可以了吧。"

忠正噗地笑了,然后咯咯大笑:"真是的,你真是一本正经啊……不,这也是日本人的美德吧……"

他咕哝着,看起来暂时笑得停不下来。

虽然重吉因为被忠正取笑而微微不悦,却又发现自己因为第一次被邀请去"夫人的沙龙"的紧张得到了缓解。

林忠正第一次乘船去巴黎是在一八七八(明治十一)年。

当时，忠正二十六岁，正处于再等半年就能从东京开成学校毕业的时期。

校长滨尾新要求他放弃去法国。他说学校没法等你到回国，如果你要去法国就得退学，这对你太过不利，放弃吧。

但忠正没有听他的，比起毕业，他选择了立刻去法国。

比忠正小三届，同样是综合艺术科的重吉，对身处吹捧学英语才是趋势的开成学校，却专注埋头学习法语的学长林忠正满心崇拜。忠正也对重吉这个"对法语一往情深的怪人"关爱有加。

两人竞相阅读法语书籍，并交流用法语写的读后感。他们经常冲去法语老师的家里提问，总之，他们学得非常用功。

在重吉看来，忠正并不仅仅是学习语言的天才，他更拥有一旦下决心做就做到底的气概和高瞻远虑的冷静，是身兼"动"与"静"的人。

——语言要用才有意义。就算能阅读外语书，但如果实际不用，就等于一个字都不懂。

我想使用有意义的法语。我想去法国、去巴黎，在身边都是法国人的地方去试试他们是不是能懂我说的话。

忠正是认真的。重吉一边赞同忠正，一边想象着如果被扔进周围全是法国人的地方，自己会怎么样。

他似乎可以看到——在金发碧眼、身穿洋装的外国人中，一无所知、穿着和服慌慌张张的自己。因为没有米饭、没有梅干，也没有日本酒，没有木屐、没有榻榻米，也没有浴池而困惑的自己——就在眼前。

虽然自己当然也以海外留学为目标，想去巴黎的心情也是货真价实的。但是，在内心的某个角落，还是会隐隐觉得这无非就是做梦。

但忠正是怎么样呢？他是认真要去巴黎，为此他可以做任何事——他就是会这样一往直前。

终有一日，林学长会去巴黎。到那时，自己也想追随着林学长去巴黎。

不是，一定要去。

重吉在心里暗暗发誓。

某日黄昏，忠正让重吉陪自己一会儿。一在常去的日本桥的茶屋坐下，忠正就说了。

——我要去巴黎。

虽然平时忠正总是念佛一般重复说着这句话，但这一天忠正的眼神不一样。他的眼中因为迸发的喜悦与兴奋而闪耀着异样的光辉。

——明年五月，要在巴黎举办世界博览会。听说在日本政府主导下，已经确定会有几家民营公司去那里出展。

这么一来，他们就一定会找法语翻译。我通过熟人的关系直接找那家民营公司的人谈了。我说我可以完美地胜任翻译。

忠正去毛遂自荐的，是一家名叫"起立工商会社"的民营企业。这是在门户开放后不久，日本政府为了壮大日本贸易而出资成立的国策企业。

当时，日本因为还受到来自欧美的压力，也进口了各种物品。但是，因为自己国家产业还不成气候，日本能出口的东西很有限。茶纸和一些农产品，再有就是美术工艺品之类的杂货。屈指可数的这些物品，就是日本能卖给海外的东西。"起立工商会社"经营的是美术工艺品和杂货，但生意还不错，先是在纽约,接着在巴黎开设了分店。世博会是各国介绍各自的产业与物产的地方,在巴黎这种大城市举办,自然有世界各地的人会集在此,这是宣传的大好时机。"起立工商会社"也计划借这个机会展示日本优秀的美术工艺品,以拓展销路。

该公司的副社长若井兼三郎被这个毛遂自荐,希望能把自己一起带去巴黎的年轻人的无比热诚打动了。

"不论发生什么我都想去巴黎,请务必让我一起去,我会发挥作用的!"忠正情绪高亢。于是若井说:"既然你法语那么好,那么现在就试着用法语向我推销这只壶。"他提过手边的伊万里烧壶。

忠正虽然擅长法语,但对陶瓷器的知识却一窍不通。但是,胆量战胜了犹豫。

——这只壶是从日本古代传承下来的,它非常珍贵,古代是可以进贡给皇帝的,具有很高的价值。如此美丽珍贵的壶竟然能漂洋过海地来到巴黎,先人若泉下有知一定会非常惊讶吧。要知道日本的陶器是无与伦比的艺术品……他口若悬河地说着,若井十分欣赏忠正。

——坦白说,我也不知道你的法语到底有多好。但是,要在异国之地与西方人斗智斗勇,必须得有这样的胆量。

因为这件事,忠正终于得以去巴黎。

重吉被学长的胆量,行动力以及好运气震惊得说不出话来。

有好一阵,重吉都怔怔地看着春风得意的忠正。等他终于回过神,他问忠正。

——什,什么……什么时候?什么时候,去巴黎?

——明年一月。因为世博会是从明年五月开始,所以要提前过去做准备。

——哎？那么，学校那边？

——当然是退学。实际上我已经向校长提出退学申请了。虽然他说再过半年就能毕业，太可惜了。但如果要等毕业就不能去法国了。对我来说，去法国比毕业更重要。

忠正仰头喝下杯中温的酒，痛快地说着。重吉再次目瞪口呆。

莘莘学子都想要从日本第一的学府开成学校毕业，以此讨父母欢喜、为故乡增光添彩，忠正却完全没把这种事放在眼里。这是个大人物，重吉再一次感到钦佩。

然而，仔细询问后，才知道忠正在"起立工商会社"的地位是巴黎世博会的翻译，也就是世博会期间的临时工。

忠正在巴黎自然没有熟人，也没有收入来源。好不容易去一次巴黎，过个半年或者那里的世博会结束后，就不得不回日本了吧。一个从学校退学的人，回国后会很难立足。

考虑了各种情况后，重吉突然开始为忠正的鲁莽担心。但是，忠正本人却甚是潇洒：什么呀，没事的。

——虽然就算去了巴黎，我还是没有安身之处。但是，去了以后就全看我了。一定有办法的。

然后，他看着学弟困惑的脸，精神焕发地说：

——来巴黎哦，阿重。

我会铺好路，让你也能在巴黎顺利地工作。我会准备好一切，然后，你一定要来巴黎。

知道了吗？一言为定。

正因为学长的鲁莽而既惊又愁的重吉，因为忠正强行定下的约定而浮起笑容。

——是这样的。

林学长就是这样的人。

当机立断、不计后果、勇往直前……一旦他开始发力奔跑，便任谁都拦不住。

但是，当他一旦怀着信念说出口的事，就一定会去实现。

这就是林忠正。

忠正和重吉乘坐的马车抵达了蒙特·德·佩雷尔伯爵位于布洛尼森林附近的府邸。

白色府邸的玄关处已经有马车陆续到达。重吉跟在忠正身后下车，在进入玄关大厅的瞬间，不由"哇……"地惊呼出声。

天花板上挂着璀璨的枝形吊灯，闪着光泽的大理石螺旋楼梯、植物花纹的深蓝色天鹅绒墙面。绒毛长而浓密的红色地毯，以及在那之上优雅走动的绅士淑女们。

把斗篷、礼帽以及手杖交给迎客的仆人后，两人朝着府邸的深处走去。

重吉怯生生地转着脑袋东张西望，忠正戳了戳他的肩，小声道："冷静。你脸上写着'我是乡下人'哦。"

重吉下意识地用双手擦拭脸庞，看着他的模样，忠正好不容易才忍住笑。

"呀，阿林，贵安。"

从身后传来有着法语特有的"H"不发音的叫法，忠正和重吉转过头。

只见那里站着一个身材苗条，穿着燕尾服，眼神锐利的男人。

"呀，塞缪尔，贵安。"

林忠正迅速回应。两人握了手，很快对话就从问候转为法语对话。重吉算不准加入对话的时机,于是在离二人稍远处喝着鸡尾酒,闲得无聊。又过了一会儿,因为忠正对自己使了眼色,重吉一脸紧张地向他们走近。

"我来介绍一下。这是我们'若井·林商会'的新任经理,阿重·加纳。阿重,这是塞缪尔·宾格阁下,巴黎最有名的日本美术商。"

重吉清了清嗓子:"初次见面,我是加纳。很荣幸见到您。"他稀里糊涂地伸出拿着手套的右手,连忙换左手拿,再次伸出手。

宾格抿着嘴露出带着轻视的笑容,握住了重吉的右手:"你是第一次来巴黎?"

"是的,刚到一个月。"重吉回答宾格的问题。

"是嘛,欢迎来到巴黎。这是一座宽容的城市。你们的社长也好,还有你这样的外国人也好,她都会默默地接纳……我也是。"

这话不知何故听起来像是讽刺,但宾格自己就是德国人。他经营一家名叫"S.宾格商会"的画廊,正如忠正介绍的那样,主要出售日本美术,在巴黎的日本美术爱好家之间可以说是无人不晓。

说起来这个宾格算是自己的竞争对手,但忠正却在和他亲切会话。深入敌后也算是西式风格的生意手段吗?尚不了解情况的重吉还是插不上话,心中倍感困惑。

忠正和宾格娓娓而谈,似乎忘记了他是和重吉一起来的。重吉放弃加入谈话,决定在府邸里逛逛。

府邸里确实聚集了各种人。装饰着羽毛的帽子、高腰的裙子、绸缎的蝴蝶结、优雅摆动的扇子。到处飘着玫瑰花香,高脚杯中起泡酒冒着泡。有许多华美的日用家具，还有挂在墙上的诸多绘画。

日用家具中还不经意地混有日本风格的屏风和中国风格的椅子。重吉走近其中一件。

——哦？这座屏风真豪华……孔雀和象？真是有趣的图案，是哪个画家的作品？

来巴黎出任美术商"若井·林商会"经理的重吉其实对日本的美术并不怎么精通。

所以，当收到临时回日本的忠正"来巴黎"的邀请时，他先是有些顾忌："我对美术并不在行，真的能发挥作用吗？"忠正当即大发雷霆。

——就因为你总这个样子所以才一直出不了日本！你是打算一辈子都当"井底之蛙"吗？

"阁下打扰……你是日本人吗？"

重吉正入迷地观赏着屏风，忽然有声音从背后叫他。他转过身，却见是个蝴蝶领结打得整整齐齐，穿着合身得体燕尾服的红发年轻人。

"是的，我叫重·加纳。你是？"

年轻人微微一笑，伸出手指纤长的右手。

"我叫提奥多斯·梵·高。是在第二区的画廊、'古皮尔商会'的经理……今后还请多关照。"

重吉凝视着他茶褐色的眼眸，握住了他伸过来的手。

这是将来会影响彼此人生的两人最初的邂逅。

一八八六年 二月下旬
巴黎 第十八区 勒皮克街

蒙马特的街道两旁，商店和公寓排列得整整齐齐，甚是热闹。提奥多斯把带篷马车停在了某扇大门前。

提奥下了马车站在路面上，东张西望地打量着街道的景色。比起"古皮尔商会"所在的第二区，这里的建筑物有种平民风，总是带着下流而杂乱的感觉，不知道会有什么事发生的气氛。也正因此，比起中产阶级喜好的高级地区，这里更让人心跳不已。

——果然还是蒙马特好。

提奥在心中嘀咕。

——第二区和我八字不合，待在这里轻松多了。

实际上，为了摆脱白天拘束的工作，晚上去蒙马特周边的咖啡馆以及卡巴莱喝酒放松，在那时，是提奥的固定安排。

几年前，他在参加熟人葬礼的时候，对同乡朋友的妹妹一见钟情，却没能对她表白。因为还有过这种事，他很想放弃青涩的自己。

不过这天，提奥去蒙马特并不是为了在夜晚的街道上纸醉金迷。工作时，他告诉店里的人说要去见客户，然后拜访了同行的画廊。

褐色油纸包好的画布被提奥夹在了腋下。他重新拿好，按下了门旁的门铃。"丁零零"的声音响起，又过了一会儿，门开了。从门缝中探出一张青年的脸，他的金发梳理得整整齐齐，上衣很合身。

"我是'古皮尔商会'的提奥多斯·梵·高。"提奥用法国腔的发音自我介绍，"波蒂尔阁下在画廊里吗？"

"他已经在等您了，请进。"青年请提奥进门，他似乎是当班的店员。

阿尔冯斯·波蒂尔的画廊规模并不算很大。但是，这家店对提奥来说却宛如梦想之国。

在一间像是小起居室的屋子的墙上，挂着琳琅满目的画。全都是日本的浮世绘。喜多川歌麿[1]的美女图、歌川广重[2]的人物像、葛饰北斋[3]的富士山风景等数幅线条清晰、颜色鲜明的版画。正因为房间狭小，提奥几乎被密集的浮世绘酿造出的浓厚气氛压倒。

也不单单是浮世绘，波蒂尔的店里被公认的，还有装饰在里面房间的好几幅印象派画家们的作品。爱德华·马奈[4]、克劳德·莫奈[5]、阿尔弗莱德·西斯莱[6]。虽然不是什么大型作品，却都能感受到画家们倾注在画中的满腔热情。尽管巴黎画廊众多，

---

[1] 喜多川歌麿（1753—1806），日本浮世绘最著名的大师之一。善画美人画。
[2] 歌川广重（1797—1858），日本著名浮世绘画家。
[3] 葛饰北斋（1760—1849），日本江户时代后期的浮世绘师，日本化政文化的代表人物。
[4] 爱德华·马奈（Édouard Manet，1832—1883），出生在法国巴黎的写实派与印象派之父。
[5] 克劳德·莫奈（Claude Monet，1840—1926），法国画家，印象派代表人物及创始人之一，"印象"一词即是源自其名作《印象·日出》。
[6] 阿尔弗莱德·西斯莱（Alfred Sisley，1839—1899），法国印象派创始人之一。

但经办印象派作品的画廊却屈指可数。波蒂尔的店就是其中宝贵的一间。

提奥在同行的介绍下，第一次拜访这家画廊时无比兴奋。浮世绘的版画和印象派的油彩画——完全不同性质的绘画却挂在同一面墙上——而且这样的展示还孕育出令人惊叹的和谐。提奥想起当时因为太过兴奋，感觉自己汗流浃背，却又为了不让店主波蒂尔察觉而故作冷静。

提奥认为——这几年在中产阶级中，以拥有浮世绘和在学院派掌控的法国画坛里被嗤之以鼻的印象派画家的作品为流行风尚，两者之间有着奇妙的共鸣。而这家店的展示完美地证明了他的想法。

提奥就职的"古皮尔商会"的业务范畴和波蒂尔的画廊正相反。

"古皮尔商会"只经办学院派画家的作品，又或是学院派的画家推荐的画家，要不就是通过学院派审查，被选入官方展示的画家的作品。也就是说，完全不把和学院派无关的画家的作品放在眼里，永生永世也不会考虑。

十九世纪后半期的美术市场，是靠新兴中产阶级旺盛的消费支撑的。"古皮尔商会"只经办学院派相关画家的作品，值得信赖——中产阶级是基于这一点才来贡献销量的。

另一方面，他们对新事物也十分着迷，很容易被新奇好玩的事物吸引——不过那是要自己以外的人发现并贴上"好玩"标签的事物。"日本美术"就是其中之一。

日本美术在巴黎第一次被介绍，是在一八六七年巴黎举办的世界博览会上。当时，日本还在由江户幕府统治，他们胆战心惊地开始向世界打开已经生锈的大门。悄然存在于最东处的岛国要展示的一鳞半爪，就是很适合被展出的美术品。

比夜色更暗的黑漆上粘着熠熠生辉的金泥制成的鹤与龟。四四方方的深如夜色的信匣盖子上镶嵌着螺钿工艺的莲花。能自行站立的屏风上画着细雪飘飘下傲立着的松树，树枝上还有只气势凛凛的雄鹰。纤美的工艺品和陶瓷器，明明是平坦的纸张却让人感到奇妙景深的绘画。从未见到过的各种表现手法引人夺目，他们叹息，痴狂。这是"日本"在欧洲被接纳的历史性的瞬间。

之后，一八七八年的巴黎世博会上，日本馆大规模地介绍了日本美术。此时，已经存在一批对日本美术很热心的收藏家，而日本美术的爱好者们则被称呼为"日本主义者"。专门经办日本美术的画廊也在巴黎开店，日本主义者们的购买欲望也因此被满足。

提奥也是诸多在一八七八年的巴黎世博会上发现日本美术精妙绝伦的人之一。

一八七八年巴黎世博会时，二十一岁的提奥作为在法国馆出展的"古皮尔商会"的一员而每日进出会场，也因此第一次看到了日本美术。

——巴黎虽然有各种各样的刺激，但对我来说，最刺激的事就是同日本美术的相遇。

提奥给哥哥文森特写信。

文森特因为失恋以及画商的工作不顺等事陷入与日俱增的忧郁，在返乡了一阵以后，他决心成为神职人员而待在了比利时。提奥但凡有事就会写信给对人生绝望的哥哥。

——哥哥在巴黎时，又或是在伦敦时有机会看过日本美术吗？如今在这里，日本美术似乎在被美术爱好家们极度推崇。

说实话，我也想过到底那会是怎样水准的东西，不过这次在世博会的日本馆里，我得以系统地欣赏日本美术。

虽然我也说不上是什么样，但它和迄今见过的任何一种美术形式都不一样。

我很有冲动想让哥哥也好好地欣赏一下日本美术。我不禁觉得那可能会成为哥哥人生中的某个契机。

虽然提奥暗暗地向文森特发出了邀请，要不要来巴黎接触一下日本美术——也就是新的美术，但哥哥的回应却显得兴趣寥寥。

世博会闭幕后，提奥就这样留在了巴黎的"古皮尔商会"工作。他把对日本美术的遥远的憧憬藏在了心底。向中产阶级推销学院派相关画家的画成了提奥的主要业务。

但是，日本美术带给他的憧憬并不是一时性的。对日本美术那淡淡的"恋慕之情"之后也一直在提奥的心里蠢蠢欲动。

提奥贪婪地寻求自由阔达的表现手法。巴黎这座城市的华丽辉煌，以及二十世纪到来的脚步声，似乎都在诱惑他应该解放自我。

除了日本美术，还有一股让他心潮澎湃的美术潮流也在那个时期的巴黎出现了——那就是"印象派"。

所谓印象派，是对新出现的一些革新画家们充满讽刺与戏弄的称谓。

一八七四年，在摄影家纳达尔的工作室里举办了划时代的"画家·雕刻家·版画家共同出资公司第一次画展"。在不怎么宽敞的工作室里，画家们的个性彼此冲撞出闪亮的光芒。面对与那些挂满了千篇一律的作品的官方展出的截然不同的风格，在场的人们都无法掩饰地表现出困惑。

来参加这次画展的画家们，是带着管状颜料、调色板、画架和画布，从阴郁的画室跳到阳光灿烂的户外的"逃逸者"。他们追求的绘画题材，是非常普通的巴黎街道以及郊外的风景——被风清爽吹过的林荫树、在咖啡店放松的人们、波光粼粼的塞纳河河面，还有阳光下的少女。没有肌肤细腻的女神，也没有耸人听闻的宙斯。自由阔达的运笔和如歌般的色彩，还有巴黎的街道与讴歌每一天生活的活生生的人，这些才是画布上的主角。

在这次画展上，展出了克劳德·莫奈的一幅作品，标题是《日出·印象》。这幅画描绘了太阳从勒阿弗尔港口水平线的那端升起的瞬间。船只如黑影般浮在水面，景色被淡淡的雾霭笼罩，洒满了温和的晨光。这已经超越了写实，似乎就是把画家的"印象"如实地用"绘画"这一形式表现出来。

然而，观看了这次画展的评论家路易·勒鲁瓦却贬斥其为"印象主义的画展"。讽刺的是，"印象派"是为了嘲笑这些摆脱法国画坛规矩的画家们而起的名字，之后却被大众广泛接受，并成为专有名词。

之后，这次划时代的画展被称为"首届印象派画展"，在它举办的时期里，提奥还不在巴黎。然而，他观赏到了一八七九年举办的第四届画展。提奥在"古皮尔商会"巴黎总店工作的第二年，印象派已经在大街小巷成为话题，被描述为"奇妙的画派"。提奥无论如何都想看看所谓"印象派"的画展，于是，他鼓起勇气出门了。

面朝歌剧院大街的会场由于被好奇心驱使赶来的巴黎市民

的存在而一片拥挤。提奥踏入展览室的瞬间，就感到眼前一片炫目的光，他不由自主地眯起了眼。

——这是……什么？简直就像是光芒的洪水。

他一点一点仔细观赏挂在墙上的画，渐渐感到无以言表的激动。他觉得长久以来深锁在心底的感情再次苏醒。这是和在巴黎世博会上看到日本美术时相同的感情。

——想要去做点什么。

这时，提奥察觉到心中涌起了无法抑制的冲动。

——这才是新的绘画。是我们这个时代的美术。我想经手的就是这样的作品。

那时提奥已经对"古皮尔商会"经办的"商品"产生了疑问。不知何时起，他开始对向有钱人露出客客气气的笑脸、解释学院派画家的作品多么有价值的自己感到生气。

然而，只要他还有赡养家里双亲以及哥哥的义务，他就绝不能舍弃工作。

同一时期，哥哥文森特始终没找到想做的固定工作，就算当不成神职人员，他想要至少能称为传教士。于是他辗转在荷兰各地，以生活不济的人们为对象传教。老家的经济状况也不轻松，提奥是家里唯一的希望之星。

即使从学院派画家的作品上感受到了陈腐之气，他也无法向"古皮尔商会"辞职。别说是辞职，他必须对着顾客舌灿金莲，把画吹得天花乱坠以提高业务水平、争取升职加薪。

他想做的事和实际在做的事之间隔着一道深沟。他经常在自我反省时发现自己已经沾染上自己最蔑视的中产阶级的气息，不由感到心烦意乱。

——我只向哥哥一个人坦白。

在"古皮尔商会"工作的第三年，提奥有一次在给文森特的信里吐露了自己的心声。

——我对法国学院派画家之类已经没有半点兴趣。取而代之，引发我的兴趣的是另外两种艺术。一个是日本美术。另一个是印象派。

对于哥哥开始画画的事，虽然不知道爸爸和妈妈怎么想，但我是欢迎的。还有，既然难得哥哥开始画画，你不如研究一下日本美术和印象派的作品，像他们那样……不，我期待你创作出超越他们的作品。

文森特虽然花了差不多两年时间在成为传教士的道路上摸索，但因为经济原因以及家人反对，最终只能放弃。失去人生目标的文森特开始画附近的人和风景素描来解闷，渐渐地产生了想要画画的决心。

这一年，为了帮助贫困的哥哥，提奥开始给文森特寄生活费。因为他觉得不管如何，只要哥哥能再次找到生活的动力就好，所以他劝诱、鼓励文森特画画。随后，他向哥哥坦白了自己困扰的立场，期盼哥哥也能对自己真正感兴趣的日本美术、新的表现手法以及革新的美术产生兴趣。

——前不久，我去了一个叫阿尔冯斯·波蒂尔的人开的画廊。画廊里的墙上同时挂着浮世绘和印象派的画。崭新的构图、鲜明的色彩，产生了无比精彩的协调。我真的感到兴奋，那天甚至怎么都睡不着——我打心底也想让哥哥看一看。

但是，他始终没有等到哥哥想要看看日本美术和印象派的回音。

在提奥的心中，有什么东西如残存的暖炉之火一般总是在冒烟。

提奥被带到波蒂尔画廊的会客室，他把夹在腋下的、用油纸包好的画布放在长椅子上，等待画廊主人的出现。

通往隔壁房间的房门忽然被打开，阿尔冯斯·波蒂尔出现了。

"啊，提奥。"波蒂尔笑眯眯地走近，提奥和他握手。

"好久没在白天遇到你了。"

和"古皮尔商会"相比，波蒂尔虽然是新兴画廊的经营者，但积极对待自己感兴趣的事物、喜爱新奇事物的巴黎人成了他的常客。他很早就开始经办浮世绘和印象派，虽然有一段时期品尝到了无人问津的辛酸，但最近两者都很受青睐，生意似乎稳步上升。

对提奥来说，波蒂尔能在画廊里常备自己憧憬很久、想要经办的画家的画，是自己的羡慕对象。提奥认为，新兴画廊经营者波蒂尔拥有的对掌握时代尖端潮流的感性和安布鲁瓦兹·沃拉尔相同，或者更多。

提奥告诉波蒂尔，今天带了一幅画想给他看看。

当然不是古皮尔经办的作品。而是完全不一样的——这是提奥出于直觉想给波蒂尔看看的一幅作品。

"感谢您能在百忙之中抽出时间。"

虽然提奥由于紧张而手心微微出汗，但他丝毫没有表现出来。

"不不，毕竟是你说有只想给我看的画嘛……这可没法无视的，我很期待呢。"

波蒂尔的身材不胖也不瘦,他一边说一边坐在了柔软的沙发上。

"到底是谁的作品?该不会是杰罗姆的新作吧……"

"是啊,真可惜……"提奥回答,他淡淡地微笑,"并不是学院派的大牌画家……是完全无名的画家的作品。"

"哦?"波蒂尔的指尖抚着络腮胡,"无名的?"

提奥点头,默不作声地把画布摆在桌上,慢慢地解开包袱。

胸口因为激烈的心跳隐隐作痛。但是,这绝不能让人察觉。要表现出自己发现了非常厉害的画家的样子,更挑逗地、更缓慢地……揭开那神秘的面纱。

他沙沙作响地摊开褐色的油纸。波蒂尔猛地弹出身体——可以感觉到他屏住了呼吸。

——在两人的眼前,出现了一张昏暗的餐桌。

五个围坐在小小方桌旁的男女。照亮狭小房间的只有正中悬挂着的油灯。微弱的灯火照亮了穷人们的脸。

他们身穿具有荷兰特色的粗布衫,或许是一家人吧,正在吃饭。但是,没有一张脸上表现出围坐在餐桌旁的喜悦。眼神慌张的瘦削女人和男人精疲力竭的侧脸。在他们的脸上弥漫着看不见明天的愁雾。

此刻,他们正在分土豆吃。都是炖土豆。

最右的女人正在往杯子里倒咖啡。她脸上深邃的皱纹如实地诉说着她不济的人生。

实在是冷清、贫苦的餐桌。丝毫不见巴黎的繁华——

"……这是……"

波蒂尔呼出憋了好久的气。他转向提奥问道,眼中蕴藏着不可思议的光。

"这又是前所未见的画……是谁的作品?"

提奥目光笔直地凝视波蒂尔,胸口心跳愈发剧烈。

但是,提奥的回答却尽可能地平静,但又饱含热情。

"梵·高。他叫文森特·梵·高……是我的哥哥。"

一八八六年 二月下旬
巴黎 第十区 豪特维尔街

运货马车陆续到达大街。货架上是几只大木箱。几个体格健壮的运货员把箱子移动到推车上，咯噔咯噔地推过石子路，往中庭运去。

穿着白衬衫的重吉正站在中庭里，他卷着袖子，正一边确认从日本运到的木箱号码，一边对照着厚厚的文件夹中间的送货单，一边用铅笔画上圈。

"若井·林商会"的事务员、棕发碧眼、身材修长的年轻人朱利安也卷着袖子，果断地向送货员们发出指示。

"从里往外堆……啊，不行不行，不能叠起来。这样没法开箱的吧。拜托平着放。不要粗手粗脚，一个一个轻轻地放，轻轻地……"

朱利安在这家公司工作才刚过一年，却已是驾轻就熟。

被社长直接邀请来巴黎的重吉虽然一下子就被标上了"经理"的头衔，但要做的一切全都是初体验，不论什么事都得问过朱利安再推进。当然，用的是法语。

这一天，忠正出差去了伦敦，店里休息。重吉和朱利安两个人就检查并整理刚进的货物。

"那么，应该全都运进来了。阿重阁下，送货单和送到的实物数量一致吗？"

被朱利安一问，重吉连忙又看了遍送货单："嗯，大概是的……"

"'大概'是不行的哦，必须要完全一致。这些都是我们公司重要的商品。"

朱利安双手叉腰，告诫似地说。

送到的货物全部是从日本进口来的美术工艺品。数量是二百五十个。进这么大批货，真的能卖掉吗？虽然忠正说过"不到一个月就能卖完"，重吉却半信半疑。

"那么，现在开始开箱了哦。从一号箱子开始，阿重阁下就一边对照送货单一边检查里面的东西。看看有没有碎，有没有裂，有没有破……请小心地看哦。"

朱利安利索地指挥着送货员，开始按顺序打开摆满中庭的木箱。他熟练地用拔钉钳拔下钉在盖子上的钉子。

一号到十号的箱子是陶艺品。重吉猛地掀开箱子，稻壳却纷纷扬扬地飞起。稻壳直接打到了眼睛，重吉"哇"地双手在半空中乱挥，然后连续打了三次喷嚏。

"瞧，我不是说了请小心地看嘛。"

朱利安哧哧笑着说道。

"哎呀，没想到千里迢迢来到法国的箱子竟然会飞出稻壳。"

重吉用手腕蹭着眼睛和鼻子苦笑。不过，原来是这样，易碎的陶艺品只要塞在稻壳里就不会破损。这也是林学长的主意吗？重吉因为这一点而愈发感到钦佩。

箱子里有着五花八门的美术工艺品。陶瓷器有花瓶、大盘子、香炉、茶碗、酒壶、杯子、罐子。漆器有镶嵌螺钿工艺的信匣、盘子、涂漆木碗、茶叶罐、凭几、挂衣架、小饭桌。铸器则有铁瓶、镇纸、小钟、烟管、小型佛像、观音像、财神像。

"哇,连火筷子都有。"

重吉打开被和纸仔细包着的长棍状包裹,从里面拿出铜制的火筷子后,"哇"地惊呼出声。

"会有法国人买这种东西嘛……"

"啊,那可是热门商品哦。说是正好能用来拨暖炉里的炭。"

"原来如此,日本是用在地炉上,算是同样用途。"

重吉想起老家的祖母用火筷子拨弄地炉里的炭火时的情景,莫名地对法国人产生了亲近之意。

一边检查陆续被拿出来的器具、实用品以及装饰物,一边放到店里面的仓库收好。先收拾了大体积的东西后,还要继续检查卷轴、屏风、版画等美术品。

卷轴被一幅一幅地分开放在又长又细的盒子里。重吉来回对比送货单和箱子上的记载,把卷轴在桌上摊开。梅花与黄莺、富士山、回眸的美女。卷轴只有三幅。

"卷轴明明可以再多一点的,真是很少啊。是实在没找到好的嘛。"

重吉看着富士山的卷轴嘀咕。

"林阁下说卷轴不适合这里的公寓,所以卖不掉。"

朱利安迅速回答。

的确,奥斯曼风格的公寓里没有壁龛,又因为天花板高,卷轴挂在墙上会显得很滑稽。

"法国有随着季节变换挂不同的画的习俗吗?"

重吉顺口问了一句,朱利安摇头。

"没有,根本就没考虑过跟着季节换画挂……日本有这样的习俗吗？"

重吉"唔"地沉吟了一下。

"不，虽然大多数日本人不是如此……日本有茶道这种东西，然后，要怎么说，那个……就有招待客人喝茶这样一种传统的礼数。看，那里的茶碗。一家之主会用那个沏茶，然后招待客人。在喝茶的房间里呢……就有壁龛，用来装饰画轴还有花的角落。根据季节以及招待对象的不同，装饰不同的东西以此来……"

"嗯……"朱利安似乎完全没能领会。

重吉的老家在乡里是颇有地位的人家。自家大院里有茶室，也会召开茶会。所以他并非不熟悉，但是，向法国人解释茶道却是极难的事。

"虽然我不太懂所谓'茶会'这种仪式，不过只要看看店里放着的东西，就能知道日本人拥有独特的季节感。"

重吉正绞尽脑汁地用法语解释日本文化，听朱利安这么总结，重吉也松了口气。

"你能明白就好。"重吉这样回答后，朱利安露出了笑脸。

"不过，听了一次有趣的课。林阁下很少跟我聊日本文化。"

重吉有些意外。分明林学长对自己讲的法国文化课几乎令人生腻……

屏风还有隔扇画来了大约有二十件。花鸟风雨以及龙虎图都非常气派，连重吉都明白这些能很快卖出去。朱利安告诉他："这些东西。从右到左。都是在到货之前，就已经有老客户来预约了。"

"不过，再怎么说，大家盯上的都是浮世绘……就是那边那个箱子。搬到桌上检查吧。"

中等大小的木箱里是一沓沉甸甸的纸，被漂白了的木棉布包着,并用麻绳固定。重吉和朱利安从两侧把它抬起搬出了仓库,放在了店中央的桌子上。

"这些全都是浮世绘吗……好多啊。"

重吉没能掩饰自己的吃惊。进这么多货,在巴黎有这么好卖吗?

在日本,说到浮世绘就是刊物的插画,或者是瓦版以及报纸记事,有时也会用作宣传贴在店铺里,并不是什么特别稀罕的东西。画的都是歌舞伎演员画像以及尊贵的皇室成员肖像。虽然也会有女子把有名的演员像折起后放进腰带里,但没有什么人会把浮世绘当成美术品收藏一辈子。相对地,倒是见过茶碗店的人用来包器皿……

重吉在朱利安的指导下,一张一张地仔细地检查着版画。然后,他又吃惊了。

——这个……好厉害。

广重的《东海道五十三次》的合集,写乐①的《演员大首绘》、歌麿的美人画,等等。因为一到巴黎,忠正就叫自己"学起来",所以重吉也一直在看店里的浮世绘的"照片"——因为实物卖掉了所以没有存货,已经记住了比较有特征的画。而这些实物,此刻就在眼前,而且不是一张两张,而是一大堆。

理所当然地,这家店进的浮世绘与市面上常见的那些不一样。题材、构图、配色、成色,还有状态——一切都那么优秀,艳丽得夺人眼球。

重吉感觉自己体内似乎有东西在咕嘟咕嘟地沸腾。

——这不就是正儿八经的美术品吗?

---

①东洲斋写乐,日本江户时代的浮世绘画家,擅长人物肖像。

他从没想过浮世绘竟然会有价值。他轻视地以为那是用完就扔的东西。大多数日本人对浮世绘一定都是同样的看法。

然而，这是怎么回事？摊开在眼前的浮世绘的优美——竟令人战栗。

是因为自己现在在巴黎，身处要把日本的美术品卖给法国人的立场？因为离开了日本，所以就有了西方人的眼光吗？

"……我可不会用这个包茶碗……"

他忍不住自言自语。

"哎？你说什么？"朱利安停下正在数版画的手，抬起脸问。

"没事，"重吉笑，"我没说什么。"

就在这个时候。

"你好，打扰了……请问重·加纳在吗？"

有点口音的法语。

店门开着，重吉回头望向门口，只见站着一个有点眼熟的男子，头戴礼帽，身穿礼服，一头红发。

重吉立刻想了起来。是和忠正一起去蒙特·德·佩雷尔伯爵夫人的沙龙时遇到的荷兰画商。

"咦，你是……梵·高阁下吧？欢迎光临。"

提奥一脸温和的笑容："今天是休息日啊，真是打扰了。"他说得很客气。

"因为正好经过附近就……那时你说请随时来，就来看看……似乎打扰了，我改日再来吧。"

眼看提奥就要离开，重吉叫住他："别别，不用客气。"

"今天货物刚到，所以一团乱……反正正好是喝茶的时间，我正想着休息一下呢。你也一起吧？"

重吉把想要回避的提奥请进店里，朱利安正熟练地收拾摊开在桌上的浮世绘，重吉用上司的口吻说："朱利安，茶就拜托了……啊，不对，还是咖啡好一点？两杯咖啡，你去对面的咖啡店买吧。"

朱利安似乎有话想说，却回答："是的，阁下。"

"没关系吗？"提奥又问。

"当然，来，请进。"重吉请提奥来到摊着浮世绘的桌边。

——正好不过。把刚到货的这些浮世绘给他看看，试试这个在老牌画廊里当经理的年轻人的审美吧。

提奥像是被桌子吸住似地靠近。然后发出了"哇哦"的感叹声。

"这实在太美了……这不是北斋吗？啊，是了，这是画富士山的系列作品……真令人吃惊，虽然我听过一共有三十六个场景的传闻……没想到竟然真的有……"

提奥摘下帽子放在一旁的椅子上，又脱下上衣，弯着修长的上半身凑在桌前，沉迷地凝视着浮世绘。

西方人对浮世绘的狂热非比寻常——虽然听忠正讲过，但是亲眼见到其兴奋的模样，重吉感到难以言明的优越感。

"请问，阿重，这个，三十六个场景，全部齐了吗？"

重吉交叉双臂，正优哉游哉地看着。提奥转身望向他，冷不防地问。

"哎？不，这个，那个……"重吉一时着慌，说得支支吾吾。

然后，他自豪地回答："当然。三十六个场面全凑齐了。而且是从日本直接进口的，真正的北斋作品。这和从伦敦以及巴黎的日本主义画廊弄来再倒手的那些可完全不同哦。这种只有我们店才有。"

他发现提奥的表情眼看着就变了，简直就像是要哭出来一般，他看起来非常感动。

这时候，身后传来"砰"的关门声。重吉转过身，以为朱利安会在气氛正佳之时说上一句："咖啡到咯。"

然而，站在那里的不是朱利安，而是戴着礼帽穿着礼服的林忠正。

重吉吃了一惊，正要用日语说"欢迎回来……"但与此同时，忠正却讲起了法语。

"您的这个说法，是关于北斋的错误知识。'古皮尔商会'的经理，提奥多斯·梵·高阁下。"

忠正用荷兰腔的发音叫了提奥的名字后，大摇大摆地走向他。提奥虽然有些尴尬，却立刻扬起笑脸，伸出了右手。

"哎呀哎呀，林阁下，在您外出时上门叨扰真是不好意思。因为正好经过附近……"

两人握了手。不知怎么，这两个人之间的空气似乎有点紧张。说起来，在蒙特·德·佩雷尔伯爵夫人的沙龙上，忠正虽然和提奥有过寒暄，却没有更多的对话。但他明明和专营日本美术的画商、一个名叫宾格的德国人聊得很起劲……

"这么早就回来了啊。我听说你可能会很晚才到。"重吉用日语问。

忠正却很严厉地回应："说法语。"

是了，忠正说过禁止在说法语的人面前说日语。重吉连忙切换成法语。

"嗯，那个……刚才你说的'关于北斋的错误知识'，到底是什么意思？"

"能否请您赐教。"提奥也顺着重吉的话问，"我很想知道……我的知识是怎么错了。"

忠正来回看着两个人的脸，回答："好吧，我就告诉你们。"

"北斋制作的浮世绘全集被题名为《富岳三十六景》。它的意思是能看到富士山的三十六个有名地点。所以，全部共有三十六张。你是这么想到的吧，提奥多斯？"

提奥老实地点了点头。

"是的，正是那样。"

"你说得没错。但是……"忠正接着说下去，"北斋是从一八二三年左右开始制作这套全集的。而版画的发行大约是从一八三一年开始的三五年间。起初虽然是以三十六景为全集发行的，但随着口碑的提升，就被邀请出'续作'。于是北斋又追加制作了十景。而这追加的十景就被称为'里富士'。也就是说，《富岳三十六景》最终称为了《四十六景》……全集共有四十六幅。"

第一次听说。"这家伙好厉害啊。"重吉深感佩服。他佩服的不是创作欲旺盛的北斋，而是在学生时代跟美术几乎处于不同世界的忠正。

不愧是在巴黎作美术商的人。对于浮世绘的渊博知识，西方人就算倒立也难及其项背。

提奥静静地倾听忠正所说，然后呼吸急促地问："那么……这里凑齐四十六幅了吗？"

忠正笔直地凝视他茶褐色的眼眸，回答："这个嘛，现在货才验到一半，我也说不好……"

提奥似乎恍然大悟："啊，我失礼了。"他拿起放在椅子上的帽子戴上。

"我完全忘记打扰到了你们工作……等这套北斋陈列在店头时，我再来拜访。"

"如果还留着的话。"

忠正握着提奥的手说。提奥似乎在措辞："……我会尽快来的。我无论如何都想让一个人看看……"

忠正的目光毫不闪避："是哪位？"

"我的哥哥。"提奥回答得很坚决。

忠正微笑道："他和你的职业相同吗？"

"是的，以前是。不过，现在……"

提奥的目光有过一丝闪烁，然后他笔直地看着忠正的眼睛说："是画家。"

忠正再次微笑。狂妄的笑容。

"是吗……那么……在二位到来之前，我就不卖了吧。"

"哎呀，真是太棒了。林学长。"提奥离开后，重吉大声说着，"没想到不是《三十六景》而是《四十六景》……虽然提奥说他在巴黎当画商前后有八年，但林学长竟然知道他也不知道的事，实在是厉害……"

"——蠢货！"

忠正呵斥了一声，手"砰"地拍在桌上。重吉吓了一跳，缩起了身子。

"怎么会有在检查新到货物时让别人进店的家伙！而且还是同行！竟然对'古皮尔商会'经理亮底牌……你就没有点常识吗？"

忠正怒不可遏。重吉脸色惨白，只是傻站着。

在一通怒吼后，忠正大口喘着气。然后，他幽暗的目光望向桌上的北斋的版画，低声说。

"阿重，你还不明白……对我来说，巴黎并不是什么花之都……这里，是战场。"

这个时候，重吉第一次看到林忠正这样的表情——他不是风光的画商，而是孤独的武士。

一八八六年 二月二十八日
第二区 蒙马特大街

整齐排列在大街两旁的梧桐树，在冬末的寒风中摇曳着树枝。

身着黑色上衣的绅士和戴着翎帽的淑女们在路上穿梭，好几辆运货马车也吱吱呀呀地经过。沿街摆放着自助餐厅的桌子，服装店、手套店、鞋店、面包店、点心店，等等，各式各样的店都利用陈列窗展现自家特色，等待顾客光临。

穿着黑色礼服、头戴礼帽的提奥从街对面快步走来。他小心翼翼地抱着一个被绳子扎好的扁平包裹，气喘吁吁地走到"古皮尔商会"入口处。

他敲响深绿色大门旁的铃，门开了。提奥的助理安德雷迎接上司："您回来啦。"

"花了很长时间呢……莫非发生了什么问题？"

提奥若无其事地把手上的包裹放在入口旁的长椅上后，脱下上衣给助理："没事，怎么会。"

"杰弗诺夫人心情很好，本来只打算给她看新到作品的照片，没想到还陪着喝了午茶……真是输给那些喜欢聊天的女士们了。"

"是嘛。那么，商谈很顺利吧。"

"当然。"

"那太好了。"安德雷笑眯眯地回答。

"'大人'就快来了。白兰地和咖啡都准备好了。"

"辛苦……在'大人'来之前，我先在办公室里待一会儿，有文件要赶着看。他来了就立刻叫我。"

提奥叮嘱后，拿起包裹匆匆去了自己的办公室。

他关上门，上好锁。把包裹放在书桌上，然后解开绳子，沙沙地摊开纸张，夹在厚纸里的，是一幅浮世绘。

歌川广重——《大桥骤雨》。

这是一幅描绘雨景的画，是一幅非常具有幻想色彩的画。

大桥跨在大河之上——和横跨塞纳河的新桥那种坚固的石桥不同，这是一座用木材建成的桥，有着微微的弧线——人们在那之上来来往往。有的人打着伞，有的人戴着大大的帽子，还有人披着类似披风的东西。他们都低着头，身体前倾，每个人都想要快点走过那座桥。看起来，这是一场"意外之雨"。

意外之雨——被画成"黑色斜线"。一道道倾斜的线条纵贯这幅竖画的全部画面，划出了节奏。它穿过桥、穿过河、穿过人，穿过并覆盖了一切。

画面的上方有一片黑色轻轻晕开，可以看出那是黑压压的乌云。河对面，树林的剪影是一片浅浅的墨色，在雨中朦朦胧胧。

而最让人吃惊的是——这幅画，看起来好像在动。

河岸的水平线是倾斜的，画的下半部分被大桥沿着斜面分开，而"雨"的无数线条也是倾斜的，因此，画面就仿佛是动态的。是画家拥有的技巧与感性才能给绘画带来这样的效果，提奥打从心底感到震惊。

这幅画并不是正儿八经地在大画布上用油彩描绘而成的"绘画作品"。它是被印在薄纸上的木版画。

然而，这临场感是怎么回事。看着看着，就似乎进入了这个场景，大雨的唰唰声似乎传到了耳中，他甚至感觉到了冰冷的雨敲打在肌肤上的触感。

提奥在这么一幅浮世绘里沉醉良久，然后他交叉双臂，自言自语地咕哝。

——这是……何等的气势。

崭新的构图、新鲜的色彩。完美印出细节部分的高超版画技术。还有画家对风景特有的解释，以及卓越的表现力。

竟然能画出这样的画……这个广重，到底是怎样的一个画家？

广重出生的地方，日本，到底是怎样的一个国家？

还有，把这幅画带到这个国家的那个男人，又到底是怎样一个人物？

"咚咚"，敲门声响起，提奥回过神。

他把浮世绘重新包好后打开了门。只见安德雷一脸严肃地站着："大人到了。"

"知道了，我立刻就去。"

提奥回答道，他对着挂在壁炉台上方的镜子，拢了拢头发，又整了整上衣的领口。然后急急地赶往"大人"所在的会客室。

在路易王朝时代的天鹅绒长椅上坐着等待的大人——就是让·莱昂·杰罗姆。

杰罗姆是法国画坛首屈一指的、光芒四射的、拥有荣誉勋章的画家。这位实际上执掌法国艺术学院派的巨匠，描绘的大多是取材自古希腊和古罗马时代的历史画、神话以及寓意画。每一幅画都有精密计算的构图，人物的配置、背景的设定、远近感、黄金分割律……他遵循所有的学院派手法，技术毫无破绽，堪称完美。几乎没有留下笔触的光滑肌肤，正是他笔法高超的证明。

正在沐浴的女子裸露着珍珠一般洁白的肌肤，高举重剑的罗马勇士身披甲胄，爱上自己所刻雕像的皮格马利翁①——远离现实世界的理想人物和世界观才是杰罗姆作品里的主角。

完美无缺的绘画。"古皮尔商会"的顾客争先恐后地想要拥有他的作品。不论多小幅的作品都能卖出高价，不论价格多高的作品都一定会出现想要购买的人。

杰罗姆是"古皮尔商会"的经营者——阿多尔夫·古皮尔的女儿玛丽·古皮尔的丈夫，也是"古皮尔商会"的招牌画家。事实上，杰罗姆对古皮尔的贡献非比寻常，其影响力更是无从计算。

这天，杰罗姆约好了与提奥见面。这位巨匠说希望能将自己的新作介绍给特别的顾客时，先来画廊打个招呼，但几乎不曾事先约好时间特地赶来。提奥想，他是不是有什么特别的吩咐。

偏偏就在这天，"若井·林商会"的助理朱利安却带来口信，他非常想要的一幅"广重"的浮世绘，已经做好交接准备，是否可以今天之内来取走。虽然趁着带口信的时候请他一起把画带来比较好，但提奥却提出如果可以通融的话，希望能自己登门去取。

---

①皮格马利翁，古希腊神话中的塞浦路斯国王。

如果被人看到自己从日本人经营的画廊里购买浮世绘，并在古皮尔的办公室里查看会很麻烦。如果被人知道"古皮尔商会"蒙马特大街分店的经理沉迷于浮世绘，怕是连命都保不住。

一进会客室，提奥就露出满脸笑容，脚步轻快地走向杰罗姆："哎呀哎呀，大人今天能特地拨冗前来，真是十分感谢。"

提奥伸出右手，杰罗姆也没有起身，只是随意地握住他的手问："你的店里在白天就招待客人喝酒？"

他的话里充满了讥讽。

虽然安德雷知道杰罗姆喜欢喝酒所以特意准备了白兰地，看来却是白费心思。提奥保持笑容："不，自己拿破仑一世时代酿造的白兰地只会招待特别的客人……"

他打着圆场。虽然不知道招待的酒是不是有这么多年头，但一定是高级货。杰罗姆哼了一声。

"你这种毛孩子怎么可能懂陈年佳酿的妙处……你喜欢的不都是新东西嘛？酒也好，绘画也好……"

提奥吃了一惊。

这个时候，提奥已经明白了杰罗姆特地前来拜访的本意。这位巨匠敏感地察觉到了自己所属画廊的经理想要经办"新的艺术"，他是来给自己忠告的。

"就在前几天我听岳父提到……你是不是卖掉了好几幅那什么'印象派'的痞子们的画吗？用的还是'古皮尔商会'经理的名字。"

杰罗姆说着，厌恶地皱起了脸。

"不，我不想把那种玩意儿称为画，就是跟涂鸦没什么区别的东西。用起毛的笔涂颜料的画面！那些家伙大概穷得连像样的笔和颜料都买不起。"

提奥沉默着——就算要说些什么,也必须谨慎措辞。一旦惹杰罗姆反感,最终就会无法在这里继续立足了吧。

但是,提奥把印象派画家的作品卖给了新顾客却是事实。

提奥作为梵·高家的继承人——父亲在两年前去世,因为长子文森特是个新人画家,社会地位和收入都不安定所以无法继承家业——必须对母亲、妹妹甚至哥哥提供经济上的支持。因此,好不容易在这个公司里取得的经理职位以及工资是决不能放手的。

在古皮尔卖出作品的负责人能有额外的百分之几的提成。所以,不管心里有多腻烦,提奥都在继续积极出售学院派画家们的作品——这是提奥身负的义务。

但是,这段时间,提奥感到了美术市场正在发生变化。喜欢新奇事物的新兴中产阶级里,开始出现寻求表现手法更为"革新"的作品的人。

这时,距所谓的"第一届印象派画展"召开已经过了十二年。虽然当初印象派的画家完全无人问津,但最近却渐渐地出现了专门经办印象派作品的画廊。和提奥交情颇深的阿尔冯斯·波蒂尔就是其中一人。提奥一直都很关注波蒂尔把印象派的画顺利出手的业绩。

有一次,提奥下定决心,去找"古皮尔商会"的经营者阿多尔夫·古皮尔谈话。

——最近,有不少顾客来咨询是不是可以经办印象派的作品。而且在市场上,印象派的作品也在流通,是不是可以试着经手看看?

当初,古皮尔完全没有听进去。但是,营业成绩出类拔萃的年轻经理的嗅觉也不能无视。在提奥的热情提议下,古皮尔终于点头。不过，也就是用"余力"去卖。古皮尔的附加条件就是绝不更改以杰罗姆为首的学院派画家作品为主力作品的方针。

而结果就是，提奥成功卖出了两张风景画。卡米耶·毕沙罗，还有克劳德·莫奈。这两幅作品都是通过波蒂尔从画家那里进来的。

区区两幅画的业绩并不算什么，但对提奥来说依旧是壮举。他第一次售出了打从心底"想出售"的东西。这次的成绩让疲于小心应对学院派大师以及顾客的提奥再次回忆起卖画的快乐。

买下莫奈所作风景画的是开始在巴黎市内经营商场的男人。据说最近才刚搬进离歌剧院相当近的公寓里，提奥送画上门时，男人的夫人把提奥请进了门。

提奥无法忘记在打开包裹看到作品后的瞬间，她容光焕发地说出的那句话。

——这太美了。把这幅画挂在屋里，就好像又有了一扇新的窗！

提奥感到，这句话正象征了当今的美术界。

——新的窗。是的，就是这样。

面朝新时代而开启的新的窗。

印象派画家们的作品正是那扇"窗"。

但是，墨守成规的古皮尔以及杰罗姆不可能注意到"新的窗"的意义。

"我的确卖出了印象派画家的画。不过只是区区两幅小作品……"

面对杰罗姆不悦的脸孔，提奥尽可能温和地说。

"因为最近多了一些品味有点怪的顾客，所以我向古皮尔阁下提出我们应该实行满足所有顾客要求的体制。当然，以杰罗姆大人为首的学院派诸位大人的人气是不动如山的，今后我也会依旧尽心尽力地去卖各位的作品。所以……"

"这种事我当然知道！"

杰罗姆砰地一拍一旁的边几，大声说道。

"提奥多尔，你完全没明白。就算有了喜欢新事物的顾客，但我们古皮尔不去理睬这些家伙就可以了。像以往一样，只把学院派成员的一流作品卖给一流的顾客就好。完全没有一点点必要去把那种涂鸦一样的奇怪玩意儿特地卖给顾客里的暴发户。"

提奥早就明白，杰罗姆打从心底讨厌印象派。

说到头来，印象派诞生的契机是因为由学院派主办、杰罗姆担任评审员的沙龙绝不容许新兴画家入选。保守的评审团会毫不留情地筛除被看出是在探索新的表现手法的作品；落选画家们对评审团的意图不满，就上告拿破仑三世，并联合起来举办了"落选展"。之后，又举办了继承了"落选展"血统的"印象派展"。

在杰罗姆看来，印象派是对自己所在的学院派举旗造反。在自己亲属经营的画廊里售出了这群家伙的作品——哪怕只有一幅，他都不可能默不作声。

"大师的意见再正确不过。是我见识浅薄，真是万分抱歉。"

提奥老老实实地赔罪。如果无法扼制杰罗姆的怒火而导致自己被开除，那就真的是损失惨重了。

"我要说的就这些……失陪。"

杰罗姆虽然还是难掩焦躁之情，却也起身快步往出入口走去。

安德雷连忙拿着大衣、帽子、手杖赶到他身边。杰罗姆一边让安德雷伺候自己穿上大衣,一边眼神锐利地扫向提奥。

"话说,提奥多尔。我还听说了你不只是对印象派,还迷上了另一件事物。"

提奥故作镇静地问:"您指的是什么呢?"

"不要装傻。你以为我不知道你在日本人的画廊出入吗?"

提奥没有回答。杰罗姆的语气愈发骇人。

"什么浮世绘?别让人笑掉大牙了。那种玩意儿,只是废纸。说到底要让不是法国人的你去理解我们国家绘画的伟大之处,终究是有些为难你了吧。"

他猛地打开门,连道别的话都没有说一句,直接离开了。

提奥一动不动地伫立着,等待潮湿的热风吹过自己的身体。

——没有错。

他在心里告诉自己。

我没有错。相信自己就好。

"新的窗"一旦被打开,便再也无法关上。

虽然他是这么想的,但一到杰罗姆的面前,他还是只能一如既往地迎合他的说法以讨取他的欢心。无法排遣的惆怅折磨着提奥。

回到办公室,再次锁上门后,提奥扑通一声坐在了书桌前的椅子上。

——就在刚才,他还因为终于得到了"广重"而欣喜若狂。

有好一阵,提奥都很沮丧。然后,他忽然起身走向身后的衣柜。他打开柜门的锁,取出藏在里面的麻布包裹放在书桌上,又接着解开了包裹。

出现在包裹里的,是一幅油画。

阴郁而幽暗的画面里有一张寒酸的餐桌,一些人围在桌旁吃土豆。结束了一天的劳动后,终于能吃上东西的人们那寒酸的脸庞在油灯的光亮下,显得很是不安。画里描绘了荷兰农民的身姿——因为不知道未来在何处,所以拼命地活在当下。

这幅画的作者正是提奥的哥哥文森特。

文森特从十多岁开始,情绪就有些不稳定,做什么事都无法持久,工作、住处也都不停变动,如今他正在比利时的安特卫普学习绘画。

虽然提奥在很早的时候就已经察觉到哥哥对于绘画有着敏锐的感性,但文森特却声称要成为神职人员或是传教士,总是游走在别的路上,始终都没有认真去画画。经过一番波折,直到二十八岁,文森特才终于下决心做一个画家;而提奥也下定决心,不论发生什么都要支持哥哥。

提奥会做出这个决定的背后,当然既因为他相信哥哥的才能,同时他也深切地期盼不论做什么都不得要领的哥哥能通过绘画自立,但最重要的是,他坚信这一定会打开"新的窗"。

文森特的画会是第三扇新的窗。

提奥是这样认为的。

第一扇窗是日本的美术;第二扇窗是印象派;而第三扇窗——将会是文森特·梵·高的作品。

在这三十多年里,巴黎不论在历史、社会还是文化方面,都迎来了动荡与变革的时期。

拿破仑三世即位,普法战争失败,许多市民在巴黎公社运动中洒下了鲜血,第三共和国政权成立。第二帝国政权期间的奥斯曼计划使巴黎的街道改头换面,世博会在巴黎举办,人人丰衣足食。

十五年后的现在,即将迎来新世纪的巴黎正极尽奢华,世间万物皆集齐在此，集得太齐。正因为如此，人们对新事物、对变革的渴求也愈发高涨。

即使是在美术世界，也已经做好了包容迄今不曾有过的表现手法的作品的准备。

在这样的情况下，率先打开"窗"的——实际上是日本美术。

日本美术的崭新令人们惊叹。而对日本美术的精彩之处反应最为敏感的，则是革新的艺术家们——也就是印象派的画家们。

印象派的画家里，有好多人都受到了日本美术的影响。马奈、莫奈、德加[1]、毕沙罗[2]、雷诺阿[3]，等等，只要看看他们的作品，立刻就能感受到他们是如何拜倒在日本美术的魅力之下。

因此，印象派所打开的"窗"，是继日本美术之后第二扇窗。

提奥把刚得来的广重的《大桥骤雨》摆在书桌上哥哥的作品旁。

文森特画的《吃土豆的人》和广重的《大桥骤雨》，这两者毫无共同之处。但不知为何，提奥却感到在它们之间其实有着一线相连。

——你说过你哥哥是画画的吧。

去"若井·林商会"取广重作品的那天，社长林忠正在那里等待提奥的到来。

之前提奥一再恳求想要一张广重，但忠正却说"浮世绘一到货立刻就会被买走，很难留到你手里"。所以提奥觉得没有可

---

[1] 埃德加·德加（Edgar Degas，1834—1917），印象派重要画家。
[2] 卡米耶·毕沙罗（Camille Pissarro，1830—1903），法国印象派大师。
[3] 皮埃尔·奥古斯特·雷诺阿（Pierre-Auguste Renoir，1841—1919），印象派重要画家。

能，已经放弃了一半希望。这时，对方却突然表示已经做好交接的准备。虽然杰罗姆早已约好来访，但提奥还是冲了过去。忠正一边把包着广重的包裹交给他，一边说：

——这个不是给你，而是给你哥哥的。

如果他是当今美术界里孤独的存在……并且是个敏感之人的话，多半能从画里感受到一些特别的东西吧。

这时，提奥产生了一个强烈的念头——他想把文森特的画给这个人看。

在那之前，提奥只把《吃土豆的人》给阿尔冯斯·波蒂尔看过。因为波蒂尔拥有能同时展出印象派和浮世绘的品位，提奥相信他能对文森特的画做出评价。

不出所料，波蒂尔在看到那幅作品的瞬间，就仿佛被雷击中似的无法动弹。又过了一会儿，他才冒出这样一句话——从没见过这种类型的画。

这句话始终缠绕在提奥的心中。他觉得自己得到了担保——它和浮世绘一样，是迄今为止不曾有过的"新的画"。

提奥在对忠正抱有强烈的警戒心的同时，也对他有着不可思议的亲近感。

是因为他和自己一样是孤身奋斗在巴黎的外国人吗？不，比起这个，应该还有更深一层的……这个男人拥有可以吸引他人的磁力。

说不定文森特能在这个男人的引导下打开"新的窗"？

——正在他这样想的时候。

咚咚，敲门声响起。提奥回过神来。

提奥把画布和浮世绘一起用麻布包起来后，快速放回衣柜。然后，他迈着沉稳的步子朝门走近，打开了锁。

门那一头站着安德雷。

"打扰了。今天在您外出时,有个不认识的男人托我给您留了封信。我完全忘记要交给您了……"

然后,他递过一只白色的信封。

"是谁?"提奥一边接过信封一边问。安德雷的表情很是困惑:"不清楚……"

"是个衣着寒酸的男人。他没有说名字,只是说了声'把这个交给经理'以后就走了。"

提奥狐疑地拆开信封。

打开一折二的纸片,眼前出现了熟悉的草写文字。

突然就来到了巴黎。勿怪。

我现在卢浮宫。你能来"方形沙龙"吗?等你。

我想和你聊聊。万事定会顺利——

文森特

一八八六年 三月上旬
巴黎 九区 歌剧院大街

马车缓缓进入大街，壮丽的歌剧院渐渐消失在右手侧。

林忠正和加纳重吉乘坐的马车停在了位于商店和咖啡馆鳞次栉比的街头一角，和平酒店正门入口处前。

重吉下马车后，转身仰望着加尼叶歌剧院。

这座由法国建筑家查尔斯·加尼叶奉拿破仑三世之命而设计，并在十一年前完成的歌剧院端坐于坡度平缓的台阶上，以春天澄净无云的蓝天为背景，展现着绚烂夺目的身姿。正面排成行的立柱上有着雕刻和装饰，金光璀璨的天使在屋顶上张开翅膀。

"喂，阿重，发什么呆啊？快走了。"

被忠正一叫，重吉回过神来。来到巴黎已经两个月，但所见所闻依旧是那么新奇，总是没法习惯。

"对不起，因为加尼叶歌剧院实在是太壮丽了……"

重吉追上已经走进酒店的忠正后解释。

"你不是已经来过这里很多次了嘛。每次来你都会说同样的话哦。真是的……"

忠正难以置信地说着。

"不过,也不是不能理解。我当初来到巴黎时,用了很多时间才渐渐适应。语言方面倒是很快就能习惯,最无法习惯的是风景。"

早上睁开眼,打开窗后,眼前就是非常巴黎风格的公寓。每一次,他都会想,啊,是啊,这里是巴黎啊……

出门时就更加如此。在街头咖啡馆、凉台惬意自在的人们,戴着礼帽、拿着手杖的绅士,穿着优雅礼服的妇人们。穿梭在大街上的马车队列,能在卢浮宫欣赏到的美术品数量和乐融融的杜伊勒里公园、卢森堡那青翠欲滴的绿色……

还有,那滔滔流淌的塞纳河。

"我无数次依靠在新桥的栏杆上,恍惚地想着这是不是在做梦?我在巴黎,我确确实实在巴黎。不过等等,莫非这是一个比较长的梦?如果这是梦就不要醒……"

"原来林阁下也曾经这样啊。"

重吉的脸上泛着红潮。

"我每天早上醒来都会吃惊地想:咦?这是哪里?我总觉得自己是在金泽老家的榻榻米房间里醒来……然后告诉自己:啊,这里不是金泽,是巴黎。"

"你这家伙真的是……"忠正停下身,神情严厉。

"你那是什么?记住,你的措辞得让人再感受到多一点的'浪漫'才行。巴黎的中产阶级们追求的是日本人的'浪漫'。不要让人幻灭了!"

"是……"重吉没什么把握地回答。

"浪漫……小说……也就是说,故事的意思吗?"

"是的。"忠正干脆地回答。

"接下去我们要见的人,是活跃在巴黎文坛的杰出小说家,非常推崇日本文化。谈话的时候要好好用心，知道了吗？"

这天，重吉初次见到了"若井·林商会"的高级客户，被忠正赞誉为"比任何人都深刻理解日本美术的文人"——埃德蒙·德·龚古尔[①]。

坐在开设在酒店里的和平咖啡馆深处的桌旁，龚古尔正焦急地等待朋友的到来。在确认了两个日本人的身影后，他立刻起身走向他们，亲切地拥抱了忠正："嘿，林！"

"我来介绍，埃德蒙。这位是我们公司的经理，重·加纳。"

忠正介绍了重吉以后，龚古尔那留着花白胡子、微微张开的嘴边绽出了微笑："嘿！欢迎来巴黎。一路很辛苦吧，很高兴终于能见到你。"

他伸出右手，重吉也牢牢握着那只手致以问候：

"初次见面，龚古尔阁下。终于能见到您，我才是深感荣幸。我时常听林阁下提起您的事迹。"

虽然龚古尔每个月会来店里两三次，但在这天之前，每一次重吉都很不巧地出门在外。

如今在巴黎的文化人以及中产阶级之间，赞美日本美术并自称"迷日族"正成为一种流行。拥有一件日本美术品自然不用多说；在女士们之间，甚至到了如果不穿上效仿扇子或和服的服饰就会被视为落后于潮流的地步。

然而，大多数人都只是在表面上做出"迷日族"的样子，实际上却根本不了解日本美术以及日本文化的知识。

埃德蒙·德·龚古尔则是其中货真价实的日本美术爱好家，是个彻头彻尾的"迷日族"。

[①] 爱德蒙·德·龚古尔（Edmond Huot de Goncourt，1822—1896）生于法国南锡，法国小说家。

龚古尔以前曾经有个名叫朱尔的弟弟,兄弟两人共同执笔创作了小说以及历史书籍,带动了巴黎文坛的发展。但朱尔因患结核在十六年前早早离世,终年三十九岁。

失去了外形、性格、言行都好像自己双胞胎一般的弟弟后,龚古尔沉溺于深深的悲伤之海底。虽然一度消沉到无法执笔,但是对日本的憧憬,对日本美术的强烈热爱却拯救了他。

——我想去日本,想去日本生活,想在那里开始新的人生。

这样的梦想缓解了他痛失弟弟的孤寂。事实上,龚古尔也认真考虑过漂洋过海去日本,是忠正向他娓娓解释了这并不是件轻易的事,并让他认识到,即使身在巴黎,只要一直研究日本美术,就能无限贴近日本。

"林甚至都把你从日本叫来,想必是你对日本美术有不凡的见识吧,阿重?"

在以红酒碰杯后,龚古尔颇为兴奋地问重吉。在他看来,重吉是从他憧憬的国度被派遣到巴黎来的一名新的美之使者。

因为千里迢迢来到巴黎的日本人屈指可数,被这么想也是自然的。但被过于期待却也令人犯愁,重吉挠了挠头,谦虚地说:

"哎呀,也不至于啦……"

就在这时,忠正在桌底下用膝盖顶了一下重吉的膝盖,重吉吃惊地看向忠正,忠正却故作不知地说:

"他不但精通法语,更具有用法语来讲述日本美术的知识与技术。我把他叫来是要让他做我的左右手,您大可信赖他。我保证。"

"是的,当然。"重吉坐直了身体继续说道,

"我听林阁下提过,最近在巴黎有许多粗制滥造、效仿日本

美术的画。见识不够的法国人对那些似是而非的廉价物品趋之若鹜……我们公司出售的作品都是货真价实地从日本直接采购来的,在我和林阁下一幅一幅地检阅以后,才会送到顾客的手中。特别是像您这样对日本美术有着深厚造诣,又远比其他人热爱日本美术的人……"

重吉滔滔不绝地说着,连他自己都感到不可思议。浮现在忠正侧脸上的微笑仿佛在说:"这样就好。"

龚古尔十分满足地点着头,双下巴不住地起伏。

"原来是这样,相当可靠啊。看来你不但拥有欣赏美术的审美,还有识人的眼力……就这点来说,虽然同样是外国人,你和那个宾格真是大相径庭。"

忠正"呵呵"笑出声。

"毕竟,在巴黎有许多人都自诩'日本通'……我们之所以会比宾格更熟悉日本美术并不是因为有着更高超的见识,仅仅是因为我们和他不同,我们是日本人。"

龚古尔发出了叹息。

"是的,正是这样。仅仅因为你们是日本人。但正因为这样,却更能撩动起我们的憧憬。对于满脑子想要设法成为日本人的我来说,你们的出现是那么美妙,令人羡慕……"

重吉并不理解为什么龚古尔会对日本人和日本文化如此倾倒。他仿佛就和自己憧憬巴黎那样,对日本倾注着相同的热情。

这一天,龚古尔想要好好招待自己的日本友人和他店里的新人,于是请两人用了午餐。

用过汤以后,被端上餐桌的是烤鸭肉。这时,龚古尔忽然开口:

"说起来,林你有说过被邀请执笔编纂《巴黎插画》杂志的日本特辑吧。那之后怎么样了？"

这是重吉没有听过的事。

《巴黎插画》是在巴黎非常流行的插画杂志，杂志上会刊登各种事件的报道和异国见闻、讽刺画以及彩色照片，尤其受到巴黎市民的关注。重吉也经常会购买，并仔细阅读杂志上的每一个角落。

他第一次听说这么受欢迎的杂志要做日本特辑。而且，竟然还是由林忠正执笔编纂。

"这是真的吗林学长？！"——重吉用力克制住想要这么叫出声的冲动，如果这么做的话，一定又会照例挨忠正的骂吧。然后被他说："不要在法国友人面前让我丢脸。"

忠正的嘴角浮现出耐人寻味的微笑。

"是的，这事我只在这里说……其实，原稿已经完成了。"

听到他的回答，龚古尔的眼睛闪耀出了光芒。

"是嘛！什么时候发售？"

"很快。但具体日期还不能说。"

忠正的措辞十分含蓄。

"不过，《巴黎插画》编辑部还真是聚集着一些好事之人呐。他们完全可以去请菲利普·伯蒂[①]，而不是我这么一个区区美术商……"

菲利普·伯蒂是为日本美术在法国立足并普及做出贡献的美术评论家。如今不仅是在法国，日本美术在欧洲各地都牢牢占有一席之地。是他最早注意到日本美术的有趣、精妙之处，并把欧洲人表现出的对日本的强烈兴趣，因为受到日本风情的

[①]菲利普·伯蒂（Philippe Burty，1830—1890），法国艺术评论家，收藏家。他为日本主义的普及和版画复兴做出了贡献，支持印象派画家。

表现手法以及日本美术的影响的艺术取名为"日本主义"。他自己也是知名的日本美术收藏家，同时也是忠正的重要顾客。

"的确，菲利普对日本美术的见识非比寻常，还有热情也是……唔，在这偌大的巴黎，对于日本的热爱能和那个男人称为法国双璧的也只有我了吧。"

龚古尔说着挺起了胸膛。重吉暗笑，龚古尔似乎正在进行一场宣扬自己有多么憧憬热爱，又是多么深深地倾倒于日本美术的对战。

"不过呢，林，虽然你们日本人似乎有着'谦逊'的美学……但其实你是这么想的吧？能够领导《日本特辑》的人只有自己。"

龚古尔直截了当地说。忠正丝毫不为所动，沉着地回答："嗯，差不多是这样。"

"因为，我和诸位不一样，我是'日本人'。"

完全没有什么"谦逊"。忠正皇而堂之地宣称自己"是日本人"。重吉甚至对忠正这般傲慢的态度感到了吃惊，但同时，他又对自己是身在巴黎的日本人感到了自豪。他察觉到，忠正是在言传身教地告诉自己：必须要这么做。

"正是这样。"龚古尔的语气充满羡慕。

"你和我们不一样。在这个国家，没有人比你更知道日本是个怎样的国家，日本美术又是怎样。我也从你身上学到了很多……我很感谢你，林。"

然后，他轻轻举起红酒杯。忠正也随之举起了酒杯。重吉也连忙举起酒杯，顺势把剩下的红酒一饮而尽。

"……那么，大概是什么样的内容？能稍微透露点吗？"

龚古尔小心地问道。

"这个嘛……"忠正抿了一口红酒,轻声道。

"就留作……阅读时的乐趣吧。"

忠正说得装模作样,似乎有着什么打算。重吉觉得现在就是要把故作不知的态度贯彻到底,于是假装专注于面前盛有鸭肉的餐盘。

"唔……"龚古尔哼哼着,停下了握着刀叉的双手。忠正一脸坦然地切着烤鸭肉。

"……封面呢?"

又过了一会儿,龚古尔悄声问,忠正手上的动作戛然而止。

"《巴黎插画》日本特辑的封面,你到底会用哪个画家的作品?"

忠正抬起头看向龚古尔。重吉也同时抬起了头,在这一瞬间,重吉才明白龚古尔想问的其实还有这一件事。

"我只先告诉你一个人。"

忠正注视着龚古尔的眼睛回答。

"我打算在封面上刊登溪斋英泉[①]的浮世绘……作品也已经决定了,是一幅名叫《身着云龙打褂的花魁》的作品。"

龚古尔咕嘟一声咽了咽口水,身子探过餐桌:

"英泉吗!我没听说过那个标题。是怎么样的作品?是美人画吗?颜色呢?构图呢?"

然后,他停了一拍,又问:

"你那里有吗?"

忠正狡黠一笑。

"那是自然……要给你留着吗?如果你无论如何都想要

[①]溪斋英泉(1790—1848),日本江户时代浮世绘画师。

的话……"

"日本特辑出版后,英泉的作品价格必然飙升。所以在那之前,我可以为你一个人留着,"忠正说,"因为你是我的朋友。"

"多少钱?"

龚古尔的声音变得亢奋。忠正的嘴角保持着微笑,不紧不慢地回答:

"……收您一千法郎。"

重吉险些跌落手中的叉子。

一千法郎。这是可与法国艺术学院派巨匠杰罗姆的油画匹敌的价格。

翌日,忠正为了收购浮世绘出发去了伦敦。

虽然浮世绘在伦敦也受到追捧,但相比巴黎还是可以用还算便宜的价格买到。为此,忠正频繁地去往伦敦,收购浮世绘后再带回巴黎的店里。在"若井·林商会"里,共同经营者若井兼三郎会在日本采购商品,定期用船运到巴黎。

忠正刚来巴黎那阵,当时在"起立工商公司"担任副总经理的若井请他到巴黎分店工作。若井是个标准的东京人,因为家里是开当铺的,所以颇有商业头脑,长大独立后成了美术古董商。他借着一八七三年维也纳世博会的机会,以古董商的身份来到欧洲,和茶商松尾仪助共同成立了出口贸易公司"起立工商会社"。然后他把忠正请来,正式在巴黎开始了日本美术作品的生意。

尽管日本美术作品卖得飞快,但因为若井和忠正对公司的进货速度赶不上就廉价出售粗制滥造品的方针感到抵触,所以相继辞职。在那之后,两人就成立了"若井·林商会"。

若井的眼光独到，他亲自游走于日本各地，四处寻访上好的美术工艺品以及浮世绘。然后以令持有人吃惊的高价收购。在那之前，浮世绘就和读完的瓦版一样没有什么价值，浮世绘的拥有者趋之如鹜地找到若井让他购买自己的浮世绘。若井收集大量上好的浮世绘后，和其他美术工艺品一起运往位于巴黎的店里。

但是，从日本出发的船只要三个月才能抵达巴黎。必须在商品库存见底之前补货。忠正会去伦敦采购就是基于这样的背景。

《巴黎插画》日本特辑预计在五月发售。发售后，浮世绘的价格应该会再次飙升。所以必须在那之前尽可能备齐商品。忠正有条不紊地为此做着准备。

只有很少一部分人才知道日本特辑就快面世。忠正十分小心地不让像宾格的店那样经营日本美术作品的同行知道这件事，连重吉也是直到龚古尔在餐桌上提起才知道。

这天，重吉把装入画框的英泉作品《身着云龙打褂的花魁》挂在面朝大街的橱窗对面的墙上。之所以挂在那里展示，是因为忠正要他挂在——从外面往店里张望时最容易看清的地方。在没有表现出刻意炫耀，而是能吸引住那些兴致勃勃地停下脚步，张望着看店里有些什么的客人的眼光的地方挂上很快就会在整个巴黎无人不知的英泉的作品。真是天衣无缝的计划。

重吉双手架着画框，小心翼翼地把画挂到墙上，又在距离稍微远点的地方眺望，以确认是否有挂歪。英泉所绘的《花魁》有着令人屏息的绚丽色彩，是一幅凸显出花魁之妖冶的优秀作品。重吉与画中那个欢场女子两两相对了许久。

竖长的画幅。身着华贵的打褂，发髻上插着数支发簪，千娇百媚的花魁正作回首之姿。她的背上是皑皑白云，有龙傲然挺立。打褂、和服、腰带，赫然呈现着黑、红、绿、白，色彩对比着实鲜明。花魁那好似能乐面具的脸散发着奇妙的风韵。欢场女子的身姿占据整个画面，虽然看起来平面且花哨，却能感受到几乎满溢的生气。这正是擅长美人画浮世绘的英泉被公认的一幅佳作。

——就是这幅作品将出现在《巴黎插画》的封面上吗？

重吉想着花魁占据巴黎街头所有报摊的场面，忍不住暗自窃笑。

——这不简直就像是要在巴黎上演"花魁道中"吗！而这不也就差不多是日本的美术夺取了天下一样吗？

忽然，画框中的玻璃上倒映出了人影。是在大街上驻足张望橱窗里的人物倒影。那个身影似乎正纹丝不动地凝视着店里——不，是《花魁》。

重吉转身望向橱窗。

橱窗那头，一个头戴圆形礼帽，身披邋遢上衣的男人正一动不动地站着。他瘦削的脸颊被红色的胡须覆盖，凹陷的眼窝里那双眼睛目不转睛地凝视着《花魁》。那双眼里透着猛禽类的敏锐。

重吉感到胸口发出震动的声音。他也不知道为什么。但重吉从那个男人的眼神中感到了欲望——就仿佛他立刻就要来抢走《花魁》一样。

一瞬间，重吉对上了那个男人的目光，他慌忙移开视线。这是个衣着寒酸的可疑男人。他不可能是我们店的顾客，还是无视为妙。重吉心里想着，慌慌张张地往里面的办公室移动。

过了一会儿，门铃响起。刚要在办公室书桌前的椅子上坐下的重吉大惊失色地站起身。

他听到店门砰地合上的声音,明白助理朱利安已经领客人进门——不,如果是那个男人的话,那就是"不速之客"。

重吉的手才碰到门把,就有人急急地敲门。他从内侧打开门,眼前站着朱利安。

"有客人来访。"

重吉咂了咂嘴。

"为什么你不问就带进来了。"

朱利安有些惊惶:"是和重阁下约好见面的人。"

他回答道,"'古皮尔商会'的提奥多尔·梵·高阁下。"

重吉连忙走出房间。

英泉的《花魁》面前有两名男子的身影。

一名是头戴着常礼帽、身着上等礼服、手持手杖、举止优雅的男性,他是重吉在巴黎屈指可数的朋友提奥。

然后还有一名,就是在刚才以阴沉敏锐的眼神透过橱窗盯着《花魁》看的——那个男人。

他是提奥的哥哥,文森特·梵·高。

一八八六年 五月上旬
巴黎 十八区 勒皮克街

在坡道下的广场上跳下合乘的马车后，提奥沿着缓缓的坡道快步向上走。

这天是"古皮尔商会"的结算日，提奥忙着整理文件，很晚才离开店。给出入口的门上锁以后，提奥看了一眼怀表，已经过了晚上八点。要将近九点才能回到自己房间了吧。说不定哥哥等不及，已经出门了。

虽然已经将近九点，但五月的巴黎依旧亮得仿佛刚入夜。街上咖啡馆以及酒馆的露天座位上，满是要好好享受这姗姗来迟的舒适季节的人。

位于坡道上某座公寓的蓝色大门是通往中庭道路的出入口。他的手才搭上门拉手，门忽然从内侧打开。对方因为突然的相遇而一脸吃惊，正是哥哥文森特。

"啊，提奥，你来得正好。我正想要去'巴塔耶'。等着你回来天都黑了……"

他说着笑了笑，呼出的气息带着酒味。明明跟他说了那么多次不要在家里喝酒——提奥虽然感到胸口发闷，却温和地应着，关上了门。

"今天是店里的结算日,所以晚了。不好意思让你久等了。"

"什么呀,那你在出门前告诉我就好了。我都快饿死了。快点出发吧。"

文森特开始急匆匆往坡道上走。什么呀……提奥感到生气,明明早上出门上班时他自己还在酣睡。

"今天进展得如何?昨天你给我看的画了一半的风车,有继续画下去吧?"

提奥对着哥哥的背影问。昨晚,他给自己看了正画到一半的风景画,上面画着蒙马特高地上的风车。构图非常巧妙,他预感完成后会是一幅非常有趣的作品。

"唔,还可以吧。"文森特没什么兴致地回答。

"今天我没出门,一直都待在家里。"

"为什么?今天不是天气很好吗?明明是非常适合创作的天气……"

文森特骤然停下脚步转身。

"适合创作的天气?你懂这种事吗?画画的不是你吧?今天能画,还是不能画,这只有我才知道吧?"

哥哥浑浊的眼布满血丝,提奥不知如何应答。

文森特不时会蹦出这样的道理,而自己则会因此而屈服。

"哎呀,这种事不用去管了。快点走吧。我已经渴得不行了。让我们在一直坐的那张桌子前,为平安度过今天而干杯吧!"

文森特察觉到提奥的脸上露出了复杂的表情,他让步地说了这么一句后,快速迈开了脚步。

趁那又脏又皱的上衣下的身影还没有转过第一个拐角时,提奥也快步走上坡道。

二月末，文森特突然悄无声息地来到了巴黎。

在提奥外出办事时，他在"古皮尔商会"草草地留下了口信，上面还写着希望提奥能立刻去卢浮宫。

提奥把那张写着草书的纸片塞进上衣口袋后，立刻冲出了画廊，连帽子都没有戴。

在卢浮宫二楼，壮丽的大厅的"方形沙龙"里，挂着许多荷兰黄金时代的绘画以及意大利文艺复兴时期的杰作。果然，文森特就伫立在那间房间里的正中。

"文森特！"

被这么一叫，红胡子转过身来。

已经变形的圆礼帽，又脏又皱的上衣和裤子，沾满尘泥的鞋子。文森特对着展示厅入口的提奥咧着嘴笑。不齐整的牙、满是皱纹的脸，他不像是才三十岁过半的壮年，倒像是个老人。

提奥激动地摆动着手臂走到哥哥身旁。在到这里的路上，他一直在思考见到哥哥要说些什么。

——为什么这么突然地来了，哥哥？

你不是在安特卫普的美术学校学习吗？你信上不是说有许多画到一半的作品吗？

你这么突然来我很困扰的，我也是有规划的。

哥哥总是让我这么困扰。从来都不肯照我希望的那样去做。

随心所欲地、自说自话地、从来不管家人还有我的想法。想做什么就做什么，一副自己就只会这么做的样子。

你知道吧？我养活的不只是哥哥，故乡的妈妈还有妹妹们都指望着我。两年前，父亲去了天堂后，我就成为梵·高家的一家之主，这你没有忘记吧？

我也不是因为想当才当一家之主的。原本当一家之主的应该是哥哥。因为你是梵·高家的长子。

但是，哥哥一点都没有安定下来，连自己的生活都照顾不好。结果只能由我当一家之主。

但是哥哥其实是对接受我补贴的事感到羞愧的吧？所以才提出我每个月给你的钱不算是"补贴"，而是作为"报酬"。

（——提奥，我每个月都会送你我的作品。那些作品就是你的所有物。

要怎么处理这些作品完全是你的自由。你也有权不给任何人看。就算你想把它们全撕了，我也绝不抱怨。

为了前进，钱是必需的。所以，只要你还在给我对我来说有用而且必不可缺的钱，我就不会和你断绝关系，如果有必要，我可以忍受任何事。

提奥。我对你和你的钱持有的想法，是否跟你对我和我的作品所持有的想法是相匹配的？）

我是用怎样的心情读完写有那个提议的信的……哥哥是不会明白的吧。

我从来都没有想过要用补贴给哥哥的钱来交换哥哥的作品，并据为己有。

哥哥的作品不属于任何人。因为哥哥的作品属于画家文森特·梵·高。

用区区每个月一百五十法郎就把被家人、社会孤立，只身一人受着苦却坚持画画的哥哥的作品据为己有……这种事我可做不到。

但哥哥却在那封信上写"只要给钱"就不断绝和我的关系。

我们的关系就只是那样吗？你是想说，如果我拒绝接收哥哥的作品，如果我停止支付"报酬"，那么我们就永远不再是兄弟了吗？

哥哥，你和我之间，到底是有着多么沉重的枷锁？

如果可以索性就这样，今后也不再见面的话。

如果可以让我儿时憧憬的你的幻影永远只活在我的心里。

那我该是多么幸福啊。

提奥在内心的独白中到达"方形沙龙"。

然后，在看到哥哥已然苍老的面容瞬间，忘记了所有语言。

说这个吧，说那个吧，最好不说这个，那个就不说了吧。惆怅的心情百转千回，反而让提奥说不出话来。

"啊，提奥……你没戴帽子啊。这不像你啊，发生什么了？"

提奥露出皱巴巴的笑脸说道，仿佛在掩饰自己的难为情。听着他糊弄的语气，看着他寒酸的打扮，提奥无法抑制想哭又想笑的冲动。

"因为你这么突然地叫我来卢浮宫……我连忙冲了出来，没空去拿帽子手杖之类的。"

提奥有些哽咽地说。

文森特索性笑得整张脸都皱了起来，他说：

"啊，这样啊，哎呀，这么急……让你受惊了真不好意思。不过，我才是受惊的那个。"

"因为什么事受惊了？"

提奥反问。

"就是那个，装饰在'古皮尔商会'的画！"

文森特用力挥动手臂，用整个身体来表现自己的吃惊。

"你外出时我进去看了会儿……柯罗[①]、杜米埃[②]、居斯塔夫·莫罗[③]、巴比松画派[④]……没想到竟然会卖除了学院派画家以外的作品,真是吃了一惊。"

他似乎打心底感到佩服。

以前,在文森特先于提奥成为"古皮尔商会"员工的时候,他也曾在巴黎居住并在古皮尔的总店工作过。那个时候,古皮尔只经手学院派画家的作品。

和那个时候相比,的确可以说是大变样。除了正统的学院派作品,古皮尔也开始经手一些有市场需求的作品。

促成这个变化的人正是提奥。即使一直被杰罗姆抱怨,他还是不动声色、一点一点卖起了印象派作品。对老字号画廊来说,这是相当大的变化。

哥哥一眼就注意到了这个事实。提奥毫不掩饰地对此感到欣喜。

"虽然这个展示厅里展示的作品几乎没什么变化……"

文森特扭着头,飞快地看着密密麻麻地挂满四方墙壁上的名画,然后,再次直视着提奥的脸说:

"巴黎变化很大啊。"

提奥微笑着点头。

"是的,变了很多……今后应该还会有更多的变化。"

会变得更好、更有趣、更刺激——这就是巴黎这座城市的

[①] 柯罗(Jean Baptiste Camille Corot, 1796—1875),法国写实主义风景画和肖像画家。
[②] 奥诺雷·杜米埃(Honoré Daumier, 1808—1879),法国著名画家、讽刺漫画家、雕塑家和版画家。
[③] 居斯塔夫·莫罗(Gustave Moreau, 1826—1898),法国象征主义画家。
[④] 巴比松画派(École de Barbizon)是1830年到1840年在法国兴起的乡村风景画派。因该画派的主要画家都住在巴黎南郊约五十公里的枫丹白露森林(Fontainebleau Forest)附近的巴比松村,故1840年后这些画家被合称为"巴比松派"。

命运。

身处于这座城市的艺术家们的命运也将渐渐改变。

结果，文森特就真的这么大刺刺地搬进了提奥独自居住的公寓里。

仔细询问之下，才知道，虽然他确实是突然前来，但在那之前他已经搬出了在安特卫普寄宿的地方，也已经从虽然注册但并不怎么去上的美术学校退学，打包了所有的行李——几乎都是绘画用具——他打算移居到这里。

提奥位于拉瓦尔街二十五号的房间虽然小，但总是整理得干干净净，住着很舒适。文森特理直气壮地提出了"我要住在这里"。他说巴黎才是自己应该在的地方，他已经不打算再去别的地方了。

文森特来巴黎是为了什么？自然是为了画画，为了以画家的身份获得世间的认可。但这样一来，提奥那舒适的屋子怎么都过于狭小。文森特需要一间画室。必须得为他准备一间可以让颜料肆意飞溅的房间。

提奥立刻询问了好几个朋友，说自己还没有名气的画家哥哥来到了巴黎，要和自己共同居住。所以想搬去一间房租不太贵，至少有三间房间的公寓——哥哥和自己各一间，再有一间作为画室。

朋友们都难掩吃惊——你还有哥哥？而且还是个无名画家？那就通过你的画廊帮他卖画不就好了，诸如此类。

要是企图在"古皮尔商会"出售无名画家的作品，自己立刻就会被杰罗姆永久驱逐吧——为了避免做出这样的解释，提奥找的是已经看过文森特作品的人——阿尔冯斯·波蒂尔征求意见。

波蒂尔提供了非常有用的信息。他说他居住的蒙马特的勒皮克街有一间公寓正好空了出来。位于四楼的屋子有四间房间加厨房，房租也不像此前提奥居住的第九区那么贵，而且在同一栋公寓里还有费尔南·科尔蒙①的画塾，他亲切地建议是否可以去画塾学习。

尽管科尔蒙也是法国艺术学院派的权威，但却和杰罗姆不同，积极地向朝气蓬勃的新人画家们打开了画塾的大门。提奥也有听过传闻，在科尔蒙的门下聚集着许多目光炯炯想要找到新的艺术表现手法的年轻无名画家。——勒皮克街的这间公寓，不正是最适合文森特的地方吗？

提奥请波蒂尔介绍了房东，一切都进展得很顺利。搬家后，提奥马上把文森特介绍给了波蒂尔。波蒂尔兴致勃勃地与文森特见了面。

提奥曾经给波蒂尔看过一次《吃土豆的人》。他无法忘记波蒂尔当时所说的话。

——从没见过这种类型的画。

"从没见过这种类型的画"，也就是说，不与任何人的作品相似，是极具个性的画。

文森特的画的确和任何人的作品都不相似。是的，第一次看到日本美术时，也有同样的感觉浮现在提奥胸口。

——这是什么？为什么这个世界上会有这种画？

构图也好，色彩也好，和迄今见过的任何一个画家的任何一幅作品都不一样。

---

① 费尔南德·科尔蒙（Fernand Cormon，1845—1924），出生于法国巴黎的画家。巴黎高等美术学院教授。

回想起当时沸腾在胸口的感觉，提奥把波蒂尔的话当成了对《吃土豆的人》最大限度的赞美。

在面对画出"从没见过这种类型的画"的本人时，波蒂尔却没有提出想要看他的画之类的请求，而只是给出了一句建议——科尔蒙的画室里聚集着许多有意思的家伙，你可以去试着加入。

他曾隐隐地期待能在第一时间就对新艺术的动向做出反应的波蒂尔会不会对文森特的工作有兴趣。但作品落笔粗糙、色调阴暗的无名画家拥有的个性和已经在巴黎被承认的印象派以及备受追捧的浮世绘截然不同。也就是说，他不是波蒂尔会表现出兴趣的那种类型的画家。

从勒皮克街公寓的窗口可以一览蒙马特的街道。周围有着集市以及各种各样的店铺，咖啡馆和小酒馆鳞次栉比，洋溢着平民的勃勃生气。有许多年轻艺术家都住在这一带。提奥期盼这里的环境能给文森特带来作为画家的干劲和安定感。

巴黎充满刺激。这里完全找不到文森特以往画作题材里那些萧条的农村和默默耕耘的农民。若能吸取这个轻松时代的空气，亲近这片繁华的街道，那么他的画的氛围应该也会有所改变。

在此之前，文森特流转于荷兰以及比利时各地，不曾在同一个地方长时间落脚，又因为与妓女的痴情纠缠以及对其他女性的单相思，精神上也不曾有过一天安宁。即使为了购买绘画道具而节衣缩食，但还是无法好好地专心于绘画。

这样的哥哥却下定决心来了巴黎——提奥思考着他来到自己身边的真正用意。

——想要改变。

文森特是这么期望的吗?

在这六七年中,他一直都在和艺术这个魔鬼战斗。他一直在受伤,始终在受苦,被逼迫得走投无路。

文森特是因为想要改变这样的状况才来巴黎的吗?他期望着自己能有所改变吗?

想到这一层,提奥下定决心要接纳文森特。

很久以来,提奥都在给哥哥提供经济上的支援,希望他能作为一个画家出人头地。但事实上,他有过想把目光从随着时间流逝而愈发窝囊、丑陋的哥哥身上移开的心思。

少年时期,文森特曾是提奥的憧憬。背负双亲的期待,接受了高等教育,在伯父的支持下,去往大城市海牙的大画廊里就职——在当时的提奥眼里是这样。当时的文森特身材矫健,虽然有时会陷入忧伤,但总是在各方面都想着弟弟。

在提奥的心里,文森特以往的身影总是那么鲜明。他不想抹去那个身影。所以他不肯面对现实。

文森特情绪不稳定时,就会疯了似地给弟弟寄满是破口大骂的话和恶意的信。不知道有多少次,提奥读着信里的语句,心中决定两人再也不是兄弟,再也不愿与他见面。每次收到哥哥的信,他都想过不拆封,直接撕毁丢弃。却又会想,或许他的情绪已经略微稳定,或许他的创作正在顺利进行,又或许他正因为完成了一幅好作品而欢喜,最终还是把信读完。

两人之间的书信来往虽然频繁,却有很长时间不曾见面。对提奥而言,他害怕与文森特见面,因为他觉得两人会真的失和,从此再不往来。

然而两年前,他和哥哥却以出乎意料的方式再会了。住在家乡的父亲去世了。赶去参加葬礼的提奥见到了正与母亲以及妹妹们温柔拥抱的哥哥。

提奥的眼泪夺眶而出。不是因为见到父亲的尸体；而是看着节衣缩食、身患胃病、牙齿脱落、瘦削如老人一般的文森特却还是在拼命安慰家人，努力扮演长子的模样。提奥因为无从排遣的伤感、落寞、哀怜而不由落泪。

——我这辈子就这样了吗。

葬礼过后彼此告别之时，文森特凝视着弟弟，仿佛自言自语似地低喃，他的眼神中浮现着不安。

——我已经没法再改变，就此结束了吗。

提奥深情地望着兄弟，断然回答。

——没有这种事。你一定能改变的，只要哥哥你愿意。

——你真的这么想？

面对哥哥的提问，提奥用力地点了点头。文森特的脸上挤出了一个小小的微笑。

就这样，文森特来了。他来到了巴黎，来到了艺术之都——义无反顾、勇往直前地来到了提奥身边。

街上的煤气灯一盏一盏被点亮。

走在前面的文森特那身着皱巴巴上衣的背影渐渐溶入深蓝色的黄昏，越走越远。

不想追逐哥哥的背影，绝不能跟丢……两种截然相反的思绪在提奥的心中静静搏斗。

街道两旁的七叶树在茂密的枝叶之间开出淡红色的花，毫不吝啬地散发着芳香。突然涌现的惆怅是因为这刚刚开始的夏天吗？

很久以前的夏天，还是少年的提奥在家乡的街道拼命追逐哥哥渐渐远去的背影。会有这样的心情,是因为那时的自己苏醒了吗?

提奥怀着难以名状的感情,追逐着哥哥正渐渐消失在夜晚街头的背影。

一八八六年 五月中旬
巴黎 第十区 豪特维尔街

大街上的林荫树枝头萌出的新叶,在晨光的照耀下闪闪发光。

迎来初夏的巴黎街头,因为种植在道路两旁排列整齐的树木显得愈发辉煌。

从位于豪特维尔街的公寓步行去"若井·林商会"工作的重吉快步走在石子路上,不时回想起和林忠正一起去隅田川畔的茶屋的事。

他想起他们看着桥畔被拴在一起的小船在涟漪中吱呀吱呀地摇晃,想起忠正的语气里充满着坚定的意志——无论如何我都要去巴黎。想起忠正的侧脸。当时的情景毫无条理地浮现在脑海,是因为只要走在巴黎右岸的街头,就能从拂过的微风中感受到微微的湿气吗?

是的,这里不是东京,是巴黎。在这里流动的不是隅田川,是塞纳河。在空中飞舞的不是蛎鹬,是海鸥。在风中摇曳的不是柳树柔软的枝丫,而是梧桐木茂盛的绿叶。

是的,那个时候,我们曾互相倾诉,自己是多么渴望,想要设法去往法国、巴黎。

我只是单纯地梦想着，仿佛向往天边的云彩一般，但林学长却不一样。那个人从一开始就是认真的。他下定决心要去巴黎，并用自己的眼睛来见证这个世界的变化。

然后，那个人就真的付诸实施了。还顺带把我也拖了来。

如果不是有林学长，我自己在没有什么重大情况下是来不了巴黎的。虽然我梦想着来巴黎，但其实并不是认真地想要来。

但那又如何？如今我正走在巴黎的街头。我感受到的不是隅田川，而是散发着塞纳河气息的风。

五月的巴黎是最美的，美得让人忍不住地想要向人表达活在世上的感激——忠正是这么告诉重吉的。喜不自胜是因为清新季节的到来。

——眼看就要走到店前，重吉忽然吃惊地停下脚步。

橱窗前人山人海。戴着礼帽的绅士们，有的正往玻璃窗里张望，有的眺望着马路对面，仿佛正在等人。

发生什么了吗？重吉赶紧快步赶到绅士们的身边。

"不好意思，请问发生什么事了吗？究竟是……"

他开口问道。

"你是林画廊里的人吗？"

其中一名绅士用带着浓重口音的法语问他。

"嗯，是的。"

他这么回答后，别的绅士们就问：

"这家店里有卖这幅浮世绘吗？"

他们说着递过手中的杂志，看到封面上的画，重吉吃了一惊。

那是黑发上插着数枝发簪、妖艳的欢场女子正千娇百媚地站着回首顾盼——那是英泉的《身着云龙打褂的花魁》。

是这个月发售的插画杂志《巴黎插画》的日本特辑。林忠正关于日本美术的投稿引起了很大反响。杂志发售后，立刻就不停有人向重吉询问封面上英泉的作品，有几十幅存货的英泉作品一眨眼就卖完了。

还能继续畅销，所以，忠正立刻出发去伦敦进货。他原本预计把伦敦所有出售日本美术的店都跑一遍，总能找到存货。但没想到在伦敦的"迷日族"也已有了口碑，哪家店里都没能买到。相反，还被对方"你那里没有吗？有的话开个价吧，拜托了"地软磨硬缠，一边咕哝着"真倒霉"回到了巴黎。

十万火急前来购买的是忠正的友人、日本美术的大收藏家、作家埃德蒙·德·龚古尔。虽然忠正事先就提出过可以把英泉的作品卖给他，但他在听到价格后却犹豫了。忠正给《身着云龙打褂的花魁》的定价竟然是一千法郎。

因为浮世绘是版画，所以同样的作品并非唯一；而且即使是有人气的浮世绘画家，当时的市场价也就是一幅二三十法郎。"这个价格也太离谱了吧"，龚古尔这么抱怨后，忠正也就断然拒绝道，"那么就算了。"不用多久，他就会觉得一千法郎都算便宜。不过，等他察觉的时候就已经太晚了吧……

忠正的预言应验了。店里英泉作品的存货全都以超过一千法郎的价格售罄。甚至还出现了愿意以三千法郎购买《身着云龙打褂的花魁》的顾客。龚古尔赶来时已经完全没有存货。因为忠正正在出差，所以是重吉接待了龚古尔。看着他捶胸顿足懊悔的样子，重吉暗笑，这正是所谓的"雨后送伞"了。

总算英泉热告一段落，才想着终于能松口气了，今天早上来到店门口又是这么热闹，到底发生了什么？

"这幅作品已经售罄。"

重吉回答后，绅士们全都露出了大失所望的表情。然后，一名身材高挑挺拔的男性依旧不死心，他说：

"我们是住在阿姆斯特丹的浮世绘爱好者团体。这本杂志的日本特辑在阿姆斯特丹也有很高的评价……我们听说，据说这家店里有卖封面上的这幅作品，所以就一路换乘火车，花了三天三夜才到了这里。然而却……啊……这要怎么办才好，竟然卖完了！"

绅士的这番话使重吉大吃一惊。

虽然他有听过不只是在巴黎还有伦敦，就连欧洲其他国家都有日本美术的热情爱好者，原来这些都是事实。

话说回来，花三天三夜从荷兰来到这里，却连一幅英泉的作品都看不到……重吉觉得他们很可怜，就邀请他们进店。

"请进，长途旅行很累了吧，还请稍事休息……"

"不，不用了。我们这就去别的店看看。除了这里以外，还有哪家店有卖浮世绘吗？"

因为被问及，重吉就把宾格和波蒂尔各自的画廊所在的路名告诉了他们。

目送这群戴着礼帽的绅士的背影，却见忠正从道路的那一头走来，并与他们擦身而过。

"早上好。"

伫立在橱窗前的重吉向一脸诧异的忠正打招呼。

"那群人是谁？你认识的？"

被这么一问，重吉便回答"不认识"。

"似乎是花了三天三夜从阿姆斯特丹赶来的，荷兰的日本美术爱好者团体。因为看了《巴黎插画》日本特辑，所以想来这里买英泉的作品。"

"哦?"忠正的声音似乎颇有兴趣。

"那真是有劳他们特地前来了……怎么不请他们到店里?"

"我有请他们进店稍事休息,但他们说立刻想去其他店碰碰运气……"

"唔,然后呢?"

"我就把宾格还有波蒂尔的店告诉他们了。"

忠正沉默地盯着重吉看了一秒,然后说:"跟我来下。"

他说着就气势汹汹地沿着通往中庭的通道往前走。重吉连忙追赶他愤怒的背影。

走进店里关上门,忠正转过了身。重吉下意识地缩起了脖子。

"——蠢货!"

果然大发雷霆。忠正扯下重吉头上的帽子狠狠地砸在地板上。重吉除了像乌龟似地缩紧脖子再无其他对策。

"你这个家伙……真的打算当画商吗!?你为什么要眼睁睁地看着特地花了三天三夜从外国赶来的有钱发烧友投向竞争对手的怀抱!"

身在阿姆斯特丹却能看到《巴黎插画》,仅仅是为了买浮世绘就能来巴黎的人,必然是相当富裕的阶层,而且是非常彻底的日本美术爱好者。就算今天没有东西能卖给他们,但如果能留下他们的地址姓名,将来一定会成为高级客户吧。忠正的怒气如烈火般燃烧。忠正的怒火一旦被点燃就很难熄灭,重吉唯有战战兢兢地等待雷霆之怒的平息。

在狠狠发了一通脾气后,忠正扑通一声坐在了扶手椅上,叹了口气。

"我对你感到失望,好不容易把你叫来巴黎……"

忠正抬起头，眼神锐利地扫向呆立不动的重吉，给出了致命一击：

"你在这里已经没有用了……要不请你回去吧？"

"哎？"重吉惊呼出声。

"回去。"

"请我回去……是说回日本吗？"

"是的。除此以外还能让你回哪里？"

重吉一听，不由跪倒在忠正脚边。

"这，这……只求您不要罚我这件事！我抛弃了故乡、家庭、学校才来到了这里。那，那个……其实有件事我一直瞒着没说，我曾有个打算结婚的交往对象。但是，我和她分手了！我抛弃了一切……我，我要在巴黎……在巴黎和林学长一起……我，我来这里能指望的就只有这件事了……您却……"

重吉说着就哭了。他为自己不能帮到忠正而懊恼不已。

"喂喂，阿重。别哭啊。"

忠正目瞪口呆地说。

"日本男儿不落泪。只有父母去世才能哭……我知道了，我知道了……我已经说了我知道了，你别纠缠不休哦！"

被厉声一呵，重吉立刻"是！"的一声站直了身体。然后，他再次深深弯下腰，道歉道："很抱歉。"

忠正双臂交叉，露出无奈的表情：

"真没办法。这次就不让你回去了……不过，我有个条件。"

他的语气很郑重，重吉抬起头望着他，他细长的眼睛里似乎闪过一道光。

"把你卖掉的英泉的作品从那个荷兰画商手里买回来。"

荷兰画商——他说的是提奥多斯·梵·高。

重吉在坡道下跳下马车，来回对比手中的纸片和贴在建筑物墙壁上的门牌，沿着勒皮克街往上走。

五月的黄昏很明亮。坡道的中途有好几家连着的咖啡馆，许多人集聚在露天席边愉快地说笑。虽然日本五六月的白天也很长，但这里的天从傍晚起依然很亮，总是暗不下来。而且，因为位于法国北部的巴黎，冬天白昼很短，巴黎市民都很眷恋阳光。所以大家会像这样占好咖啡馆的露天座位，享受着总不入夜的一天最后的时分。

——有了，是这里。勒皮克街五十四号。

确认了门正上的墙上有着"54"这个数字，重吉握住门把推开门，沿着走廊往里走去。

提奥和他哥哥就住在这栋建筑的四楼。重吉打算去他们家拜访。

就在前几天，重吉让助理朱利安去"古皮尔商会"向提奥传达了口信——有事相求，可否抽空一见。然后，提奥立刻就让朱利安带来了回答——下周五，请在下班后来我的公寓。我和哥哥一起恭候光临。

重吉和提奥在那之前已经见过无数次，如今两人已经算是好友。

在迎来文化进步之前，日本和荷兰之间就有过交流。欧洲的文化与学问是通过荷兰被带去日本的。或许正因为是这样，在与荷兰人提奥对话交流时，重吉觉得要比和法国人接触轻松许多。最重要的是，提奥对自己也有浓厚兴趣，这让重吉感到很高兴。不仅仅是出于好奇心，从提奥的态度中，重吉可以感受到他对日本的无比敬意。

前来"若井·林商会"拜访的提奥对店里出售的每一件日本美术品都表现出了兴趣，尤其是对浮世绘的优秀发出了由衷的感叹。他兴奋地说，以前虽然也在巴黎的"日本主义"店里看过不少浮世绘，但从没见过质量如此之高的。他热切地希望能把北斋和歌麿的作品让给他。

重吉因为提奥眼中流露出的殷切而震动。他被巴黎老牌画廊的经理索求日本美术品，也因此而感到自豪，同时也因为提奥和自己一样，身为一个异乡人，却在这座城市里奋斗而感到共鸣。最重要的，他的认真令人心动。

重吉立刻向忠正传达了提奥的希望。虽然重吉已经深刻了解忠正在与同行的接触中始终保持警戒心，但他还是告诉忠正：提奥对浮世绘的兴趣纯粹出自个人，他可以感到提奥对日本美术品的深深敬意，他不是那种装模作样的"伪迷日族"。虽然重吉也不明白自己为什么会这么维护提奥，但他隐隐地希望，自己第一幅售出的浮世绘买主会是提奥而不是别人。

忠正很仔细地倾听了重吉的诉说，并接受了他的说法。尽管"若井·林商会"的方针是商品不转让给同行。但忠正认可了提奥是一名"日本美术爱好者"。然后，他同样把提奥的名字加入了高级客户名单——如果进到好的商品首先就会通知。

虽然每次的量很少，但重吉有把浮世绘卖给提奥。——不，确切地说，应该是"忠正在卖给提奥"。因为抢手的北斋还有歌麿的作品是有许多爱好者翘首以盼着的，哪幅作品分给谁，最终都是由忠正来做判断。

进到广重的《大桥骤雨》时，重吉当即就产生了"想把这幅作品转给提奥"的念头。那个时候，重吉和提奥已经无数次去过对方的店，有时他们会约好在下班后去咖啡馆喝红酒。重吉发现提奥很认真地学习了日本美术，并有很高的见解，而且他的热情也非比寻常。所以他觉得不能把粗制滥造的画转让给他，一旦进到好的作品，他立刻就想要通知这个人。

《大桥骤雨》在日本美术爱好者中也特别受欢迎，有许多顾客都热切表示一定要得到。所以不管开多高的价格都能售出。重吉虽然考虑过怎样才能水到渠成地把它交到提奥手里，但他觉得忠正不太可能会跳过其他高级客户。

那个时候，提奥还不曾在"若井·林商会"里购买过什么商品。也就是说，提奥对公司而言没有作为顾客的"实绩"。尽管如此，忠正还是把在爱好者中也相当受欢迎的作品优先介绍给了他。重吉觉得自己可以理解个中理由。

忠正拥有"识人的眼力"。特别是"识别打从心底热爱日本美术品的人的眼力"。提奥的认真一定也清晰地映在忠正的眼里。

终于得到《大桥骤雨》的提奥欣喜若狂。来"若井·林商会"取作品的提奥的脸上闪耀着光彩。他用颤抖的手捧起作品，把每一个角落都细细看过，几乎就要紧紧地抱在怀中。

"谢谢你！"提奥哽咽地向重吉表达感激——谢谢你，阿重。我会把它当成一辈子的宝物。

之后每次进到让重吉眼睛一亮的浮世绘作品，他都会第一个通知提奥。每次，提奥都会冲到店里来。然后立刻买下。虽然不管开什么价，他都会买，但重吉却不曾漫天要价。这是忠正叮嘱的。

——不要对提奥多斯开高价。他对美术市场了如指掌，而且是个对工作真诚的人，你也要表现出你的真诚。

忠正的手法是一旦对方任凭自己开价后，他就会一脸淡然把价格渐渐抬高。尽管这样,他却忠告自己——要对提奥真诚。对重吉来说,自己在巴黎的第一个顾客、第一个朋友提奥,已经是一个特别存在。所以,忠正的忠告让他心怀感激。

而上述英泉的《花魁》——也是在进货后,重吉的直觉立刻就认为"这是应该让提奥拥有的作品"。因为在和龚古尔的谈话中听说了这幅作品会刊登在《巴黎插画》日本特辑封面上,重吉虽然觉得卖起来会有点棘手,但还是早早联络了提奥。而提奥也回复会尽快来看。

当时进的英泉作品除了几幅《花魁》以外,还有几十幅其他作品。忠正预料到《巴黎插画》发售后,这些作品的价格应该会飙升,所以在那本杂志发售前,他向常客们发出了预售的邀请。提奥也在其中。

提奥如他所言,立刻就来看了《花魁》。稀奇的是,来的不止他一个人,他还带来了一个陌生男人。这个衣着邋遢得跟流浪者似的红胡须瘦削男人就是提奥的哥哥,文森特·梵·高。

看着近在眼前的英泉的浮世绘,文森特的脸上漾出了光彩。看着他的脸,重吉终于相信了这两个人是兄弟。文森特死死地盯着挂在墙上的,被裱在画框里的《花魁》,身体一动不动。过了许久,他的肩膀开始剧烈颤抖。他哭了。——为什么、为什么……文森特一边像个孩子似地抽泣,一边用断断续续、却流畅优美得令人惊叹的法语说着。

——为什么,这世界上会有这样的画?这样的画到底是如何诞生的?

我哥哥是个画家。站在文森特背后的重吉听到提奥这样轻声告诉自己——虽然还默默无名……

提奥立刻就决定买下《花魁》。文森特朝着重吉无数次致谢：谢谢、谢谢……

——感谢你把这幅画卖给我。我以后会一直好好对待这幅画。这幅画会成为我的老师……

《花魁》被值得拥有的人拥有了。看着梵·高兄弟欢天喜地的样子，重吉高兴得就好像这是他自己的事。只不过他十分介意相比较品行端正、举止优雅、有着绅士风度的提奥，而文森特显得十分寒酸、不怎么可靠……

虽然说他是画家……到底画的是怎样的画呢？

重吉在某次喝酒时向提奥提出想看看他哥哥的画。提奥稍微沉思了一下，然后回答：过几天吧。

不期然地，他就要在这天拜访提奥和文森特共同生活的公寓了。

去把卖给提奥的英泉的作品买回来——忠正的命令显然是在试验重吉的胆量。不论对方是谁，在没有正当理由的情况下要买回已经售出的作品，不仅不符合常识，也违背了作为画商的准则。重吉明白忠正提出这种要求是出于怎样的考量。忠正期待的并不是重吉真的去把英泉从提奥那里要回来。他想看看被施以棘手难题的重吉会带来什么其他的答案。

不是英泉，而是"其他的"。至于那是什么，他不知道。但总之见到提奥再好好说吧，重吉敲响公寓里那扇已经脱漆的房门。

过了一会儿，吱的一声，门开了。身穿白色衬衫的提奥出现在眼前，他看到重吉的脸后，露出了笑容。

"啊，阿重，欢迎光临。来，请进。"

狭小的房间整理得颇为整齐，《花魁》就装饰在餐桌旁的墙壁上。重吉看着它，感到心底微微刺痛。

"真巧,文森特正在创作。要去画室看看吗?"

听提奥这么一说,重吉点头道:

"好……务必带我去。"

重吉被带进里面的房间。

空气中弥漫着颜料的味道,还能听到画笔在画布上摩擦的激烈响声。

在踏进那间房间的瞬间,重吉哑然。

鲜艳的蓝、绿、黄——色彩的洪流奔涌而至。颜料飞溅在房间四处,画布平铺着,画笔和调色板滚落在地面上,而文森特就置身在这一切的正中央。他专心致志地画着,画笔碰撞在画布上——好像在殴斗、在游泳,又似在舞蹈。

一八八七年 六月上旬
巴黎 第九区 寇泽尔街

在总不入夜的六月傍晚，结束工作后的提奥在位于蒙马特的亚历克斯·比斯卡广场附近下了街头马车。

这个地方位于和哥哥文森特生活的勒皮克街往南。在公寓楼鳞次栉比的寇泽尔街上，有一家文森特和提奥最近频繁光顾的店。

虽说是店，却不过是文森特作为常客经常出入的简陋咖啡馆。他称其为"像模像样的画廊"。但是，那又不像是提奥就职的"古皮尔商会"那种面朝大街、有华丽橱窗的画廊。

"画材，画商，朱利安·唐吉。"入口处已经脱漆的大门上挂着发旧的招牌。提奥仰头看着，似乎是在确认那块招牌。然后他打开门走进店里。

一踏进狭小的店里，就立刻被油画颜料的气味笼罩。所有墙上，所有架子上，密密麻麻地挂着、摆着许多画。有着新鲜色彩与奇妙形态的画——有的是肖像画，有的是风景画，有的是静物画，都是主题各异、充满个性化表现的作品。

有一幅画上，画的是在某幅有纵深的画面里，漂浮着一座扭曲的山。但山却不可思议地有着立体感。这座山绝对谈不上美丽，应该说形状丑陋。但正因为那不是"美如画的山"，反而有着更强烈的真实感。

另一幅画上，褐色肌肤的女人们头顶装有小山一样高的水果篮子正在愉快地交谈。洋溢着异国风情的作品中，却感觉不到法国画坛惯有的对外国女人的轻蔑视线。画里只有悠然的生命力。

这里全是若被——比如那位杰罗姆阁下看到，要么当场昏倒，要么就怒发冲冠的画。虽然在距今几十年前印象派画家刚出现的时候，评论家以及大师们就曾经严厉批评过："这种玩意儿不是画，是涂鸦。"而在这里，杰罗姆或许会说出"噩梦再度重现了……"这样的话。

但对提奥来说，这里却是通往神秘的、美之森林的入口。不，应该说是触不可及的美之原野吧。

如青草散发出的热气一般弥漫着的新鲜松节油的气味告诉自己，摆在这里的作品，不是落着尘土的陈旧画作，而是刚刚画好的"新的画"。

通往里面房间的门开了，一位留着白胡须的小个子男性走了出来。看到提奥的脸后，立刻露出了和蔼可亲的笑容。

"哟，提奥。你可来了，你哥哥都等不及了。"

他就是这家店的主人，朱利安·唐吉。

被常客——说是这么说，但几乎都是从来不付颜料钱、称不上是顾客的年轻画家——满脸笑容地和提奥握手、拥抱，仿佛这一天都在焦急地等待朋友一般。

"Bonsoir[①]，老爹。哥哥在里面的房间吗？"

---

①法语，晚上好。

"啊，是的。他和平时一样，正在倾听伙伴们的交谈。他身边摆着的就是他今天才完成的画。"

唐吉似乎满心欢喜。

唐吉的店本来是出售颜料、画笔还有画布等画材的商店，但不知从什么时候起，也兼顾了"画商"的业务。虽然老板从来不曾自己进过画，但付不起颜料钱的画家们却会把自己的画放在这里寄卖以资货款。就这样自然而然地，画渐渐地增加，又因为没人收拾，就在店里头越放越多。因为在不知不觉中有了"画廊"的样子，就这样开始了画商的业务——第一次拜访这里听到唐吉这么告诉自己时，提奥差点笑出声……这简直像是在说笑。

有着明确的营业额指标、陪贵妇们喝茶、给那位客人推销这个画家的作品、给这位客人推销下周会进货的那幅作品，脑中总是日理万机地盘算着各种手段——相较于自己在"古皮尔商会"所做的事，唐吉是丝毫无所谓画是不是卖得掉，只是想助年轻的画家们一臂之力，基本上处于越穷越忙、越忙越穷的状态，所以是怎么都比不了的。

穷得连每天的面包都买不起，却依旧没有放弃画画的贫穷画家们。他们根本不屑被法国艺术古典派执掌的画坛认可，而是每日拼命地想要找到只属于自己的表现手法。唐吉支持的正是这样一群古怪的画家。

在唐吉的店里，"古怪的画家"每晚都会聚集在一起就艺术高谈阔论。唐吉会愉快地加入，并招待他们享用面包和红酒。虽然店的经营应该很困难，但唐吉却没有丝毫厌烦，反而满脸洋溢着喜悦的光彩倾听画家们的谈论。

文森特也加入了这个圈子。最早邀请他的是提奥：有个地方聚集着许多有意思的画家，要去看看吗？

而提奥则是因为听阿尔冯斯·波蒂尔说起最近有个画商的动向很有意思，才去拜访唐吉的店的。然后，陈列在这里的这些他前所未见的作品自然不用说，唐吉的人格魅力也令人着迷，他盘算着把最近陷入创作瓶颈的文森特带来这里，或许能给他一些刺激。

文森特立刻就和提奥一起拜访了唐吉的店。自那以后，他就彻底喜欢上了这个地方——不，正确地说，是他受到了唐吉的青睐，于是他不再流连咖啡馆和酒吧，而是几乎每天都会来拜访这座新锐艺术家们的小城堡。

那时，不仅是文森特，就连提奥也对每一天的生活感到莫名的闭塞感。

和哥哥两个人单独待在公寓的房间里时，他经常会感到呼吸困难。哪里都好，他想要在不是两个人单独相处的地方待尽可能长的时间。他想要逃避和哥哥面对面时的痛苦。

这一年来，坦白说，就是苦难的连续。连他自己都不明白为什么两兄弟共同生活竟会如此难受。

一年前，之所以会收留突然来到巴黎的文森特，是因为他明白哥哥来巴黎是为了寻求新的画风——只属于自己的表现手法。

上一次和文森特共同生活还是在少年时代。在这期间，文森特和提奥的关系变了。过去那个尊敬哥哥、追逐在哥哥身后的自己已经不在。如今在自己眼前的，是个脾气暴躁、自说自话、用弟弟赚来的工资去换颜料和廉价劣酒的无可救药的男人。每次看到文森特醉醺醺地睡得不省人事时，他就忍不住背过身。潦倒，这个词语如果用在人的身上就是文森特这样。看到哥哥这副模样，提奥感到无地自容。

即便如此，他还是努力维持着和文森特的共同生活，还能继续为想着他作为画家的能力上赌一把，很大一部分原因是因为他遇上了像唐吉这样支持着新锐画家的人，还因为他得到了良友。

眼下支撑着提奥内心的友人——正是在遥远的异国法国孤身奋斗的日本画商加纳重吉。

唐吉的店入口处的门发出嘎吱嘎吱的声音后打开。

刚要和唐吉一起去里面房间的提奥转过身，发现戴着礼帽、身披麻质上衣的重吉站在门口。

"Bonsoir，老爹。Bonsoir，提奥。贵安。今天我还能来参加艺术家们的愉快聚会吗？"

重吉彬彬有礼地问着。每次重吉开口问候时，提奥都会感到佩服，心想是不是所有日本人的说话方式都能始终这么恭敬。唐吉也是一样，对于这个由提奥带来的新人，他由衷地表示欢迎："当然可以。"

"哟，阿重。今天的工作结束得早？"

提奥问。

"不，实际上，我跟林学长说要去拜访顾客，就溜出来了。"

重吉悄悄地回答。

"要对林学长保密哦。务必拜托了，提奥。"

提奥发出轻笑声。

"那是当然……不过，阿重，有一个办法可以让你不用再对社长保密。"

"哦？"重吉露出饶有兴致的表情。

"什么办法？"

"想知道吗？"

"是的，请务必告诉我。"

提奥的嘴角漾起微笑。

"把林阁下也带到这里来。"

重吉和梵·高兄弟突然变得关系密切是在一年前。

对提奥来说，重吉是他第一个日本朋友。性格老实的重吉拼命向自己诉说他是因为多么憧憬这座城市才来到这里，也讲述把自己叫到这里来的林忠正有多么优秀，他有多么尊敬他。

提奥虽然很快就和重吉打成一片，但对于重吉敬爱的忠正，他却总感到有着难以靠近的距离。虽然在店里见过、聊过无数次，但他总觉得忠正的脸上虽然在微笑，但眼中却没有笑意。尽管他总是谦和有礼——那一定是因为提奥是他店里的一名顾客——他似乎总是在观察自己的态度。见到忠正时，提奥总是很小心，这个男人从骨子里就是个商人，不能大意。

但另一方面，他又从重吉口中听到了令他意外的事。提奥购入的那几幅浮世绘——广重、北斋、歌麿，还有英泉——尽管每一幅都是非常受欢迎的作品，尽管有好几名顾客的名字都在想要购买的名单上，但忠正却指示重吉优先分给提奥。的确，或许是因为这些画家的浮世绘在其他"日本主义"的店里都是立刻售罄，他很少有看到过。很难买到是事实。而把这些作品率先分给自己，重吉的游说自然不可少，但一定也必须经过社长忠正的同意。

为什么？提奥问重吉。

——为什么林阁下要优待我？

重吉笑着回答。

——我认为正因为林学长有识别真货的眼力,所以才会想把最好的作品交给你。而且,他希望你能理解,并宣传日本美术的优秀。林学长还告诉我,像你还有你哥哥那样真心喜欢日本美术的人才是我们真正的顾客。

提奥回忆起那双蕴藏着冷冽光芒的细长眼睛。原来如此,他的目光里有着评估对手的敏锐。不过,若自己兄弟两能被那双锐利的眼看得起,那也是求之不得。

虽然总是没机会和忠正亲密对话,但和重吉的交情却更深厚了。

之后有一天,"若井·林商会"的助理来"古皮尔商会"传达了来自重吉的口信——有事相求,可否抽空一见。提奥觉得这个口信很不寻常,于是回复他要不要来公寓坐坐。

虽然提奥曾无数次地和文森特一起拜访"若井·林商会",却从未给忠正和重吉看过哥哥的作品。他想着总有一天要给这两人看文森特的作品。他感到这一天到来了。

重吉终究来到了勒皮克街的公寓。是让他非常为难的事吗?出现在门那头的朋友的脸上毫无血色。

恰好文森特正在画室里创作。提奥把重吉请进了画室。

文森特一旦开始作画,那么不管有谁来到他身边、说了什么又或者是发出笑声,哪怕是打雷暴雨,他都完全不会在意,只是深深沉浸在自己的画里——这样的事很常有。然后,重吉不期然地遇上了"一幅画诞生"的时刻。

过去文森特曾另辟蹊径所画的那幅《吃土豆的人》里散发着的那种难以言喻的诡异气氛以及忧伤的色调,自他来到巴黎以后变得悄无声息,如今文森特面前的画布上,跃动着强烈而生动的色彩。

文森特的作画手法十分独特,他把各种颜色的颜料大量挤在调色盘上,用画笔扎入颜料后——也不在调色板上调整颜色——简直像是要对画布射出子弹或是用刀刃划开画布一般把画笔重重地敲击在画布上。他剧烈地滑动整个身体,手的动作迅速而激烈。以往的画家都是在画室里与模特面对面,花费大量时间一点一点地把作画的对象描绘到画布上,文森特的手法却截然不同,重吉感觉受到了冲击。

重吉伫立在画室的入口处,一时半晌无法动弹。重吉也不知道自己保持那样的动作有多久,他转过身对着守护在自己背后的提奥,说出了一句话——我回去了。

——你不是有话要说吗?

提奥问。

——不,不必了。已经没事了。

他说着露出了苦笑。汗水自他额头渗出。

重吉正打算回去,提奥忽然叫住他:"等一下",然后从自己房间里拿来一本小活页夹。他把活页夹递给重吉。

——你能把这个带回去吗?如果你觉得中意,希望你也能给林阁下看看。

重吉轻轻地打开活页夹。出现在活页夹里的,是一幅素描。上面是用独特笔法临摹的英泉的《身着云龙打褂的花魁》。

——哥哥真的很高兴你能把英泉留给我们。我当然也是。我想请你帮我向林阁下转达我们发自内心的感谢。

重吉沉默着,视线落在素描画上。过了一会儿,他抬起头凝视着提奥,略带哽咽地说出了谢谢。

——我才是……发自内心地……感谢你们。

在法国大革命纪念日渐渐临近的七月的某个傍晚,朱利安·唐吉的小店在打烊后被文森特·梵·高包场。——《唐吉老爹》的肖像画的创作开始了。

"看,我穿这身怎么样?难得你要给我画肖像画,我让老婆准备了我最好的上衣和衬衫。"

文森特和提奥正在狭小的店内收拾,唐吉从里面的房间出现。他的衣着比平时整齐,深蓝色的双排扣西装配白衬衫、黑西裤。

"哟,好棒的老爹,这不是很帅嘛。"

正在把出售的画布挪开给唐吉摆造型腾地方的提奥语气开朗地说着。

"老爹,你有忘记什么吗?帽子呢?"

文森特确定位置后把画架架好。他的语气也比平素活泼。

"啊,是了。帽子,帽子……我这就去拿。应该在我房间的衣柜里。"

唐吉急急忙忙回到里面。文森特对着他的背影喊:"要夏天的帽子哦!"

从这天算起,文森特大约花了一星期来创作唐吉的肖像画。

不过,这并不是因为受唐吉所托。相反,是文森特和提奥提出了给唐吉画肖像画的请求。

自从认识唐吉以后,文森特就开始在唐吉的店里采购画材,但其实他并没有支付颜料钱。尽管提奥除了伙食费以外也准备了画材的费用,但他还是把所有的钱都变成了酒钱。

发现这件事后,提奥怒火中烧。没想到他竟然仗着唐吉老爹人好,把原本该支付给老爹的钱都用来喝酒……

然而，文森特却满不在乎，他说："用画来支付就好了。"还说这样老爹反而会高兴。只不过，如果是普通的画就没意思，他决定为老爹画一幅特别的画——唐吉老爹的肖像画。他甚至气势汹汹地逼着提奥去向唐吉老爹提议——由他来画一幅很厉害的画，然后把赊下的账一笔勾销。他说："这是你身为我专属画商的义务。"

如果唐吉不接受哥哥这荒唐的提议，那么自己就必须设法把颜料钱全部付清。抱着这样的压力，提奥开口问了唐吉。

而唐吉一口就答应了下来，干脆得令人吃惊："这个提议实在太令我高兴了。"看着他雀跃得几乎要蹦起来的模样，提奥竟不由感到了愉快：这人到底是有多好，又有多么喜欢这些不被世人承认的艺术家啊。

为了亲爱的老爹，也为了画家文森特能够彰显自己的个性，提奥考虑着要让这幅肖像画成为一幅特别的作品。

为此，在画室或是普通的室内摆姿势是不行的，必须要在这幅画里加入能让人一眼就能理解唐吉老爹是谁、文森特·梵·高又是怎样一个画家的特征。

提奥忽然想到可以安排一个特殊的背景。把文森特深爱着的画用作唐吉的背景。文森特在给唐吉画肖像画的同时，也会在画面里加入临摹的画。

用那幅画作为背景才最合适呢——除浮世绘外不作他想。

提奥立刻就和重吉商量了这件事。虽然他打算也用自己拥有的浮世绘来装饰背景，但是否能向"若井·林商会"借一两幅看起来醒目华丽的浮世绘呢？重吉对这个提议感到兴奋，说会试着去和林学长交涉看看。

然后就迎来了创作的第一天——

"这样如何？"

唐吉再次出现在已经完全准备好的店里。他戴着顶帽檐略微反折的草帽。文森特和提奥彼此看了一眼，然后点点头。

"那么老爹，请坐到挂着浮世绘的墙前面的椅子上。"

唐吉在提奥的催促下坐到了简陋的凳子上。他的背后挂着六幅浮世绘。歌川丰国[①]、歌川广重，以及溪斋英泉。风景画和美人画。鲜明醒目的色彩、大胆的构图，每一幅都是最高级的浮世绘。

"简直跟日本的天皇一样。"

文森特望着在浮世绘的簇拥下端坐的唐吉，说了这么一句。唐吉和提奥都愉快地笑了。

长长的阳光照耀着橱窗所面向的寇泽尔街。

店对面隔着一条马路的人行道上站着两个日本人——是重吉带着忠正来看肖像画的创作现场。

然而，两人却没有想要进入店内。他们站在那里，隔着橱窗望着店里的情形，细长的影子投射在路上。

"——果然。"忠正开口。

"英泉在那两个人的手里焕发了新生。"

重吉点头。

就这样，两个人离开了，他们没有进入店内，仿佛是为了不要破坏画家和模特亲密的时间。

[①]歌川丰国（1786—1865），日本江户时期浮世绘画家，又称三代歌川丰国。

一八八七年 巴黎 十二月上旬
第八区 圣拉扎尔火车站

在钢铁和玻璃构成的半圆形屋顶下，延伸着好几座用石头砌成的月台。

火车头喷着蒙蒙烟雾，从延伸至半圆屋顶对面的轨道那端渐渐靠近。汽笛鸣叫、闪着黝黑光泽的车身驶入了屋顶下。钢铁车轮发出嘎吱嘎吱的响声，火车头缓缓地停下了。

在月台等待火车到达的人群纷纷涌向乘车口。焦急等待着的重吉在人群中踮起脚，在下车的乘客中寻找自己等待的人。

在月台中间，一名男子身边的搬运工正推着装有好几只集装箱的手推车。他穿着黑色礼服，头戴丝质礼帽，有一双细长的眼睛。

"林学长！"

重吉大喊出声，对方平静的视线往这边扫来。

"哦，阿重！你来了啊！"

忠正说着轻轻拍了拍快步赶到身边的重吉的背。光是听到阔别半年的日语，重吉就已经感动得无以复加。

忠正在度过七月的大革命纪念日后回了一次日本。为了采购最近和日本美术品一样在欧洲很受欢迎的中国美术品，他去上海、天津、北京物色了一番，之后又回日本进了大量浮世绘等物品。

被留在巴黎的重吉先是收到了从中国各个城市送来的大量商品。重吉把商品一件一件地推销给正望眼欲穿地等待新商品到来的顾客。只要是"若井·林商会"出售的商品，他们基本不怎么听说明，直接按照开出的价格买下。

不只是日本美术品，如今的巴黎，中国美术品也确实很有销路——忠正的预测很准确。重吉在对忠正感到佩服的同时，也有些无法释怀。

对法国的中产阶级而言，日本美术和中国美术并没有很大区别。简而言之，只要是符合眼下流行的"东洋风情"的东西，他们并不在意到底是日本美术品还是中国美术品。这样的风气让重吉感到担心。

忠正当然也知道，日本美术和中国美术正被混为一谈；然而，他的厉害之处就在于，他有魄力去利用被混为一谈这个现状来推销中国美术品。重吉一边心情复杂地觉得我们社长的商业头脑着实厉害，一边又没有办法不去佩服。

"今天早上我收到了你从勒阿弗尔发来的电报。因为你说今天下午五点抵达圣拉扎尔火车站，就忍不住来接你了。马车在对面等着，走吧。"

重吉指挥搬运工把行李搬去车站正门。忠正看着他的行动，颇为感慨地说："你也已经习惯了啊。"

"不但安排好了马车，还能来接我……你也进步了。我不在的时候，营业额似乎也很不错。"

每隔两周，重吉会发电报向忠正报告累计营业额。中国美术品不出所料地畅销，还有规规矩矩地留在店里勤奋工作的重吉，似乎都让忠正感到满意。

上了马车后，忠正打开车窗。冬日黄昏的冷冽空气流进车内，忠正深深地吸了一口后，低声地说："啊，巴黎的味道。"

"是什么样的味道？"

重吉问。

"混杂着各种气味——马的汗水、马鞍的皮、妇人们的香水、红酒、煤气灯……还有一点点水的气味……是从塞纳河飘来的。"

在巴黎已成日常的重吉忽然想起刚来巴黎的时候。每到早上，就会有面包和咖啡的香味朝公寓的楼下飘来。然后自己就会切实地感受到，这里确实是巴黎。

"东京的味道是怎样的呢？我已经想不起来了。"

重吉随口说了一句，忠正轻轻地笑了。

"我隔了那么久回去了一次后，也稍稍吃了一惊。很腥。是鱼的味道吧。还有潮水的香气……好怀念。"

年号变更为"明治"后已经过了二十年。东京的中心地区也渐渐地整顿起来，虽然都市化——也就是都市的西化在顺利进行，但还是没法和花之都巴黎相提并论。忠正说他深切地感受到东京还远远不及西欧成熟。

"博物馆也在五年前搬到了上野。不是还有过天皇行幸吗？这次我也第一次去看了看……"

"啊，是的。我以前也整天去博物馆。"

重吉说。他原本对博物馆里陈列的东西并没有太大兴趣，但接受了忠正的邀请决定去法国后，去博物馆成了每日必做的功课。毕竟他要成为出售日本美术品的商人。他觉得自己必须得掌握一些日本美术的知识，所以总是入神地看着排列在展示柜里的瓷器、雕金以及工艺品。

"怎么样？有没有展示出色的浮世绘？"

"怎么可能。"听到重吉的问题，忠正语带嘲讽地回答。

"日本人怎么会对浮世绘有兴趣。在日本，浮世绘的待遇还是和旧报纸一样，不可能会被陈列在博物馆里。"

听他这么一说，重吉打了个寒噤。

说起来，自己在来巴黎之前也从来没有正眼看过浮世绘。但在巴黎，浮世绘却大受欢迎，售价之高令人难以置信。而自己对此也已习以为常。

"不过呢，阿重……你想一想，正因浮世绘在日本被当成废纸，我们的生意才做得下去。"

忠正的声音低沉冷静。

"尽可能地低买，尽可能地高卖。这就是做生意……一旦日本人察觉到日本美术的价值，也就到了我们结束这份工作的时候了。"

重吉抿着嘴低头沉思。

正如忠正所言。因为浮世绘在日本被当成废纸，他们才得以低价大量收购，再以数十倍、数百倍的价格出售以获取利润。所以他们才能在巴黎的中心地带开店，也确保了自己的收入。

但是，自己已经察觉到了浮世绘真正的价值。

日本美术在欧洲炙手可热，可能这是因为新兴的中产阶级赶时髦的一时起哄。但日本美术真正的优秀之处影响了许多艺术家也同样是事实。

爱德华·马奈、克劳德·莫奈、埃德加·德加……印象派的画家们最先察觉到了日本美术的"革新性"。

而日益求新、不断挑战的年轻画家们也格外地崇拜日本美术，特别是浮世绘。

其中就有那对兄弟。提奥多斯·梵·高和他的哥哥文森特。

他们二人率直的眼神希求着日本美术，他们在谈论北斋、英泉、歌麿时脸上的光彩，宛如在朝阳下熙熙攘攘的塞纳河河面。

蕴藏在印象派画作中的"革新性"是明明白白的。即使是和在提奥任职的画廊里出售的杰罗姆以及布格罗的作品相比，印象派画家们的画作也和以往有彻头彻尾的不同。只要看一眼，就能明白他们的作品是有多么崭新。

在过去的几十年里，发家致富的新兴中产阶级起初竞相抢购的是学院派大家的作品。美丽而气派的画作。坦然裸露身体的女性——应该说是女神——仿佛就在眼前真实存在般地写实。光滑的质感、丰盈的裸体，令人不由得想要伸手触碰的光泽。

相比之下，比如在莫奈的画里登场的女性们，虽然她们的五官没有被清楚地描绘，乍看之下涂色的手法也是一团乱。但在他的画里洋溢的跃动感，却是杰罗姆的画所没有的。

杰罗姆的画里的女神虽然看起来好像真实存在于眼前，可那是冰冻、静止的美。但即便看不清莫奈画里女性的长相，却能感受到她的裙摆正随风飘动，甚至连银莲花田里草叶的沙沙声都仿如可闻。而事实上，身在远景处的人物原本就该是那样隐约可见，看不清长相。这样一来，岂不是莫奈所画的女性以及风景更为"写实"？

莫奈等印象派画家为什么会创造出与以往的作画手法截然不同的表现手法呢？答案就在浮世绘里。

那是极端靠近对象的作画手法。比如歌川广重的《名所江户百景·龟户梅屋》。面前赫然就是一根梅树树枝，其他的树木则成排地点缀在远处。这种极端的远近感在小小的画纸上营造了无限纵深。再比如葛饰北斋的《富岳三十六景 神奈川冲浪里》。涌起的巨浪如同一面巨大的墙，而雄壮高大的富士山却只是孤零零地占据了一个很小的地方。这样的构图是何等大胆。

虽然不知道到底应该怎么称呼浮世绘的这种独特手法，但在西方人的眼里，应该对这样的画感到匪夷所思。

然而，中产阶级们反倒因为觉得新奇而想要拥有。而对新的表现手法如饥似渴的艺术家们也为了想要设法把它吸收到自己的创作中而研究和努力。

把浮世绘视为废纸的日本人如果知道这样的现状一定会吃惊吧。巴黎的有钱人正竞相抢购这些废纸，还有一部分画家正拼命地想把浮世绘运用到自己的作品里——

"说起来，他们怎么样了？那对荷兰人兄弟……"

忠正问道。正在思绪万千的重吉回过神，转向坐在身旁的忠正："文森特和提奥……吗？啊，是的，唔……那两人都还算精神吧。"

他的回答很含糊。

"是嘛。"忠正简单地应了一声。之后就再也没有提及梵·高兄弟的话题。

忠正不在巴黎期间，重吉频繁与梵·高兄弟见面。

确切地说，虽然他和提奥会单独见面，但就算见到文森特也很少说话。

在提奥的介绍下，重吉开始在"唐吉老爹的店"出入，和年轻无名的画家们有了更深的交流。

当初刚到巴黎时，重吉曾被冠以"印象派""新锐"等陌生头衔的画家们震惊（这是什么！），很快就明白令自己感到吃惊的是因为他们创作出了前所未有的作品,并为其中的乐趣而大开眼界。然后,他了解到,表现在他们作品中的"新"的背后,多少都和日本美术有关,并对此感到自豪。

不知何时,重吉乘上了驶往"新进艺术"之海的船只,提奥就是船长。

——新时代就要来临,也就是"新进艺术的时代"。

每次见面时,提奥必然会这么说,他的眼中闪耀着光彩。

——再过十年多一点,二十世纪就要来临。受到旧习这道枷锁束缚的旧时代也将结束。那些徒有学院派这一虚名的画家们画的过时的画也将不会再受到关注了吧。

看着吧,一定会有那么一天,摆在唐吉老爹店里的画全都能卖出令人无法置信的高价!

重吉和提奥聊得越多,就越能感觉到在他心中隐藏着对哥哥非同一般的期待。虽然他从未说过文森特·梵·高是一个很厉害的画家,但提奥在赞赏新进画家、期待他们的未来时,那一定也是在赞赏哥哥、期待哥哥的未来。而且,他似乎迫切地希望给他们带来日本美术的日本画商重吉——还有林忠正能够认可文森特。

提奥曾在文森特不在的时候问过重吉:你觉得哥哥的画怎么样?你对他画的东西有兴趣吗?重吉的回答是"当然有兴趣"。不过,他没能再继续说下去。

实际上,重吉被文森特的画深深地吸引,却很难表达出心中的感觉。他觉得就算用日语都无法来完全描述,要用法语来表达就更没法做到了。所以,他只是含糊其词地说——很有趣的,我当然有兴趣了。

文森特的画散发着巨大的力量。如果盯着看,会觉得自己正被往画里拉……不，拉这个说法太过轻描淡写，是会被野蛮地拖、拽、扯进画里。就像是突然挨了一巴掌……就像是被锋利的刀戳中一样……在文森特的画里有着痛楚与呐喊。

重吉在接触文森特的画时会感受到至今不曾体验过的、陌生的感情。

有一次，提奥曾经没有事先打招呼就来到了正要打烊的"若井·林商会"找重吉。

最近，重吉和提奥基本是在常去的酒馆或是唐吉的店里见面，所以他感到很奇怪：是发生什么事了吗？

提奥被带到了会客室，他看起来筋疲力尽。他没有坐到椅子上，只是直截了当地问：

"林阁下对我哥哥的画是什么看法？"

提奥望着重吉的眼神充满求助。

忠正的确把提奥赠送的、文森特画的英泉的《花魁图》素描留在了手边。

那次，重吉把素描取代真正的《花魁》带了回来以作为那次"试胆"的答案。忠正拿到手里时，脸上露出了吃惊的表情，这着实是他未曾预想到的吧。然后，他笑着说："你也是很行啊。"

忠正把意外得来的素描放在办公桌的抽屉里，似乎还经常会拿出来看。有好几次，重吉在进入社长办公室时，被拿出来的素描就那么摆在办公桌上。

但是，忠正却不曾说过对文森特作品的感想。文森特画唐吉老爹肖像画的时候，当提奥向重吉提出，是否能把珍藏的浮世绘借来一用时，忠正也只是说了句"好"就同意了。

还有，在忠正回日本前，提奥曾经希望他们能去看看文森特在唐吉老爹店里作画的情景。当重吉转达时，忠正也同样一口答应"去看看吧"后，就随意地出门了。只不过，他们虽然到了店前却没有进去，只是透过橱窗从外面看了看室内的情形后，就转身回去了。

"我觉得他是有兴趣的。"

面对提奥的提问，重吉这么回答。这个回答已经尽了他最大努力。

"真的吗？"

提奥再次追问，他的眼神还是那么无助。

"是的……是真的。"

他没能再说更多。提奥也没有再要求更多的答案。

自那以后，提奥就变得很奇怪。

就算邀请他去酒馆，他也会以忙来拒绝。也没再出现在唐吉的店里。连"若井·林商会"都没有再来过。

文森特还是一如既往。经常能见到他在常去的酒馆喝得酩酊大醉——因为感觉会麻烦所以他不曾去打过招呼——从不加入唐吉店里画家伙伴们的讨论——最多就是"旁观"。在唐吉店里的文森特和酒馆里的文森特判若两人，非常低调、沉默。

当画家伙伴们高谈阔论下一个时代的艺术论时，文森特就坐在房间角落的椅子上，面无表情，不发一言。每次看到文森特这个模样，重吉就会觉得他喝酒和没喝酒时就像变了个人。虽然他觉得是自己多管闲事，但他就是很在意文森特那种不可以加入伙伴圈子的模样。

提奥也和文森特一样，在唐吉的店里露脸时会"旁观"伙伴们的对话。在重吉看来，平时和自己单独相处时健谈的提奥之所以会沉默，是因为顾虑到文森特。

文森特和提奥虽然是兄弟，但还有着更深的关系——这一点，重吉已经很明白。

在这个世界上最理解文森特·梵·高这个画家的人就是提奥。他估测文森特作为画家的实力，相信他有美好的将来，不论在经济上还是精神上，提奥都全力支持着文森特。

以前重吉听提奥说过，自己是哥哥的"专属画商"——作为在经济上支持文森特·梵·高的回报，文森特画的所有作品都归提奥所有。

很显然，提奥完全信赖文森特作为画家的才能。但另一方面，纠葛也留下了阴影。

文森特作的画被抹上了激烈的感情色彩。颜料在呐喊、在流泪、在歌唱。从来都不曾有过那样的画，情绪被直接灌入到了颜料里。

在画布上痛苦翻滚的颜料，清楚地证明了文森特是一个拥有着全新表现手法的艺术家。

文森特·梵·高——是一个厉害到令人战栗的画家。

但是——

他的厉害之处，如何才能让世间认可呢？提奥向重吉分享了自己的苦恼。

自己明白文森特是一个无与伦比的画家。但他不知道如何让世人认可这一点，也没有那样的力量。

能够做到这件事的人，能冷静俯瞰社会、对市场的看法敏锐透彻、对新的艺术有勇气果断推广。

这到底是谁呢？

——林忠正不就是这样的人吗？

"啊，还是店里好。我现在觉得，这里就是自己真正的家。"

结束了日本的长途旅行，忠正在"若井·林商会"的社长办公室里坐定。

看到他在办公桌前坐下后总算露出了放松的表情，重吉深切地感受到这个人是打心底热爱工作，并且，热爱着这座能让他在喜欢的工作中大展身手的城市——巴黎。

"你累了吧？我去端一杯加了白兰地的咖啡给你？"

他体贴地问。

"啊，好的。来杯'不加咖啡'的。"

听到忠正的回答，重吉忍不住笑了。

在两只玻璃杯中注入琥珀色的液体后，重吉双手各拿起一只杯子急匆匆地赶往社长办公室。这瓶二十年的白兰地"拿破仑干邑"是忠正出门时龚古尔送来的。为庆祝社长的顺利归来而干杯吧。

重吉正要从半开的门缝中进办公室，倏地停下脚步。

忠正正在看从办公桌的抽屉里拿出来的一幅画。那是文森特画的英泉《花魁图》的临摹。

忠正入神地看着，仿佛在看家人的照片一般。深邃的眼神落在画上，交叉起的双臂浑然不动。

双手各端着一杯白兰地的重吉静静地站在门口，没能走进房去。

从酒杯口飘出馥郁的香气。那是樱花的香味。

或许这是自己的错觉。但重吉忍不住觉得，是忠正把日本的气息带回到了巴黎。

一八八七年 十二月上旬
巴黎 十八区 勒皮克街

提奥和文森特一起走在回家路上，不时迎面刮来的寒风令他不由缩着脖子。

文森特走在稍微前面点，提奥不经意地看着哥哥的背影。肥大而邋遢的外套，磨破了的皮鞋，混合了酒精和体臭的馊味随着风扑鼻而至。只有附着在他手上的油画颜料才能证明这个寒酸的男人并不是流浪汉，而是一名画家。

而另一方面，自己则是下班回家的打扮。他打着领带，穿着浆得笔挺的高领衬衫、黑色羊毛外套、裤线笔直的西裤、保养得当的平头鞋。他头戴高礼帽，也没有忘记手拿一根梣木杖。提奥敏感地察觉到，文森特每次看到从工作地方回来的弟弟那身中产阶级的打扮时，眼中都会浮现出几分轻蔑之色。

就在快要走到两人居住的公寓所在的勒皮克街时，文森特忽然停下了脚步："你先回去。我有点没喝够，找地方喝了以后就回去。"

文森特没有回头，背对着提奥说道。无法掩藏的失望之情自提奥胸口涌起。

这一晚，两人一起去拜访了已经成为朋友的画家——保罗·高更的画室。他们共饮红酒、一起畅谈，心情也变得久违地开朗。提奥觉得文森特的话就像是给自己当头浇了一桶冷水。

那段时期，提奥已经不再有力气抱怨动不动就找借口出去喝酒的文森特，但这时还是沉下了脸。

"难得过了一个美好的晚上，你又要去喝廉价酒？你就不能偶尔去认真地坐到画布前吗？"

文森特的背像被针刺似地震了震，他转过身，用沾着颜料的双手一把揪住提奥的前襟。

"你说要我认真地坐到画布前？你是说我坐在画布前的时候不认真？"

提奥不知如何作答，他看着逼近到面前的文森特的眼睛，他的眼神像刀一般刺向自己。提奥把脸扭开，文森特也放开了弟弟的身体。

"……抱歉，忍不住就……"

提奥的声音几不可闻。

"就在刚才，你还那么高兴地和高更彼此称赞对方的画……我有好久没有见过那么开朗的哥哥了。我也很开心……我想要保持那样的心情和你一起回公寓。"

他坦白地说出了自己的心情。

文森特却嗤之以鼻地反击：

"我就是个阴暗的酒鬼。怎么也没法成为你期望的开朗的画家……我就算倒过来也画不出像你画廊里卖的那种光明正大、品行端正的大师们的画来。"

提奥发怒了。

文森特花弟弟的工资买画布和颜料来画画，用弟弟的钱吃饭喝酒，却对提奥在高档的画廊里工作，把学院派大家的画卖给中产阶级十分不满意。

提奥最近卖的画并不全是学院派画家的作品。他终于可以卖印象派画家的画了。虽然"古皮尔商会"还是一如既往地保守，但因为市场对印象派的画有需求，加上经营者同意让业绩优秀的提奥去放手做，才有了这样的结果。

不管怎么说，文森特似乎对提奥的工作颇为不满。

提奥要卖的画，既不该是学院派大家的，也不该是印象派画家的。提奥多斯·梵·高应该是文森特·梵·高的专属画商。这才是文森特的真心话。

但提奥却连一幅文森特的作品都没能卖出去。这件事令文森特终日焦躁。

对提奥来说，他是想能尽早把文森特的作品卖出去，哪怕一幅都好，卖给谁都可以。但他怎么都做不到。

另一个自己在告诫自己：欲速则不达。

文森特·梵·高的画不是随处可见的普通作品。

他的画里蕴藏着改变世界的力量。那种力量或许能给正朝着世纪末奔流而去的美术史带来新的浪潮——是非常珍贵、非常重要的画。

所以，他不能急于脱手。他必须把画交给值得拥有他的人。

文森特完全体会不到提奥的这份心思。最近的他只要和弟弟见面，就会板着脸露出阴沉的表情，如果喝过酒就会破口大骂——你是中产阶级的狗，你不敢、也不配卖我的画，你要点脸吧！

不管被哥哥怎么骂，提奥都咬牙忍住。除了因为他是和自己血浓于水的至亲，更因为他看好文森特作为画家的未来。

但这一晚,他终于忍到了极限。

提奥咬紧牙关,"啪"地给了文森特一巴掌。

被打了个措手不及,文森特一只手捂着被打的脸颊,浑浊的眼眸盯着弟弟。

"——你滚！去酒馆也好,去哪里都好……别再回来了！"

提奥扔下这几句话后,转过身背对文森特。然后他沿着坡道往上,朝着和公寓相反的方向离开了。

好恨、好恨,提奥感觉胸口几乎要炸裂了。

哥哥的不理解,自己的不中用,还有这个不承认文森特的世界。

一切都那么可恨,可悲,无可化解。

这一晚,文森特没有回来,第二天也没有,之后的一天也没回来。

从那天起,文森特就忽然不见了。

自文森特不回家已经过了五天。

一封发给提奥的电报送到了"古皮尔商会"。从巴黎郊外的小镇上送来的电报发件人正是文森特。虽然上面只写了一句"圣诞节回来",但提奥还是松了口气。

如今兄弟吵架虽然每天都在发生,但整整五天不回家却是第一次。

文森特一旦被逼急就不知道会闯下什么祸。破坏东西、发狂,有一次还把刀架在自己喉咙上,大吼着：既然你这么讨厌我,那我现在就死给你看！提奥只好赶紧去叫住在附近的画商阿尔冯斯·波蒂尔。当他带着波蒂尔回来时,文森特却在若无其事地喝着红酒。他还贼笑着递过红酒瓶说：咦,波蒂尔阁下,发生什么了？要一起喝吗？提奥羞愧得无地自容，只要想起这件事就觉得反胃。

文森特经常怫然离开，过了一两天以后就满不在乎地回来。还说自己去逛了窑子，那里有很可爱的女人，等等。然后像什么都没发生过似地再次开始作画。

所以提奥本以为这次文森特也会像平时一样回来。但过了三天、四天，提奥开始坐立不安。

他还做噩梦，梦见塞纳河上漂着怀抱画布溺亡的男性尸体。

——为什么自己会说出那么过分的话……让他别再回来什么的。

他对自己因一时冲动而说出的话是如此懊悔。文森特的心就像玻璃一般纤细易碎。

从以前就是这样。他有数不清的回忆都是因为哥哥的脆弱而觉得他窝囊——为什么能因为这么点事就受伤啊。

被逼得无路可退、受伤，说不定……他会死。

如果他自杀的话，那么原因就在于自己。如果是那样，那么自己也没法活了吧。他怎么可能在把哥哥逼到自杀后继续厚颜无耻地活下去。

提奥不停地想着，不停地被折磨，把自己也逼到走投无路。他不断在夜晚的街道上搜寻文森特的身影。然而，不论问谁回答都是不知道，他找不到文森特。

就在这样的日子里，电报来了。知道文森特没事后，提奥感觉如释重负。

太好了！提奥才放下心，怒气就再次涌上心头。

为什么自己要对哥哥执拗至此？

他也好、自己也好都已经是成年人，有着各自的人生。才不见了五天就被这么折腾，也太可笑了吧。

文森特是文森特，自己是自己。他们是两个不同的人。这么理所当然的事，提奥却总觉得不太对。

文森特就好像是提奥的另一半。

如果文森特身处绝境，那么提奥也会身处绝境。如果文森特在受苦，那么自己也会痛苦。

像这么分开，他知道文森特的灵魂在流血。他的痛楚就是自己的痛楚。

如果文森特命中注定不会幸福，那么自己也一定不会幸福吧。

他对就这么放弃而感到万分悲伤。

在文森特还没回来的某个晚上，提奥在下班回家时顺道去了朱利安·唐吉的店。因为被重吉邀请，他才久违地去了那里。

唐吉的店很小，只要四五个人就能挤满的空间里，满是出售的筒装颜料和各种画。

在店里最醒目的地方装饰着文森特画的唐吉老爹的肖像画，今年夏天完成后就一直挂着那里。

唐吉老爹身穿深蓝色双排扣西装，头戴夏天的帽子，一脸和蔼可亲的微笑。是一幅看着看着就会自然而然微笑的、散发着恬静气氛的画。

文森特画这幅画的时候，提奥也在现场。把拜托重吉向"若井·林商会"借来的浮世绘挂满了墙壁，让唐吉坐在前面摆好姿势。每次来店里，他都会想起当时和谐的气氛。

作画时总是仿佛要把自己的一切都用画笔冲击到画布上的文森特，在唐吉面前沉稳得令人无法置信，他一边谈笑风生，一边挥动着画笔。

为什么会这样？——虽然也有可能是因为唐吉的人格魅力安抚了文森特，但会不会是因为他深爱的浮世绘被挂在唐吉的身后做背景呢？

那个时候，提奥是这么认为的。

开始作画后不到一周，文森特就完成了唐吉的肖像画。唐吉非常高兴，把肖像画挂在了进店后正对的墙上。

——就算有人看到说要买，我也会拒绝说这幅画不卖。

唐吉的心情非常好，对每个来店里的人都要炫耀荷兰来的画家为自己画了幅很棒的肖像画。

以高度的集中力和令人震惊的速度完成作品。这是想要作为职业画家出人头地的最重要的天赋之一。只有这样，才能在即使有大量订单涌来时也能完成工作。

但实际上没有人向文森特约画。不止如此，他的画一幅都没卖掉。

是的，文森特来到巴黎已经过了一年九个月。但文森特依旧是没有名气的、贫穷的"新人画家"。不论他的笔触有多么激烈，不论他能用多快的速度完成作画，从来没人说过想要他的画。

提奥渐渐地不再去唐吉的店。因为每当提奥出现在店里，正参加美术讨论的文森特立刻就会沉下脸。

正在高谈阔论的画家们也隐隐察觉到了这尴尬的气氛，讨论也就不再热烈。提奥醒悟了——自己不应该在这家店出入，谁都不会欢迎"古皮尔商会"的经理在新锐画家集聚的店里出入。

但是，这天白天，"若井·林商会"的助理来到店里，把一枚封好的信封交给了提奥的助理。是加纳重吉的信。

提奥走进店深处的办公室，坐到办公桌前打开了信封。

亲爱的提奥

　　虽然好久不见，但相信你一定过得很好。

　　最近你没有去唐吉的店吧。所以我是来告诉你，你的哥哥又完成了一幅唐吉老爹的肖像画，上个月开始就挂在店里了。两幅画挂在一起很有看头，你今晚来看吗？我也去，唐吉老爹也在等你。

——第二幅肖像画？

提奥对此一无所知。一瞬间，无法自已的苦涩心情涌到胸口。

——他还是用来喝酒了吗……

在那次激烈争吵的前一个月，提奥把一笔数目不算少的钱交给文森特，让他把又欠下的颜料钱交给唐吉。文森特收下钱，道谢的语气莫名的客气："谢谢，帮我大忙了。"

但是，那笔钱多半又变成了酒钱。相对地，他又画了一幅肖像画送给唐吉——

——这算什么人啊，哥哥……你这种人……

提奥气得浑身发抖，握紧的拳头砸在了办公桌上。

文森特看唐吉人好就赖账。——通过对他而言理应是最重要的、最神圣的行为——绘画。

当这个念头出现在脑中的瞬间，提奥的体内似乎发出了有什么东西坏掉的声音。

他羞愧得无地自容。——简直想死。

——啊，是的。不管我有多么憎恶你，哥哥，我终究还是没法杀了你。

那么，索性就——用手枪射穿自己的脑袋吧。

提奥站起身，走到门前，悄无声息地转动插在钥匙孔里的钥匙，把门锁上了。

然后他走向书橱，打开最上面的抽屉，从里面拉出一只黑色皮质盒子。打开盖子后，出现了一把隐隐发亮的手枪。

他用颤抖的手抓起手枪。很沉。在巴黎，高级的商店以及富裕家庭里会备有手枪防身。它不是什么稀罕东西。但提奥却是第一次真的拿在自己手里。

他试着把闪着黑光的那个东西举到和眼睛相同的高度。他甚至不知道那里面是不是装有子弹。

——碰都没有碰过，怎么可能会用。

就这样吧……他的手指搭在扳机上，用枪抵在自己的太阳穴上。只要手指一用力，应该就能轻易地射穿吧。

哎？——这是怎么回事？我……我是真的想寻死吗？

在唐吉老爹的店里？在阿重的眼前？——在哥哥的眼前？

提奥觉得，重吉之所以会在那天特意把自己叫去唐吉的店，一定是有什么原因。

说不定是文森特投靠去了唐吉那里。

是了，一定是这样。所以阿重为了让我们和好才叫我去。

那么，我就在哥哥的眼前……自杀给他看。

这样一来……哥哥说不定会改过自新，认真地、全心全意地去面对绘画。

如果是为了这件事，那么我……是的，我……就算舍弃性命都可以。

提奥举枪的手垂到办公桌下，然后把枪放进了放在脚边的黑色皮包里。心跳剧烈得隐隐作痛。

——没事的……怎么可能去死。就稍微做个样子。假装自己死都无所谓。

提奥试图让自己冷静，他告诉自己：不会死的，不死……

是要让哥哥知道自己因为他而烦恼得几乎要寻死。

所以才要把这个带去。是的，就只是、只是这样而已。

等到关店时间，提奥上了街头马车。手上提着装有手枪的皮包。

提奥站在唐吉的店门口。这是个寒风呼啸的冰冷夜晚。尽管如此，他拿着包的那只手的手心却汗水涔涔。

他的手指搭到门把手上，心怀祈祷地拉开门。

——如果最先出现的是哥哥……然后如果他用冷漠的（你为什么要来？）眼神看向我的话。

我不知道自己会做出什么事来——

然而，出现在眼前的却是他始料未及的人。

梳理平整的黑发还有闪着光泽的黑色胡须。一双细长的眼睛正看着自己。

"哟，提奥多斯，好久不见。"

说话的人有着完美的法语发音，正是林忠正。

提奥胸口一震，连忙故作笑容。

"啊……是林阁下。久疏问候。"

两人虽然握了手，但提奥很快就把手抽回了。谁都不喜欢被汗津津的手握住。

"哟，提奥。你来了啊。太好了，正好林学长突然肯来……"

在忠正身后的重吉笑着说。提奥立刻就察觉到了重吉的意图。

——原来是这么回事啊,阿重。

原来你带来的人不是哥哥,而是林阁下吗……真是感谢。

"咦,提奥,你总算肯来啦。"

唐吉从里面出现,笑容还是一如既往的亲切,他问提奥:

"最近你哥哥怎么样?有一阵没见他了……"

"啊,那个,文森特他……最近因为工作忙,正窝在画室里画画呢。"

提奥连忙用言语掩饰。他感觉到忠正的视线正在打量自己,于是继续说道,

"听说哥哥又给老爹画了一幅肖像画?他工作很迅速,我完全不知情。"

"啊,是的。"唐吉眯着眼回答,"就在这里。"

他粗短的手指指着的地方并排挂着两幅肖像画。提奥定睛凝视"两个唐吉老爹"。

一幅是在这个夏天——当时提奥也在场——创作的气氛和谐的唐吉的肖像画。深蓝色的外套、夏天的帽子,亲切的脸上露出略带羞涩的微笑。他端坐在五颜六色的浮世绘前,就像天皇一样。

还有一幅画的是几乎相同构图、相同服装、相同姿势的唐吉老爹。但和第一幅相比,这幅画里的人物显得更稳重。值得一提的是,画里唐吉老爹背后的浮世绘有几幅和第一幅作品中的不一样。

被用更沉着的笔触仔细描绘而成的浮世绘,还有庄重如刻着年轮的树桩一般的唐吉老爹。藏在他望着这个方向的眼眸中的微微光芒,是倾注在正在画自己的画家文森特·梵·高身上

的慈爱光芒。

——哥哥是在此时画了这样的画……

他无言地与画中的唐吉老爹对视，泪水渐渐自他眼中涌起。

提奥把脸别开。不能哭，但是，泪水却还是忍不住要掉下来。

"你的兄长……"

忽然，忠正沉静的声音传到耳边。

"……可能是一位惊世骇俗的画家。"

提奥想要回头，却没能回头。

溢出的泪水湿了脸庞，他不想让任何人看到自己哭泣的样子。

一八八七年 十二月十七日
巴黎 第十区 豪特维尔街

身穿礼服、呼着白气，重吉缩着肩膀，和平时一样去"若井·林商会"上班。

道路两旁是鳞次栉比的公寓楼。从呈一条直线排列的屋顶上竖着的一根根小烟囱矗立着冒出的黑烟勾勒着冷冽通透的蓝天。

他看到助理朱利安从道路的那头走来，双手捧着用绳子捆好的小号枞树。说起来，昨天他说过"明天早上我去过圣诞集市后再上班"。

"早上好，阿重阁下。"两人正好在店前碰上，朱利安兴奋地打招呼，"我把枞树买回来了。这样的大小可以吗？"

重吉看了看递向自己的枞树，然后点头："嗯。"

"是吧，林学长说过'差不多能放桌上大小的就好'，这样应该正好吧。你家也会装饰圣诞树吗？"

"不会，我妈妈不赶流行……虽然圣诞的时候哥哥嫂嫂会回老家，不过也就是大家一起去教堂，然后吃晚餐。从来没想过要装饰圣诞树这么时髦的事。"

离圣诞节只有一周。或许是因为这个关系，巴黎的街头愈发热闹,感觉每个人都很快活。

在天主教占国民大多数的法国,庆祝耶稣基督诞生的圣诞节是一年里最重要的节日。对重吉来说,这是他的第二次圣诞节。到了十二月中旬,城市会变得莫名繁华,百货店以及咖啡馆也是一片兴隆,令人不由自主地感到雀跃。就算是在老家金泽,到了十二月,人们也会忙碌奔走。即使街头的情形不一样,但那喜不自胜的气氛却有着共通之处。重吉觉得这点很有意思。

随着圣诞节的临近,"若井·林商会"的营业额也迅速增长。街上有了活力,人们的钱包口也随之变松了吧。因为有在圣诞节和家人亲戚聚餐的习惯,所以人们会想在房间里装饰美丽的画。浮世绘自然不用说了,进入十二月后,屏风、银质的工艺品、漆器也都很畅销。

也因为这样,最近忠正的心情绝佳。因为他说了"在店里装饰最近流行的圣诞树吧",朱利安才听吩咐一大早去买了枞树。

把枞树植入素烧的花盆后摆在了桌上,大小正合适。这时忠正来上班了。忠正看到枞树,无甚兴趣地问了句:"这是什么?"

"这个是……圣诞树啊。昨天不是林学长说买的吗?"
重吉回答。

"这哪里是圣诞树了?不就是普通的树吗?装饰物在哪里?"
忠正目瞪口呆地说道。重吉和朱利安面面相觑。

"装饰物……哪里有?"重吉问。

"阿重。你会折纸鹤吧?"忠正反问。

"啊,小时候姐姐虽然教过我……已经忘记了。"

"不,没事的。一定还记得的。就算你忘记了,你的手指应该也还记得。你裁一下放在那里的旧杂志旧地图什么的折了看看。"

于是，重吉这天最早的工作就成了折纸鹤。

把刊登在彩色印刷的杂志《巴黎插画》上的画以及有颜色的法国旧地图裁成正方形的折纸。先把折纸折成三角形，再折成更小的三角形……重吉这样试着，真的如忠正所言，手指记得折纸的步骤，顺利地折成了纸鹤。朱利安看到后大是称赞："厉害！怎么会那么厉害！"但重吉内心却深感害臊："让我做折纸这么娘娘腔的事……林学长真是作弄我。"

不过重吉终究不会针线活，所以他带着纸鹤去拜托熟悉的咖啡馆老板娘，在纸鹤的背上穿了线。老板娘把纸鹤放在手掌上，高兴地说："哎哟，哎哟！快看啊，这条龙真可爱！"又十分佩服地表示，"你们日本人的手真巧。"

重吉把装饰了纸鹤的圣诞树放在了橱窗旁的桌子上。看到往来的路人留意到圣诞树都好奇地张望后，心情倒也不怎么坏了。

忽然，他看到一张熟悉的脸出现在橱窗那头。瘦削的脸，乱蓬蓬的红胡子，邋遢的高礼帽。凹陷的眼里闪动着蕴藏着好奇之火的妖冶光芒。

——啊。

"文森特！"

重吉不由自主地叫出声，冲到了店外。正在橱窗前张望的文森特看到重吉突然出现，表情变得尴尬起来。

"嘿，好久不见……"

文森特苦笑着。重吉身子前倾："你去哪里了啊，文森特！"

"提奥很担心啊，说哥哥不见了！你见过提奥了吗？"

"没。"文森特摇头。

"我昨天才回到巴黎……不好意思回他那里。"

他窘迫地低着头。重吉看着文森特形如枯木的消瘦模样。

留着络腮胡的脸上因酒精而发红。外套和裤子上满是污迹,磨破的鞋上沾着泥,和衣着整洁的弟弟有着巨大反差。

"要不要到店里看看?正好林学长也在……"

重吉试着邀请他。文森特望向重吉,脸上写满了犹豫。

"也是……我也想谢谢他夏天借给我浮世绘……那就稍微进去看看吧。"

听着文森特咕咕哝哝,重吉想起来这个人还没有对林学长道过一句谢。

文森特似乎不想与忠正直接见面。不是出于回避,而是因为没来由的自卑。察觉到这一点,怜悯在重吉的心里不住冒泡。

才走进暖洋洋的店里,文森特立刻像是被吸进了满墙的北斋和歌麿的浮世绘里,他快步走到画前,仿佛在用整个身体凝视。重吉吩咐朱利安让街角的咖啡馆送咖啡来后,去了社长办公室。

忠正正在审阅摊在办公桌上的文件。重吉一站到忠正眼前就说:

"失踪的文森特·梵·高到店里来了。"

忠正眨了眨眼。

"——他失踪了吗?提奥多斯说他躲在画室里创作……"

是的。提奥表面上用"哥哥专注工作最近没出门"作为借口,但实际却日夜难安。这件事他只告诉了重吉一个人。

"……对不起,实际上……提奥告诉我说。他们兄弟吵架后,文森特就出走了。他叫我不要告诉任何人……"

重吉老实地说了。忠正沉默地抬起头看着重吉的脸，然后问：

"通知提奥多斯了吗？"

重吉没有点头。

"他说还没回提奥那里……他似乎有点不好意思。"

"唔。"忠正哼了一声，立刻说，"让街角的咖啡馆送午餐来，他肯定没吃东西……这么难得，我和你也一起吃吧。就点那家店的招牌套餐，葡萄酒也不要忘记。"

他说着，又道：

"我在忙着做年末结算。等饭送到了再来叫我。"

他若无其事地再次把视线落在了文件上。"明白！"重吉大声回答。

他行了个礼退出社长办公室，心里自然而然地兴奋。他想立刻就通知提奥。

——林学长终于要直接和文森特对话了。

林学长对文森特的画评价很高。他对提奥不是也说过吗——你的哥哥可能是一位惊世骇俗的画家。

他看到了提奥在听到那句话后忍不住落泪的样子。

——啊，提奥，你如此想着你的哥哥……那个时候，我都忍不住陪着哭了。

如果林学长肯当面表扬他，一定能让他更有自信。然后，他就一定能画出更厉害的画吧。

还有，万一林学长肯买文森特的画，那么对一个画家来说，会是胜过万千赞美之词的巨大鼓励吧。

重吉就这么想着，回到了文森特身边。

正巧在一周前,重吉带着忠正去了唐吉老爹的店。

狭小的店里并排装饰着两幅由文森特画的唐吉老爹的肖像画。

第二幅画一完成,唐吉就兴奋地说着"快看这家伙",然后把画给重吉看。重吉被那非比寻常的气势震撼了。

——文森特·梵·高果然是一个不得了的画家。

重吉想要确认自己的直觉是对的,于是,他思考让忠正看看这两幅摆在一起的唐吉老爹的肖像画。

"文森特·梵·高在今年夏天以浮世绘为背景创作了唐吉老爹的肖像画后,又完成了一幅同样主题的肖像画。两幅画放在一起特别有气势,你也去看看好吗?"

他这么邀请后,忠正在繁忙的年末抽出时间,和重吉一起出门了。

重吉在邀请忠正的同时也叫了提奥。最近提奥没有出现在唐吉的店里。他应该还没有看过第二幅唐吉的肖像画,就趁这个机会把他叫出来吧。于是,忠正和提奥就"碰巧"在文森特的画前遇上了。

提奥很想请忠正给文森特做出评价。他曾问过重吉:"林阁下对我哥哥的画是什么看法?"虽然忠正没有明确说过,但他对文森特的画一定是有兴趣的。

世间的画家都为成为"第二个印象派"而彼此影响,共同切磋、琢磨。在唐吉的店里出入的画家当中也有能创作出让人眼睛一亮的作品。保罗·高更[①]、乔治·修拉[②],以及保罗·塞

[①] 保罗·高更(Paul Gauguin,1848—1903),生于法国巴黎,印象派画家。大部分艺术史家将他归于后印象派。他死后作品才开始名声大噪。
[②] 乔治·修拉(Georges-Pierre Seurat,1859—1891),点彩画派的代表画家,新印象派的重要人物。

尚^①——每次看到他们的作品时，重吉都会不由叫好。

重吉没法判断他们的画是好还是差。但是，却能感觉到有些"什么"——虽然他抓耳挠腮也说不清是"什么"。

有些"什么"。从文森特的画中他能更强烈地感觉到这一点。

重吉很想问问忠正，那个"什么"到底是什么。

忠正和提奥只在唐吉老爹的肖像画前停留了很短的时间。忠正说了还有事以后就走了。重吉和提奥站着跟唐吉聊了会儿，大约半小时后出了店。

这是个冰冻的寒冷夜晚。两个人并排朝着大马路走去。过了一会儿，提奥突然说：

"不久之前，我和哥哥吵架后，他就不知道去哪里了。虽然我觉得他圣诞前会回来……"

然后，提奥轻轻叹了口气。

"我们好像不太顺呢，明明不该变成这样。"

他的声音轻不可闻。重吉停住脚步。

"提奥，你应该更相信你哥哥。"

提奥也站住了。他没有回答。重吉对着他僵直的背影继续说。

"你的心里是不是有迷惘和疑问之类的东西存在？"

要怎么做文森特·梵·高才会被世间认可？为什么世间不认可哥哥？为什么哥哥不去画更多的能被世间认可的画？

重吉感到提奥的内心满是疑问。对不认可哥哥的世间的疑问，还有怎么都不肯去迎合世间的哥哥的不满使得提奥猜疑、

---

①保罗·塞尚（Paul Cézanne，1839—1906），著名法国画家，风格介于印象派到立体主义画派之间。他的作品为十九世纪的艺术观念转换到二十世纪的艺术风格奠定基础。

不安。

"坦白说，我也不明白。为什么世间总是不认可文森特的画。以及，文森特的画是不是真的应该'被认可'。应该说，到底要具备什么才能'被认可'？——我本身既没有对画的素养，也没有林学长和你那样作为画商的天赋，我什么都不明白。但是——"

重吉呼出一口白气，又说，

"……文森特的画里有些'什么'。我知道这一点。林学长不是也说了吗，你的哥哥可能是一位惊世骇俗的画家。我觉得，你只要去相信文森特·梵·高这个画家，就可以了。"

提奥没有回头。重吉默默地望着他的背影。

"……谢谢你，阿重。"

过了一会儿，背对着重吉的提奥说。他的声音略带哽咽。

"日本人是不是都和你一样……正直，又……善良？"

他感觉到了眼泪。这一晚，提奥或许又哭了一次。

桌上摆着装饰着纸鹤的圣诞树，以及被送来装着午餐的盘子。

或许是饿坏了，文森特一转眼就把盘子一扫而空。因为他吃得太过急切，重吉又让朱利安追加了餐食。随后送到的烤肉以及黄油煎鱼也转眼消失在文森特的胃里。

忠正也不和文森特说话，只是默默吃着自己盘子里的菜。重吉的心里七上八下。难得三个人可以围在餐桌旁共进午餐，文森特却完全像个饿肚子的孤儿。这样下去，等他吃饱后，忠正大概会叫他快点回去。

把眼前的盘子吃得一干二净后，文森特深深地呼了口气。

"谢谢,林先生,多亏你我才活过来了。"

听到文森特这么说,重吉的心里闪过一丝怀疑。刚才他说了"林先生",按照日本的习惯……提奥按照法国的习惯称呼他为"林阁下"。

"是吗?很高兴能为你效劳,文森特。"

忠正回答。他也没有叫他"梵阁下"或是法国习惯的称呼,而是用了荷兰风格的称呼。

文森特的视线望向正在眼前微微晃动的纸鹤,他说:"其实我来这里是有事相求……能请您听一听吗?"文森特唐突地说道。重吉再次感到意外,忠正却回答得很镇定。

"那么……到底是所为何事?"

文森特忽然伸出手,取下一只用旧地图做的纸鹤。他的视线落在手掌上的纸鹤,轻叹道:"好美。"

"日本的事物真是美。浮世绘也好、屏风也好,画在那里的山、海、树、花、人……还有这么小的东西也是,一切都那么美。我对日本的一切都充满憧憬。"

之后文森特就诉说了好一阵自己对日本有多么倾心。第一次看到浮世绘时感受到的冲击。他惊叹于在这个世界上竟然会有这样的画。他盼望着自己也能画出这样的画。

广重的《名所江户百景》和溪斋英泉的《花魁》,他都临摹过无数次。广重画的风景甚至出现在了他的梦里。他梦见自己走在富士山脚下,面对掀起巨浪的大海写生,酣畅地开怀大笑。他感到满足而幸福。

梦醒后,知道自己必须要面对现实的时候,他该有多么失望啊。破旧的小房间、发臭的后巷、萧条的咖啡馆、肮脏的妓院……是的,他明白这里就是巴黎,冰一般寒冷的城市。即使因为圣诞临近，行走在路上的人个个都那么快活，但自己却反而更觉寂寥。

孤独，这是何等的孤独。只要身在这个城市，名为孤独的雪就会飘落、堆积在自己的心里。

所以，索性就——

"恳求您，林阁下……请把我带去日本。"

这一天，文森特第一次笔直地看着忠正的眼睛说道。忠正没有眨眼，他在听文森特的诉说。

"如果能去日本……我会更加正常。如果在日本，我能更加自由。被像你们这样廉正清白、亲切友好的日本人围绕，我的人生可以重新来过。是的，索性我就去做日本人吧。我不介意入籍日本。"

文森特的眼中闪着耀眼而妖冶的光。他是认真的，重吉感到背部一阵战栗。

——这个人是真的想去日本，想要成为日本人。他并没有察觉到自己说的事有多么荒诞无稽。

"在这个城市里，我是个酩酊大醉的堕落之人。我的画就和废纸一样一钱不值。嗯，是的。我……我画着卖不出去的画，把弟弟赚来的钱全部用来买醉……我只要活着就会给那家伙惹麻烦……我是个无可救药的……"

说到这里，文森特的声音停下了。

忠正望着画家的眼神沉静安稳。重吉找不到可以说的话，只能在一旁窥探两人的动静。

"……我了解了你的想法，文森特。基于此，让我忠告你几句吧。"

很快，响起了忠正沉稳的声音。文森特抬起眼望着忠正。忠正也注视着文森特。

"很抱歉，你对日本的单恋已经越界。就像是对素未谋面的女人陷入热恋一样。可能一旦你和她结婚、同床共枕后会发现她是个非常丑陋的女子。"

"不会的。"文森特立刻否定。

"日本是我理想的结婚对象。是绝世美女，是无可超越的贵妇。"

"就算是这样，"忠正打断他，"你觉得，你配得上那样的贵妇吗？"

文森特像是被打了个耳光一样愣住了，他紧紧咬住嘴唇。

重吉觉得坐立难安。

——斩断已经极度虚弱的画家的一缕情思……是不是太严苛了？

忠正继续注视着垂头丧气的文森特，声音也恢复了平静。

"文森特，你不应该去日本。相反，你应该在这个国家找到你自己的日本。找到属于你艺术的理想之乡。"

文森特再度抬起脸问，他的眼里写满了依赖。

"属于我的……艺术的理想之乡？那到底是……在哪里？"

忠正忽然伸长右手。他的手指握住了正在文森特手掌上颤抖的纸鹤翅膀。

忠正把纸鹤放在自己的手掌拆开，头、翅膀轻轻地化为无形，很快就变回了一张纸——旧地图。

"——比如，这里。"

忠正把有着折痕的旧地图递到文森特的眼前。

阿尔勒。

一旁的重吉真切地看到了那上面印着对文森特而言命中注定的地名。

一八八八年 二月十九日
巴黎 十二区 里昂站

被铸铁柱廊与半圆玻璃屋顶笼罩的车站。发车的月台上，站满了即将启程和送别的人们。

半圆屋顶上，雪静静地越积越厚。但要乘上通往马赛地区——往南的列车的乘客们的脸上却充满活力，月台上正洋溢着旅程即将开始的腾腾热气。

其中也有文森特·梵·高的脸。去年还凹陷的眼窝深处的眼眸虽然还是浑浊，但一贯的阴郁表情却一扫而空，他脸上散发的光彩宛如他画的向日葵一般明亮。

提奥捕捉着哥哥和一起来送行的重吉相谈甚欢的笑脸，自己的脸上也自然地露出了笑容。

他很久没有看到哥哥有这么开朗的表情了。提奥终于发自内心地觉得，决定去阿尔勒果然还是为了哥哥好。

——我要去阿尔勒。在那里，有我的"日本"。

去年年末，失踪了一阵子的文森特忽然回来，他一看到提奥就这么说。

因为实在太过仓促，原本一直心情烦闷，打算等哥哥回来时好好抱怨一通的提奥大失所望。

他是醉了在说胡话吗?或者是流浪期间终于真的不正常了?提奥没有理睬他。

然而,文森特是认真的。自己先一个人去阿尔勒,在那里召集艺术家的伙伴,一起共同运营画室,打造艺术村——一个前所未有的艺术村。阿尔勒是一个清新、健康、温暖的南方小镇。它会是和新的艺术村相得益彰的土地。是的!一定会像日本那样。

——怎么样,提奥,很了不起的主意吧?顺便,我想请你筹措资金,你当然会帮忙的吧?

看到文森特眉飞色舞的样子,提奥瞠目结舌。

——我能问个问题吗,哥哥?

冷静、冷静,这一定是某种不正常的发作——提奥一边在心中这么告诉自己,一边问。

——为什么是"阿尔勒"?

然后文森特坦然地回答。

——是林忠正说的。他让我找到属于我自己的"日本"。碰巧就是"阿尔勒"。

所以,阿尔勒就是我的"日本"。

发车的铃声响彻月台。文森特望着提奥的眼眸中满是希望。

"那么,我走了。你保重。"

提奥努力压抑着突然从胸口深处涌起的热流,点了点头。

"嗯,哥哥你也是。"

"我很快就会写信给你的,别担心。"

文森特轻轻在提奥的背上拍了两下。这饱含着亲昵与亲爱的举动,正是在提奥年少时,文森特为了鼓励弟弟所做过的。

去海牙工作的文森特曾在暑假时返乡过一小段时间,迎来告别时，提奥泫然欲泣。

——很快要回来哦，哥哥。

到车站送行的少年提奥拼命忍着眼泪，对要上火车的文森特说。

——怎么啦，一脸可怜样。很快就会写信给你的。

文森特拍了拍瘦弱的弟弟的背。

——不论我在哪里，我都不会忘记你的，提奥。

你是我最好的朋友——

"旅途顺利，文森特。祈祷你能画出很棒的画。"

重吉说着伸出右手，文森特用力地握住了那只手。

"谢谢你，阿重。能替我向林阁下问好吗？是他为我指明了前进的道路……我很感激他。"

听到文森特的话，重吉也绽放出笑容。

文森特抱着脏兮兮的旅行箱和画架跳上车厢。那动作就像是信号一般，汽笛鸣响，列车缓缓地发动了。

提奥稍稍在前，重吉站在后面，他们各自挥着手。文森特摘下帽子，用力地挥动。

——阿尔勒会是我的"日本"。

文森特的话语混杂在汽笛中直传入提奥的耳里。

文森特的帽子渐渐远去，越来越小，越来越小，然后，被吸入前方的雪景中，消失不见了。

大街上的林荫树萌生新绿的季节到来了。

这一天，"布索和瓦拉东"——原"古皮尔商会"的中楼聚满了人，十分热闹。戴着丝帽的绅士，身裹最新款礼服的淑女。他们被款待以香槟，到处都是高脚杯碰杯而发出的清脆声，以及谈笑声。

"古皮尔商会"的创始人阿多尔夫·古皮尔引退，继承画廊的艾蒂安和让听取了经理提奥的提议，同意让老字号画廊的一部分获得新生。也就是说，一楼的主厅依旧展示、销售学院派大师的作品，但允许中楼以展示和销售新锐画家——也就是"印象派"画家们的作品为中心。

展示厅的墙上挂着形形色色的风景画。光芒四射的大海、波光粼粼的塞纳河河岸、笔触轻盈的巴黎街景。相比学院派画家的画布上依旧被历史上的英雄以及女神占据，挂在中楼的画里，风光旖旎，都是充满生命悦动的"活着的画"，自己正活着、正在呼吸、正在度过每一天，是描绘了每一个人不同人生风景的画。

印象派的画在几年前还被讥讽为"涂鸦似的画"，很难在"古皮尔商会"时期的画廊里出售，但如今已经获得了对新型艺术的动向十分敏感的评论家以及艺术家们的支持。虽然出售他们作品的新进画商保罗·杜兰德·鲁尔、安布鲁瓦兹·沃拉尔以及乔治·佩特蒂等人，和画家们一起曾有过饱尝辛酸的时期，但世间的风评逐渐温和，他们的作品终于也有了稳定的销路。

把对保守的学院派画家们的反感深藏心中，在忍耐的同时精准地预测潮流的动向，在重生的"布索和瓦拉东"里，提奥终于能够经手自己真心想要出售的作品了。

在热闹得热火朝天的联欢中，提奥忙碌地向顾客介绍印象派的画家们。

"夫人，这是如今炙手可热的画家，克劳德·莫奈阁下。莫奈阁下，这位美丽的女士是正在收集新锐画家作品的伦布伊奥夫人。"

克劳德·莫奈留着茂密的花白胡子,他彬彬有礼地握住妇人的手,轻轻地吻在她的手背上。

"见到您是我的荣幸,夫人。久仰您的大名。"

"是我的荣幸,去年我曾在国际雕刻绘画展上拜见过您的作品。这次您画了许多海景吧。"

"莫奈阁下现居住在吉维尼村。他会去各处写生,今年第一次在科特达祖尔的昂蒂布待了一阵,于是画了海景系列。他们印象派的画家基本是在户外创作,所以会为了寻找题材而去不同的地方旅行。"

提奥不动声色地解释道。莫奈满意地点着头,和妇人开始了愉快的交谈。

——克劳德·莫奈对中产阶级已经可以应对自如了啊……

提奥用指腹摁去浮现在头顶的汗水,轻轻地呼了口气。

莫奈等印象派画家们,曾经和学院派的大师、有钱的收藏家、位高权重的政治家,以及吹毛求疵的评论家等执掌这个世界的保守势力是敌对关系;但那又如何,如今他正单手拿着高脚杯和贵妇们交谈甚欢。

当然,他们的作品比起至今仍在富裕层中如日中天的法国画坛的权威们——比如杰罗姆的画,还是要便宜得多。对印象派作品的评价依旧褒贬不一。

但正因如此,才使得新兴的中产阶级产生了兴趣。这正好像是他们对日本美术产生了兴趣,甚至出现了"日本主义"这样的流行语。

莫奈、德加、皮萨罗、雷诺阿,势头渐起的印象派画家们。他们的前途上终于有了曙光。

那么，继他们之后的"下一个"艺术家们又如何呢？比如塞尚、修拉、伯纳德、高更。是的，陈列在唐吉老爹的店里头那些不可思议的图形与色彩，那些有着妖冶而魅惑的新表现力的画家们。

比如，如今正独自在阿尔勒，拼命地寻找只属于自己的形状、色彩和表现的画家。我的哥哥，文森特·梵·高——

"哟，提奥多斯。恭喜你新开的展示厅。"

提奥忽然被人叫住，他一脸客气地转向声音的方向。却见身穿燕尾服的林忠正和重吉正站在那里。

"啊，林阁下。感谢您的光临。"

他握住林忠正伸来的右手，打从心底表达了谢意。对这个人，他怎么谢也谢不够。

去年年末，是林忠正给了失踪后忽然出现在"若井·林商会"的文森特充满启迪的意见。以此为契机而决定去阿尔勒的哥哥是有多么感谢这个日本人啊。

文森特似乎对忠正抱有奇妙的感情，似乎是敬畏，又似乎是憧憬……但这种感情到底从何而来？提奥对此有着隐约的了然。因为那是和自己共通的。

对哥哥而言，日本是梦想的国度。林忠正和加纳重吉是来自梦想之国的真真切切的日本人。

重吉勤恳、诚实、坦率、体贴。而且他不是用眼睛，而是用心在看美术。在尔虞我诈、暗潮汹涌的巴黎美术业界，他就像是一个纯洁的少年。在这个不运筹帷幄就会一败涂地的业界，能得到重吉这样相处时不计利害的朋友，至少对提奥来说这是一种救赎。

接着是林忠正，提奥对他抱有的感情和对重吉的不一样。

多半和哥哥一样吧。

这个人是比法国画商更精明的战略家。法国的中产阶级以及新进画家们通过日本美术来梦想、理想化日本。自己就是这样。而忠正有意把"日本"包装成一个梦幻的美女，如高岭之花的"花魁"，煽动着人们的欲望。他远比重吉狡猾。这个人既不是用眼睛，也不是用心在看美术，提奥觉得忠正是用脑子看美术。

自己即使憧憬这个人，却无法敞开心扉。哥哥以前应该也一样。但是，自去年圣诞前的某一天起，哥哥却彻底对他打开了心扉。最后还因为他独自去了阿尔勒。

此行是吉是凶尚不得而知。但文森特已经不再是以前的文森特了。那个把弟弟供他买颜料的工资全部拿去换酒喝的无可救药的男人，那个把自己的画卖不出的原因归咎于弟弟并破口大骂的男人，已经彻底不见了。

他似乎正如忠正建议的那样，在阿尔勒找到了他自己的"日本"。几乎每一天，他都会寄来如日记一样的信，还有他的画。明亮如烈焰的向日葵、架在清澈河流上的吊桥，还有在吊桥上无边无垠的、太过蔚蓝的天空，朴素的咖啡馆里的女人们……

文森特在巴黎发生了巨大变化，而现在的文森特比起在巴黎又更进步了一个层次。只要看了他每天寄来的画，就可以明白他正如鱼得水似地在阿尔勒畅游，正自由自在地操纵画笔，用颜料谱写着旋律。

但是，那看起来与其说是乐在其中，更像是在与孤独搏斗。激烈的笔触近乎执拗地涂满了画布，令人觉得他仿佛正在用密不透风的颜料来涂写孤独感，为了不要想起自己正在与巴黎相隔遥远的地方孤身一人。

——即使如此，林忠正……到底对文森特施了什么魔法呢？

"文森特怎么样？在阿尔勒的创作顺利吗？"

忠正眼神淡然地看着提奥问道。提奥不由笑着说道："这个嘛……"

"他大概差不多每天都寄画过来。几乎每天都能收到信里总写着再多送点颜料和画布来……我想他大概是以三天一幅的速度在画。"

"哦？那真是前途有望。"忠正的眼中闪着光。

"这个展示厅里有挂你哥哥的新作吗？我很想瞻仰一下……"

提奥一震。

即使总算开设了印象派专用的展示厅，但还没有展示过"后印象派"的画家们的作品。

还很难说他们的作品已经被世间认可。虽然也有寥寥两三个年轻画商开始经手他们的画，但眼下展示了最多的还是那位唐吉老爹。即使已经有了一些崇拜者的保罗·塞尚，也很难在这里展示。更不用说展示文森特的作品了，那简直像是要在月球上展示一样不现实。

文森特前往阿尔勒后的三个月来寄来的画，全都堆在提奥居住的勒皮克街公寓的房间里，没有给任何人看过。

"很遗憾，这里没有挂哥哥的作品。"

提奥不由压低了说话的声音。

"在一楼出售的是我们的头号画家杰罗姆大师的大作。要在楼上出售哥哥的画，那实在是、实在是……"

提奥苦笑着，忠正却丝毫不为所动地看着他。

"所以你哥哥的作品比学院派大师的画要差？"

他干脆地说出口。这使得提奥的胸口再次一震。

"不……不是这个意思……因为我不能把其他画家的作品放在一边,优先挂自己人的作品……"

"哟,提奥。"就在这个时候,一个男人忽然亲密地打着招呼加入到了三人之间。

"你总算确保了可以装饰你喜欢的画家作品的地方了啊,真是太好了。"

黑色的头发和嘴边的胡子密而厚实,他穿着波西米亚风格的松垮垮的外套。他就是保罗·高更。

提奥呼地放松了表情,他快速地回应:"嘿,保罗。谢谢。"

"林阁下,阿重,这位是被评价为画风很有个性的画家保罗·高更。保罗,这位是经办日本美术品画廊的社长林阁下和加纳阁下。"

在提奥的介绍下,忠正和重吉分别和高更握了手。高更被太阳晒得黝黑的脸上浮现出笑容:"我知道的,久仰大名……"

"我也有几幅从别的画商那里买来的、你们卖给别人的浮世绘。唔,虽然是转卖……哎呀,我说这话会惹你们不高兴吧。"

"怎么会。"忠正的嘴角露出浅浅的微笑。

"这是理所当然的行为,美术品正是通过转卖才拥有更高的价值。"

"嗯,确实是。"高更大大的眼睛盯着提奥。

"不久的将来,你们也转卖我的作品来赚钱就可以了。是吧,提奥?当然是说如果它有被转卖的价值的话。"

提奥在很早以前就在出售印象派画的阿尔冯斯·波蒂尔的店里发现了高更的作品,他立刻就被它的独特和有趣吸引了。

他不像印象派那样描绘巴黎的风景,而是以某个乡村——高更十分执着于"巴黎以外的地方",他会乘着船去南方旅行,或是以地方小镇阿旺桥为据点——当作舞台。他的画同时拥有组合了大片明亮色面、如纸笺一般单调的构成，和如同能把看得到的事物全部拽入平静透亮却深不见底的水面的深邃。从他的画中，提奥感受到了无尽的可能性。

提奥直觉认为"这个画家有潜力"，他以十分便宜的价格从波蒂尔的店里购入了高更的画。

给文森特看了以后，文森特立刻被吸引了。他似乎在高更身上闻到了和自己一样的气息。也就是对日本美术的憧憬和背对世人、直面画布的孤高姿态。

同在唐吉的店里出入的高更很快就与梵·高兄弟相遇，身为画家的两人立刻就意气相投。这是很少见的事。平时沉默寡言，不借助酒精的力量绝不积极参加唐吉店里每晚热火朝天的艺术讨论的文森特却能在清醒的状态下和高更讨论艺术。

高更果然爱着日本美术，特别是对浮世绘有浓厚兴趣。两个人经常讨论浮世绘的有趣之处。因为这样，文森特在画家伙伴里也特别在意高更。

"我在唐吉的店里拜见过你的作品。"加纳重吉满脸笑容地对高更说，"我觉得你的画和文森特·梵·高的画似乎有着共通的部分。你知道他去阿尔勒了吗？"

"是的，当然知道。不过……"

高更回答着，他脸上的笑容消失了，"我的画和文森特的画很像？是吗？你也这么想吗？提奥。"

"啊，这个……不……不过……"

提奥很是困惑。所谓画家，不论跟对方的关系有多好，被说和别的画家的画相似都是会不高兴的。重吉虽然准确地嗅到了受到日本美术影响的两个人的共通之处，但直接说出口却很是不妙。

高更耸了耸肩："真是荣幸。"

"文森特是个很厉害的画家。或许他还没有被任何人认可，但我是知道的。他被他了不起的弟弟、一个真正的艺术的庇护者支持着，可以尽情地画自己喜欢的画。不过，不是在这个巴黎，而是在他的'日本'——阿尔勒。再没有他那样的画家了。真是的，他真是幸运。"

文森特在出发去阿尔勒之前，曾向高更反复讲述了他为什么要去阿尔勒。他说他要在阿尔勒创造他自己的"日本"、艺术的理想之乡。

高更在讲述文森特的事时，显得莫名兴奋。提奥觉得，他在表达对朋友的勇气的敬意时，似乎也掩藏着微微的羡慕与难以言喻的感情。

忠正好整以暇地看了高更一会儿，静静地开口道。

"是的……文森特会在那片土地上创造出艺术的理想之乡。他有那样的勇气，又得到了提奥多斯的支持……但是，他也有所欠缺。你知道是什么吗？"

提奥望着忠正的侧脸。忠正凝视着高更说着，仿佛看透了一切。

"同伴，他需要和他一起创造理想之乡的画家同伴。比如，像你这样的……"

提奥感到同样注视着的高更有一瞬间停止了呼吸。

在阿尔勒独自战斗的文森特如今最渴望的东西。那就是可以一起切磋钻研的同伴。

这灵光一现的想法使提奥心中透亮。

——把文森特的同伴送去阿尔勒。

一八八八年 九月上旬
巴黎 十七区 库尔塞勒街

街边的七叶树已经泛黄的树叶被斜阳染成了红色。

马车陆续从大马路的那头抵达。有双头马车,还有四头马车。豪华马车闪着黑光的车身上炫耀似地刻着家徽,身着最新款礼服的贵妇把戴着手套的手交给陪行的绅士,从马车上滑下。

刚从四人马车下车的重吉转身看着美丽贵妇的抵达。看到紧跟自己乘坐的马车抵达的马车门上的首字母是一个大大的"N"字后,眼神发生了变化。

"喂,看啊,提奥。"

重吉拍了拍跟着自己下车的提奥的肩膀,小声说道:"后面的马车……门上有个'N'的标志。"

"N"这个文字,那正是"拿破仑家族"的纹章。提奥立刻也紧张了起来。

"真的,是皇室的马车吧。"

总是穿戴整洁考究的提奥这天打扮得格外潇洒。笔挺的燕尾服上系着白色的蝴蝶领结,头戴光洁的丝帽。可以明白他是因为觉得难得接到林阁下的邀请,不能有所怠慢,所以精心打扮后才来的。

这一天，重吉和提奥跟着忠正去拜访了玛蒂尔德·波拿巴特的沙龙。

玛蒂尔德·波拿巴特是上一任皇帝拿破仑三世的表妹，也是拿破仑一世的侄女。她拥有全巴黎最豪华的沙龙，名门贵族与富裕的商人们自豪地在那里出入。只要能被邀请去她的沙龙，就等于打入了上流名人的圈子。

在因为革命而王朝土崩瓦解的法国，拿破仑一族的血脉才是最有权威的门第证明。因为拿破仑一族与欧洲各地的皇室缔结了血缘关系，他们的名字响彻整个欧洲。

拿破仑一世下台后，法国社会也经历过数次汹涌的革命怒涛。本以为共和政府会就此成立，但一世的侄子路易·拿破仑却得势，最终作为拿破仑三世即位为皇帝，拉开了法兰西第二帝国的帷幕。但是，拿破仑三世的统治也随着一八七一年普法战争的结束而宣告终结，带头指挥的拿破仑三世流亡英国后未能再返回法国，两年后，结束了波澜壮阔的人生。

之后至今已经过了十五年，虽然如今已是第三共和国政权，但人们对拿破仑一族的憧憬并未断绝，持续至今。

因为看到"N"的标志而紧张的并不只有重吉以及提奥。新兴的中产阶级、商人、艺术家，谁都想要得到拿破仑家族的庇护，他们虎视眈眈，伺机瞄准可以靠近"N"的瞬间。也就是说，对于挖空心思想出人头地或是生意成功的人来说，能够被招待进玛蒂尔德·波拿巴特的沙龙，就意味着光明的未来。

重吉和提奥两人站着，想看是谁从"N"的马车上下来。走在前面的忠正转过身，不耐烦地说："你们两个在做什么！"

"我们必须尽快去向波拿巴特夫人请安，她身边蜂拥而至的客人已经排成长队了，快点。"

两个人赶紧跟在忠正身后。

壮丽的府邸一楼有宽敞的日光室,树木绿得青翠欲滴,花朵开得五彩缤纷。餐桌上铺着精美的蕾丝桌布,大大的盘子里摆满了珍奇的南国水果,配备着的纤细的高脚杯上有着金色的"N"标志,杯中的香槟咕嘟咕嘟地冒着气,它们正在等待客人们把自己握入手中的瞬间。

"呜……哇,这可真厉害。"

抬头仰望高高的玻璃天花板,夕阳几乎透过天空。重吉张着嘴,如实演绎了目瞪口呆这个词。

提奥也一样。尽管因为工作关系,他当然也出入过有钱人的家宅,但被招待来有皇帝血统的夫人的沙龙,却也是第一次。

客人们都想向端坐在房间里面的玛蒂尔德请安,于是在她面前排起了长龙。

"告诉你件好事吧,提奥。"

重吉用忠正听不到的低声对着提奥窃窃私语。

"林学长最早会去学习法语的契机,就是因为憧憬拿破仑。他还特地从海外购买和拿破仑相关的法语书送到日本哦。据说很贵。"

"哎,是这样吗?"

提奥露出了意外的表情。

"那么他和文森特正好相反。哥哥是因为憧憬北斋才突然画风大变的。"

"嗯,正是这样。"

两个人彼此轻笑。

这时,身穿燕尾服的仆人走到两人面前说:"两位,这边请。"

"波拿巴特夫人想要尽快与林忠正阁下和他的同伴见面。"

周围的人羡慕地发出了"哦哦"的声音。重吉吃惊地看向前面，忠正转身对着自己得意地笑。

波拿巴特夫人视林为特别重要的贵宾——在重吉拜访沙龙之前，埃德蒙·德·龚古尔已经告诉了他。

——在巴黎有形形色色的外国人——俄罗斯人、摩洛哥人、土耳其人……虽然他也会经常被招待去沙龙，但实际上不过是因为觉得他们很稀奇。说穿了，就是请来给沙龙助兴的。

但林却不同。他是特别的。他的知性与气度，还有关于日本美术的深刻见解，都证明了他是一个真正的文化人。此外，他还有胆识。外国人要想在这个城市取得生意上的成功可不是随便就能做到的。

不管对手是法国人还是其他什么人，林都不会胆怯。他不会因为自己是日本人而卑躬屈膝，他甚至是引以为豪，并堂堂正正地与之交锋。

所以，我才把他介绍给了波拿巴特夫人……

龚古尔把忠正介绍给波拿巴特夫人是在重吉上任之前。被波拿巴特夫人请去沙龙的人都是名人中的名人。又或者说只会是巴黎社交界中的话题人物。而且，必须得有介绍人。会根据谁是谁介绍的，是从哪个渠道进来的决定新客人的地位。这是巴黎社交界的规矩。因此，介绍忠正给波拿巴特夫人的是代表法国的文人龚古尔，这也足够说明他是个"文化人"。龚古尔之所以会为忠正准备这样一张"金色请柬"，是有原因的。

龚古尔是"若井·林商会"最重要的顾客之一。法国的很多"迷日族"都只是因为流行才想要拥有日本美术品以及日本风格的东西。但龚古尔不同。虽然起初他是出于一点点兴趣才开始收集日本美术的，但如今已经是个真正的日本美术研究者。

而背后的原因就是林忠正。

多数法国人对日本以及日本美术的认知是错误的，忠正对此感到不满。所以，他想利用作家龚古尔的影响力，来为日本美术普及正确的知识并争取恰当的评价。所以当龚古尔拜托他"我想写关于歌麿的研究书籍，希望你能帮我"时，他同意了。为了龚古尔，他接下了把十返舍一九①的著作《吉原青楼绘抄·年中行事》译为法语的这份艰巨工作。

某次，当重吉听忠正若无其事地提到"正在翻译一九的青楼绘抄"时，从心底感到惊讶。平时光是工作就已经够忙了，他到底是哪里来的时间？但是，忠正却说得很淡然——为了让法国人了解日本美术的厉害，就必须要做一些踏实的工作。

也因为这样，忠正对龚古尔而言，已经成为不可或缺的人。龚古尔虽然也会在忠正的商业对手——宾格的店里出入，但他大胆而夸张地表示过："根本不能和你的店相提并论。"你店里出售的日本美术品，每一件都品质上承，还有很多珍稀的东西。宾格终究是德国人，不懂日本美术为何物，诸如此类的话。这种时候，忠正就只是淡淡地笑笑。

忠正已经多次拜访波拿巴特夫人的沙龙，如今已经到了可以直接收到来自夫人的请柬的程度。

被招待参加初秋沙龙的忠正邀请了重吉：你一起来吧。终于可以涉足皇室的沙龙，重吉仅是因为此就已经彻底地飘飘然。忠正又对他加了一句：

——就你一个我不放心，也叫上提奥多斯吧。

把哥哥文森特送去阿尔勒，提奥拼命支持他在那里的生活

---

① 十返舍一九（1765—1831），日本江户时代后期作家、浮世绘师，也是最早在日本靠文笔自食其力的作家。

和作为画家的活动。对这样的提奥,忠正似乎突然特别上心。他会时而请提奥吃饭,时而又亲自去他的店里逛来增进感情。对此,重吉感到很高兴。

提奥是具备优秀才能的人,对挖掘新锐艺术家的直觉也很出色。不论是工作相关还是美术相关,重吉都从提奥身上学到了很多,更重要的是,他被提奥想着哥哥,帮助哥哥的行为所打动。

在阿尔勒独自生活的文森特正拼命地画着,画着,画个不停。而为了支持哥哥,提奥也同样拼命。

他每个月都给文森特寄金额不菲的支票,购买并寄给他大量的画布与颜料,还每天给他写信。他给文森特几乎每天都寄来的作品编上号码,制作列表,整理得整整齐齐,保管在如今主人不在的——哥哥的画室里。为了随时都能展示给别人看。

提奥想方设法都要扶持文森特的热情,完全出于他想要推动新艺术,并赌上人生的决心。

——文森特一定会出人头地。不,是自己一定会做到。

虽然可能不是现在,立刻;但是,他打算耐心地等待那个时候。

在酒馆和重吉喝酒时,提奥一定会这么说。虽然他说得认真,但似乎又有些虚张声势。

对提奥,重吉在觉得他是个为哥哥着想的了不起的男人而打心底佩服的同时,又有着些许悲伤、怜惜的复杂感情。每当想到这对兄弟,他的胸口就如针刺般疼。他不知道这种痛是从何而来。

如今忠正似乎对提奥很上心——个中理由重吉也不知道。

他觉得忠正也有着出人意料的温柔。他还觉得,说不定忠正有比做生意更深一层的企图。

而这两点他不会轻易让人看到。林忠正就是这样的人。

响亮的马鞭声响起后,马车缓缓地动了起来。忠正、重吉、提奥在马车的车厢里晃荡。

"哎呀,真的感觉像是做了一场梦……竟然能和波拿巴特夫人在同一张餐桌前用餐……"

在晚餐时,喝着被端上的顶级红酒,和波拿巴特夫人——虽然她基本是和忠正——对话,重吉也渐渐胆大了起来。前菜、主菜、餐后甜点全都是不曾吃过的美味,坐在同一张餐桌的也全都是如今炙手可热的名人。简直就像是在做梦一般。

在马车里,坐在重吉对面座位的忠正微笑着点头,然后对着正坐在重吉旁边垂头丧气的提奥问:

"怎么了,提奥多斯?你晚餐吃到一半以后似乎就没怎么吃了……"

重吉也突然想起,提奥从晚餐刚开始就有点不太对劲。

不期然地被波拿巴特夫人邀请同桌用餐,重吉在飘飘然的同时,已经没有余力去在意坐在同桌另一侧的提奥了。但是,提奥的酒杯确实不曾空过。

因为提奥没有回答忠正的问题,重吉只能故作开朗地插嘴。

"怎么了,一定是在紧张吧。不管是谁,要和拿破仑家的公主共进晚餐都一定会紧张的……"

"你安静一会儿,我是在问提奥多斯。"

被忠正训斥了一句,重吉闭上了嘴。

提奥抬起低垂着的头,却没有看忠正的眼睛。他似乎有话想说，却说不出口。过了一会儿，他嗓音嘶哑着低声说："我……到底……是在做什么啊……"

重吉抽了口气，望着身边的提奥。他惨白的脸微微扭曲。忠正默默地注视着提奥。

"哥哥他……一个人在乡下的破房子里拼命画画……喝不上酒，也吃不了面包……刚才也是，现在也是……这一瞬间也是……而我……吃着那么豪华的大餐……喝着酒……还与人谈笑风生……"

提奥双手掩面，身体不住地微微颤抖。

"罪大恶极……我做了多么罪大恶极的事啊……"

重吉吃惊地揽住提奥的肩膀，用力摇晃他。

"喂，提奥？你在说什么？什么罪大恶极……恰恰相反，这不是很光荣的事吗？如果文森特知道了你和波拿巴特夫人共同用餐，一定也会高兴的。我说，提奥……是这样的吧？"

提奥还是双手捂脸低着头。重吉望向忠正。忠正把视线从提奥身上移开，投向了车窗外。

咯噔咯噔、咯噔咯噔，马车经过大路上的石子路时，车轮发出了干巴巴的声音。一直到在勒皮克街的公寓前下马车前，提奥仿佛被世界上的一切背弃似地低垂着头。

打开马车门，踩着踏板下车时，提奥终于抬起脸转过头。

"……今天十分感谢你，林阁下。那么难得的夜晚……最后却让你们看到这么难堪的一面……"他对着车窗后的忠正说，声音软弱无力。忠正直直地盯着提奥，说，"提奥多斯，你必须变得更强大。"

他说得明明白白，提奥的眼眸定了定，然后开始轻轻地闪动。

"文森特远远比你强大。所以，如果你不变得更强，终究是无法支持你哥哥的。如果，你是真的想让哥哥被世界认可的话——请你强大起来。"

提奥看着忠正的眼神在颤抖，泪光在他的眼眸中隐隐浮现。

"——谢谢您。"

提奥回答。他的声音中带着些许希望。

"我会变强的———定。"

清脆的马鞭声再次响起。重吉从已经动起来的马车窗口伸出身子，朝着越来越远的提奥挥手。提奥也伫立在公寓的门前，举起一只手作为回应。

重新在座位上坐定后，重吉看到对面的忠正似乎陷入了沉思。他想要说些什么，但还是没有说。

——为什么。

重吉在心中自问。

——正如林学长所言。想要让文森特那样的画家成名，没有相当强大的决心和迎难而上的心理准备终究是不可能的。

但如果是这样的话，为什么？

为什么林学长不从提奥那里购买文森特的作品？

这是最近一直憋在重吉心里的疑问。

去年圣诞时，推荐文森特去阿尔勒的不是别人，正是忠正。他是期待文森特能显示出作为画家的真实姿态才推荐的，那就说明他是认可文森特的画工和潜能的。

对于提奥，忠正也表现出了非比寻常的温情。即使出售的商品不同，但是邀请同行去波拿巴特夫人的沙龙，这在一般情况下是绝无可能的。

完全看不懂。林学长是想要帮助梵·高兄弟吗？——又或者是想要利用他们?

"'既然那么想支持那对兄弟,为什么连一幅文森特的画都不买?'……你是想问这个吧,阿重?"

忠正突然问。

重吉震惊地望向忠正。那双细长的眼睛看着自己,仿佛正在求证。

重吉支支吾吾:"不,那个……是那个……"忠正不可抑止地笑出了声。

"真是的,我还没见过你这么老实的家伙……不过呢,这也算是你的优点吧。"

重吉无力地笑——真是的,在林学长面前连心里念叨都不行。

忠正停住笑,再一次从正面看着重吉说:

"我已经下定决心要得到文森特的画里最好的那幅。"

重吉大感意外,他看着忠正的眼睛。那双眼睛里蕴藏着不可思议的光芒。

"只不过,还不是现在、立刻。他还有很大的进步空间。接下去,在得到一起创作的伙伴,在毫不动摇、内心强大的弟弟的全力支持下,他也终将盛开吧。为了得到那朵花,我愿意付出任何代价。"

说到这个地步后,忠正的嘴角突然浮现起轻狂的笑容。

"不过——为了让文森特能够更多地进步,必须赶紧采取一个对策。"

你快用我的名义发个电报——忠正命令重吉——给保罗·高更。

——去阿尔勒。去那里和文森特·梵·高共同创作。

为此产生的一切费用和生活费都由提奥多斯承担。你们在阿尔勒创作的所有作品应该都是由他收购。只要你和文森特一起生活，你的生活就会得到保障。

说句 OUI① 就好，等你回音。

---

①法语，是的。

一八八八年 十一月下旬
巴黎 第十区 豪特维尔街

树叶已经尽数凋零的林荫树摇晃着树枝,交加着雨雪的寒风呼呼吹过。

在"布索和瓦拉东"店前停着两辆货运马车。第一辆有着大篷的货运马车那里,四个搬运工正从货架台上抬起木箱往下搬。第二辆马车是不带篷的邮政货运马车,送货员轻轻捧起被麻绳扎好的板状小包裹,送进了店内。

"您好,阁下。这是惯例的小包裹,请签名。"

送货员把文件递给站在门附近看着搬运工卸行李的提奥,请他签收。提奥也没有看内容,直接就在上面签字了。送货员也不笑,板着脸离开了。他们在送"惯例的小包裹"时,不会每一次都亲切相待。

"剩下的收货我来,请去里面吧。"

站在提奥身旁的助理安德雷说。他也已经习惯了,他很清楚上司在收到"惯例的小包裹"后会做什么。

提奥拿起刚收到的小包裹,一言不发地回到门店深处自己的办公室。

关上门,上好锁。这也是他一直做的。

把东西平放在办公桌上,用剪刀剪开麻绳。在油纸上戳个洞,再刷刷地撕开。油画颜料的气味顿时扑鼻而来,露出了两幅画布。

这就是惯例的、文森特从阿尔勒寄来的画。提奥双手各拿起一幅画倚在墙边。

两幅画都是室内画,上面各画着一把椅子,空荡荡的椅子。

不,确切地说,并不是"空荡荡"。两把椅子上都放着小"物品"。

一把扶手椅,椅面上放着的烛台上点着一根蜡烛,烛火寂寞地摇曳。一旁是两本胡乱摆放的书。其中一本眼看就要掉到地上。固定在绿色墙壁上的烛台上也点着蜡烛,由此可见,是夜晚的室内。结束了一天,本该迎来安歇时间的房间。但是,房间里没有人,散发着一种难以言喻的孤独感。

另一幅画上的是没有扶手的简陋的椅子,一只烟斗倒在椅面上,一旁是拆开了包装纸的烟丝。坐在这把椅子上的人本打算把烟丝塞进烟斗,却又置之不理,是出门了吗?从椅子后面的箱子里可以看到洋葱上冒出了绿芽,这也放置了很久吧。因为室内洒满了白亮而均匀的光,可以知道这是在白天。无穷无尽的静寂在空无一人的房间里汹涌。

应该坐在那里的那人不在那里。从两幅画上都能感受到孤独的嘈杂。

提奥双臂交叉,凝视着这两幅并排摆着的画。他能感到画里充斥着不安定的空气,几乎就要逼向画面外的自己。提奥深深地叹了口气。

两幅画都有标题。

《高更的椅子》和《梵·高的椅子》。

——本该坐在各自椅子上的画家们却完全不见踪影。

　　两位画家到底去了哪里？

　　提奥交叉着双臂，怎么都无法在画前挪开脚步。然后，他就这么一直望着这两把空空的椅子。

　　文森特·梵·高和保罗·高更的"同居生活"开始还不到两个月。

　　可是，他们的椅子却失去了本该坐在上面的主人——

　　这一年的二月，独自移居阿尔勒的文森特精力旺盛地画着画。不出三天，提奥就能收到几幅洋溢着此前从未有过的明亮色彩和力量的作品。

　　文森特画着画，就好像在写日记一般。每一天、每一天，他都用他的全部心力，几乎要燃烧自己一般地作画。

　　文森特打算在远离巴黎的法国南部小镇找到只属于自己的"日本"，并打造艺术的理想之乡。他没有得到任何承诺。除了画布和颜料，文森特一无所有。依靠提奥的援助，过着勉强能糊口的日子。

　　文森特在画布上画了比在巴黎和提奥一起生活时更多种类的主题。咖啡馆里的少女、邮差、农夫、田园风景、吊桥、向日葵、月夜的河边、夜晚咖啡馆的露天座位……眼里看到的一切都那么有趣，他描绘它们，为了不错过它们的光彩，就像是个孩子一样，就像是被什么附身了一样。

　　起初，文森特送来的画布上，每一幅都是闪耀着法国南部光芒的明媚画面，它们会对着提奥微笑。所以，只要收到从阿尔勒寄来的包裹，提奥就会对打开包裹充满期待。今天又画了什么主题呢？哥哥又发现了什么呢？他感觉自己也和哥哥一起漫步在阿尔勒街头，寻找着绘画的主题。

但是，每一幅画似乎都透着孤独的气息。乍看之下发现不了的、一丝孤独的气息。而这是文森特从开始画画时就一直萦绕其中的。

从比利时来到巴黎，现在又在阿尔勒生活，文森特的画明朗了许多。或许是因为憧憬浮世绘的通透色彩，他所使用的颜色也更鲜艳了。

和在比利时学习绘画的时代相比，文森特的画风变化之大，可以说是得到了重生，和之前完全不可同日而语。但是，不管他画什么，画里都会渗透出淡淡的孤独气息。

提奥曾以为，一定只有自己才明白这一点。应该只有一直注视哥哥的作品，并与其相依为命的自己才能明白。他还想过，如果可以的话，希望谁都不要注意到。

买画的人想要的是每个角落都没有影子的明亮画作。只要看看被说成具有革新性的印象派画家里最成功的画家——克劳德·莫奈的作品就能明白。充斥在他画中丰富的光，难以形容的幸福感。人们想要的画不仅仅要明亮，还需要感觉不到孤独。

所以，文森特的画里明亮感的增加，对于出售他的画而言是件令人欣喜的事。

画更加、更加明亮的画，画充满着光亮的画，画具有幸福感的画——提奥这样祈盼着。还请不要让任何人注意到、感受到，文森特的画里散发着的孤独和无法拭去的寂寥。

然而，提奥无法忽视文森特寄来的画里，孤独感正在与日俱增。

文森特的技巧确实提高了。同时，他的作品的个性也是出类拔萃的。也就是说，他的画正在与中产阶级所追求的东西背道而驰。

在"布索和瓦拉东"的顾客里，印象派的爱好者也正在一点一点地增加。但是，即使是对新晋画家作品有兴趣的他们，恐怕也很难理解文森特的画吧。他们寻求的是可以装饰在昏暗公寓里的壁炉上的、有那么一点时髦的画，他们怎么会对散发出如此强烈个性的画有需求。

夏天快结束的时候，提奥开始觉得这样下去要出事。他实在担心文森特又会像去年年末吵完架忽然失踪后那样发狂乱跑。

文森特依旧废寝忘食地作画，而自己也依旧在跟中产阶级打交道，与手握香槟杯的贵妇谈笑风生。而在店里好不容易开设的、中楼的"年轻画家的展示室"里，他一边留意经营者和大画家们的脸色，一边勉强出售莫奈以及毕沙罗的画。他并没有把哥哥每天寄来的画挂在店里的墙壁上，而是一个人躲在里面的房间里，把画放在地板上仔细端详。

自己也必须再次有所行动。

提奥下定了决心。

就在这时，住在阿旺桥的高更为了见提奥来到巴黎。然后，他轻飘飘地说："我觉得去阿尔勒也不错。要说为什么的话，因为我需要'不是巴黎'的地方。"

全世界的画家都憧憬着巴黎，冲着巴黎而来，高更却并非如此。他总是四处寻求着"不是巴黎的某处"。然后，高更也总是一定能找到自己应该在的地方，并在作品中展示其成果。

——试试把文森特交给这个人吧。

提奥打定了主意。

也不知是否该说幸运，引导提奥和文森特进入画商世界的森特伯父去世了，还出人所料地留了遗产给他。提奥把这笔钱当成了让文森特和高更同居的费用。

提奥向高更约定了承担他去阿尔勒的一切费用,并收购他在那里创作的作品。

十月下旬,高更终于出发去了阿尔勒。对于他的到来,文森特该有多么高兴呢。

不论是白天还是晚上,两个人都在画架前并排作画。

满是红叶的林荫道、闪着星光的河边、马车缓缓驶过的吊桥、开始收获的麦田、被风吹过的田园。

如梦一般的同居生活,每一天都充实地创作。

共饮红酒,共聊艺术,一起大笑的两个画家。

看着两个人陆续寄来的一幅幅画,提奥的眼前浮现出文森特的笑脸,他也因此绽放出了笑容。

文森特的画里散发出的孤独气息很快就会不见。相对的,他的作品应该会被充实的幸福感包围。

是的,很快就会。一定——

会那样的。他曾经相信事情会那样。

十二月的第一个星期六,店刚打烊,忠正和重吉就去拜访了提奥。

自从文森特和高更开始同居后,提奥会定期把两个人寄给自己的画给忠正看。而这都是重吉的安排。

重吉是这么提议的:在对文森特而言意味着"日本"的阿尔勒,两个画家正一起生活并创作。林学长对这么难得的尝试很有兴趣地关注着,想建议你务必定期把寄来的作品给他,你觉得如何?

这对提奥来说是求之不得。他希望不久的将来,能设法把文森特的画出售给对新的美术有所理解的人。如果可以的话，他希望能让有着可以看透画家未来可能性的慧眼的人去拥有。这么一来，林忠正不就是最合适的人吗？

于是，每星期六关店后，忠正和重吉就会一起拜访"布索和瓦拉东"。提奥会把这一周寄来的文森特和高更的画挂在里面办公室的墙上，等待两人的到来。若在平时，把作品挂到墙上是交给助理去做的工作，但提奥没有向任何人透露为了忠正和重吉举办的"特别鉴赏会"。所以，在墙上钉钉子也好，取下原本挂着的画也好，全都由他自己来做。

这天是第五次"特别鉴赏会"。和平时一样，提奥在墙上并排挂了两幅画。但只有那天，两幅画都是文森特所画。

此前他给他们看的，都是一幅文森特的作品、一幅高更的作品。

把两个人的画摆在一起后，就会发现它们都散发出各自强烈的个性，但又有着某些共同之处。而且，两个人的画完全不像。

在两个人的画里有着共鸣。在最开始的时候，这就好像中提琴和大提琴的二重奏那样和谐悦耳。但是，在同居生活开始了一个月后，提奥感到在两个人的画里产生了不和谐的音符。

明明在同一个地方，画着同一个主题，但感觉两人各自看到的是不同的东西。比如，文森特会运用完全不合理的颜色来作画——正黄色的太阳和血一般红的葡萄园。而另一方面，在同样的风景里，高更则会画出绝不可能出现在那里的事物——身着布列塔尼①服装的女子正在阿尔勒的田园里忙碌收割。但

---

①法国西部的一个地区。

是，它们绝不是没有共通点。"看我"——这一强烈主张是他们的最大共通点。

提奥每次把两个人的作品挂在一起时，就会渐渐地、静静地被压倒。两个人确实是朋友，互相尊敬，共同进步地在创作。但是，在作品里，两个人都不肯随便去保持协调。

不，应该说，这是在——"竞争"吧？

每当两个人的画送到时，每当把它们并排挂起来时，提奥都会忍不住心惊肉跳。

然而，他却拼命地藏起自己的心惊肉跳，把作品展示给忠正和重吉看。

忠正仔细端详着两位画家被并排摆在一起的画，几乎什么都不说。感想也总是很简短的一句话——"不错"。仅此而已。

他到底是怎么想的呢？看画时的忠正几乎没有表情变化，光是观察他的表情没法揣测他的本意。

这一天，提奥也像往常一样把两幅作品给忠正和重吉看。但不同的是，这两幅都是文森特的作品。

《高更的椅子》以及《梵·高的椅子》。

最先"咦"出声的是重吉。

"这……两幅都是文森特的作品吗？"

被这么一问，提奥回答："正是。"

"还起了标题……有蜡烛的是《高更的椅子》，烟斗这张是《梵·高的椅子》。"

重吉露出了奇妙的表情。忠正则丝毫不为所动地盯着画面看。

自那之后，三个人就只是默默面对着那两把椅子的画。

"……出什么事了吧。"

过了一会儿，忠正低声道。提奥胸口一震，望向忠正。

他看到忠正的侧脸依旧直直地盯着画看。然后，他再也没有说话。

周日的早晨，巴黎的街头飘起了雪。

一整晚都没合眼的提奥直到天明方才入眠。他做了许多梦。虽然不怎么记得，但尽是些十分悲伤的梦。

快到中午时，提奥总算摆脱了床。不知怎么，他对昨天给忠正和重吉看那两把椅子的画的事感到懊悔——出什么事了吧，忠正的这句低语不停地在鼓膜的深处回响。

文森特和高更之间或许发生了什么无可挽回的事。那两把椅子失去了原本应该坐着的主人，才索性释放出强烈的孤独吧。

不，不对，提奥摇头。

——哥哥的信里写满了对高更的赞誉之词。他既有些不甘，又有些欢喜地在信里写自己画不了高更那样的画。

一定是两个人正好从椅子上站起出门而已，一定很快就能回到最初，他们应该可以再次在椅子上坐下，再次一起创作。

所以没事的……一定没事的。

即使这么劝着自己，但烦乱与不安还是愈演愈烈。提奥坐立难安，于是走出了公寓。

提奥站在勒皮克街附近的星期天集市前。他漫无目的地走在路上，让自己置身在集市里纷扰的人群中，无数次地撞上迎面而来的路人的肩膀。

忽然，眼前走过一个红发男子，身穿破旧而宽松的大衣。光是这样就已让提奥乱了心神。明明没想要这么做，他已经不由自主地迈起脚步去追赶已经几乎要淹没在人群里的那个背影。

那个背影越离越远。怕是会跟丢……提奥加快了步伐。

——哥哥！

你要去哪里，哥哥。不要扔下我。

不要让我一个人……

正要拐过沿着道路的集市尽头的街角的瞬间，提奥撞上了一位娇小的女性。听到对方发出了"啊"的惊呼，苹果从她手上拎着的篮子里滚落。提奥吃了一惊，赶紧从积起薄薄一层雪的石子路上捡回了滚落的苹果。

一个不落地回收后，提奥把苹果放回她的篮子并道歉。

"小姐对不起……您可有受伤？"

无边帽下的脸转向自己。宛如深冬白玫瑰般楚楚可怜的容颜——似曾相识的容颜。

提奥的心跳得很急促，他的声音颤抖，小声问道：

"……你不是……乔吗？"

那双蕴藏着小星星的眼眸扑闪扑闪地盯着提奥看。

她是提奥故乡的朋友的妹妹乔安娜·沃格尔。很久以前曾让提奥产生淡淡情愫的少女已经出落为一位美丽的女子，就站在他的眼前。

一八八八年 十二月中旬
巴黎 第一区 黎塞留街

这天，阴沉的云笼罩着傍晚的天空，巴黎迎来了小雪纷飞的寒冷夜晚。

皇家宫殿附近的法兰西戏剧院前，重吉正在等人。

他伸出冻僵的手从礼服口袋里取出金色怀表看了看。这天，法兰西剧院正要上演莫里哀的喜剧《厌世者》。

虽然离演出时间七点还有二十分钟，但已经不够从容地喝完一杯香槟。因为很久没来看戏，重吉特地提前早来，真是的，搞什么啊。重吉嘟嘟囔囔地自言自语。

一辆街头马车停在了和剧院只隔一条圣奥诺雷街的卢浮宫酒店前。一名男子急匆匆地跳下马车，他拉着礼服的下摆，朝着剧场入口奔去。这个人正是提奥。确认了是他后，重吉的脸上浮出笑容，总算是大驾光临了。

提奥笔直地冲到重吉身边。

"阿重！你好吗？"

提奥喊了这么一句，就拉着重吉的手用力地上下甩动。因为自己所等之人太过热情地出现，重吉有些不知所措。

"喂喂，你怎么了，提奥？气势很猛嘛。就在不久前你还沮丧地说诸事不顺……"

被重吉这么一说，提奥笑着说"啊，别提了。"

"真不好意思突然约你出来，工作不要紧吧？"

"嗯，因为是年末所以很忙。又正好赶上林学长去伦敦出差，我是翘班出来的。"

重吉回答着，得意地笑了。

"毕竟被你邀请一起看戏是从来都没有过的事……我想你大概遇上什么好事了。"

然后，重吉凑近提奥逼问。

"……来吧，提奥，快坦白。到底发生什么了？看你这飘飘然的样子，是遇到非常好的事了吧？你该不会要等到幕间休息才说吧？"

"好，就告诉你吧。"提奥挺起了胸。

"我就是为此才约你到这里来的……但是呢，也不用我特意说，你很快就会知道了。"

他愉快地说道。重吉一脸呆滞。

"什么很快……这不很快就要开演了吗？你是说我们在这里傻站到开演，就能知道你心情这么好的理由了吗？连……一杯香槟都不用喝？"

"是的。"提奥点头，"正是这样。"

重吉完全弄不明白，他歪着头。提奥似笑非笑。

"……久等了，提奥。对不起，我迟到了。"

从两人的身后传来如小鸟鸣啭的声音。提奥和重吉同时转过身。

一位楚楚动人的女性正站在那里不住喘息，瘦小的肩膀也随之抖动。

她披着黑皮镶边的羊毛斗篷，雪花在蕾丝无边帽上闪光。她不是能让人眼前一亮的美女，确切地说长相并不起眼，但她望着提奥的热切眼眸闪耀着美丽的光芒。

"嘿，乔。你来得正好。我们也刚到。"

提奥亲昵地扶着女子的手，在她戴着白色皮手套的手背上轻轻一吻。然后，他向重吉介绍了她。

"阿重，这位是乔安娜·沃格尔女士。我老家朋友的妹妹，现在暂居巴黎。她是来看他哥哥的。乔，这是我的朋友加纳重吉，他是经营日本美术品的画商，是非常有名的店的经理。"

"初次见面，女士。能见到您不胜荣幸。"

喂喂，这到底是什么情况？重吉虽然满腹狐疑，还是伸出了右手。

"能见到您是我的荣幸。我第一次见到日本的绅士……您的法语真流利。"

乔一边回应，一边把右手搭在了重吉的手心。重吉的唇在她小巧的手背上蜻蜓点水似地碰了碰。如今的重吉连巴黎中产阶级的社交礼仪都应对自如。

"因为我来这里快三年了，总算是能和人正常交流了。您呢，女士？您是什么时候来巴黎的？"

虽然她的法语还带有荷兰口音，但从她大方的谈吐中还是可以感受到她的高雅气质。

"十二月初……"乔说。

"是的，然后没多久就和我重逢了！"

提奥插嘴，他的眼中和乔闪耀着同样的热情。

"你听我说啊，这就是命中注定的重逢！"

提奥继续兴奋地说着。

"虽然我很久以前就通过她的哥哥认识她,不过好几年前参加老家共同的友人葬礼时,见到了长大成人的她。她那个时候已经出落得亭亭玉立,是个几乎和小时候判若两人的淑女。"

说到这里,提奥的手自然地握住了乔的手。乔羞涩地晕红了脸。"唔……"重吉发出饶有兴致的声音。

"然后呢?"

"什么都没发生。在葬礼结束前,我已经彻底迷上了她。但是她对我的感情一无所知,葬礼结束后就立刻回去了。"

"哎呀,提奥你这个人……"乔的脸更红了。

"其实不是那样的。因为你盯着我看得太热烈,我就很难为情,就……"

"我可以理解你的心情,提奥。"重吉抿着嘴笑。

"若是有这么好的人出现在眼前,那不管是在葬礼进行时也好,任何时候也好,都会想要进行爱的告白的。"

"是吧?"提奥也笑着回应。

"但是我没能做出这么轻率的事。所以就怀着郁郁寡欢的心情回了巴黎。之后,真的是偶然,在街角撞个正着!"

提奥开始讲述和乔在巴黎的重逢。在集市上撞到,然后帮乔捡起从篮子里滚落的苹果……发现乔的脸就在眼前,惊喜交加的感觉浸透在身体各处……之后两个人去了咖啡馆,没完没了地聊着,等回过神来已经入夜……第二天、第三天也见面、用餐、聊天、时时刻刻都在一起,再然后……

"昨天晚上,我向她求婚了。"

提奥就这样把要说的事说完了。重吉瞪圆了眼。

"你说的是真的?"他问。

"是的,是真的。"提奥面红耳赤地回答。一旁的乔绽放出花一般的笑颜。

"太棒了！你行啊，提奥！恭喜！"

这次轮到重吉握着提奥的双手用力地上下摇动了。提奥咯咯笑着回以"谢谢"。

"我第一个想要告诉的就是你，阿重。"

这时，剧院的大堂里响起通知开演的钟声。

"哎哟，得赶紧了，戏快开始了，走吧。"

提奥说着揽起乔的肩往剧院里走去。精心打扮的绅士淑女们都朝着观众席涌去。

——你通知文森特了吗？

重吉最想问的是这个。但是，眼看着即将开演，匆忙之下，最终还是没能问出口。

翌日早晨。

夜晚才真正积起的雪在一夜之间已把巴黎的街头染成一片白。

在忠正去伦敦出差期间，重吉装饰了圣诞树，并摆在了店头的窗边。

虽然枞树的大小以及纸鹤的装饰都和去年一样，但有一点不同，折纸鹤用的纸不再是旧地图，而是购入了漂亮的色纸。

——其实是想把纸鹤的折法教给可爱的法国姑娘让她们来折的。

看着已经装饰好的圣诞树，重吉心里想着。

——自那之后已经过去一年了吗……好快。

在日本，当看到正月时装饰的松枝会切实感受到一年的过去。重吉对自己看到挂着纸鹤的枞树也能体会到时间流逝的自己，感到难以形容的奇妙。

——去年差不多也是这个时期，文森特突然来到店里，随后和林学长一起用了餐。

那个时候……林学长拆开了文森特拿起的纸鹤。然后碰巧，那张纸是阿尔勒的地图。

之后，文森特简直像着了魔似地出发去了阿尔勒。毫无目的地，却说要找到只属于他的"日本"。

正当重吉站在窗边梳理着记忆，看到外面有马车停下。

车门打开后，出现了忠正的身影。咦？重吉赶紧冲到外面。

"欢迎回来。"重吉对下车后站在积雪里的忠正说，"好快，我还以为你会在周末……"

"虽然我是这么打算的，但想到圣诞前不管是船还是火车都是人满为患，就提前回来了。"

忠正一边把旅行包交给重吉一边说道。

"原来是这样。伦敦怎么样？"

"还以为能有些好一点的货，但果然还是哪里都供不应求，没能收购到上等的。"

如今浮世绘在整个欧洲都炙手可热，哪里都没有存货，即使是忠正的店里也是一直在寻找好的货色。去伦敦出差也是为了采购浮世绘。只从日本进的货已经跟不上浮世绘受欢迎的程度了。

"比起这个，如今在伦敦因为一起很吓人的案件一片混乱。"

"什么样的案件？"

"开膛手杰克。因为是很少见的诡异事件，似乎已经传到了巴黎……"

"所谓开膛手杰克，是今年夏天到秋天在伦敦发生的连续杀人案件。凶手装作嫖客袭击妓女，并切开妓女的喉咙将其残忍杀害。不只如此，还从被害人的尸体里取出内脏带走，是非常诡异的案件。凶手至今仍未被逮捕，甚至连嫌疑人都没能锁定。

"伦敦的市民都吓得魂飞魄散，说杰克可能还躲在某个地方；但另一方面，因为这起案件很离奇，所以大家又都很好奇。"

"这个世界越来越不正常了。"重吉感到不安，"为什么又会发生这样的案件……"

"如今的英国和法国相比，社会上的管束很严厉。所以才会让人产生逆反心理，并通过变态的行为来获得愉悦吧。这是扭曲的社会现象。"

听到忠正的解释，重吉庆幸自己选择的居住地是法国而不是英国。

忠正走进店里，立刻发现了窗边的圣诞树。他笑着说："哦？今年准备得不错嘛。"

"请看仔细，今年用的不是旧地图，而是用漂亮的纸做的装饰。"

忠正用手取下一只纸鹤。

"……明天是星期六吧。下周就是圣诞了，提奥多斯的店里还有'阿尔勒的画家们'特别鉴赏会吗？"

忠正这么问道。显然他和重吉一样，也想起了去年这个时候的文森特。

"不，那个……"重吉挠了挠头。

"提奥现在没心思弄这个……那个，他突然要结婚了。"

听到重吉的回答，忠正眨了眨眼。

"这可真是突然。"

"是的，真的是……"重吉表示赞同，又小声地说"……令人羡慕。"

"对方是谁？是你认识的女士吗？"

"不，虽然以前不认识，不过他昨天向我介绍了。据说是提奥以前暗恋的人，就前一阵在巴黎突然重逢，然后就……"

重吉把提奥要和乔结婚的来龙去脉告诉了忠正。为了自己的好友，他还补充说明了乔是楚楚动人聪颖伶俐的姑娘，不但能理解提奥的工作，对美术也很有兴趣。

忠正交叉着双臂默默地听着，直到重吉说完。

"文森特知道了吗？"

他开口后直接问了这个问题。重吉摇头。

"提奥打算趁圣诞假期和女朋友一起去她妈妈家，然后向女朋友的父母提亲。文森特那边……他似乎是想现在暂缓。"

停在忠正手心上的纸鹤"啪"地轻轻弹起。

"……这样下去文森特就要毁了。"

他似乎是在自言自语，然后用力把纸鹤捏成一团。重吉感到心下一个激灵。

"这话很吓人啊，为什么你会这么想？"

忠正总是能敏锐地说穿事情的本质。不时从他嘴里说出的预测也多半会成真。这都是因为他有着深不可测的洞察力。

但凡和文森特相关时，忠正的洞察力就会过分地敏锐。但重吉不知道这是为什么。

忠正想对文森特、提奥做什么？是想要拯救他们吗？不，或者说，是想要逼得他们走投无路吗？——为什么？

"阿重，你还记得之前的特别鉴赏会……文森特画的两把'椅子'吗？"

忠正反过来问重吉。重吉立刻回答："是的，当然记得。"

"《高更的椅子》和《梵·高的椅子》。我以为是表现了文森特和高更,这两位在阿尔勒一同生活得很顺利的……"

"恰恰相反。"忠正厉声道。

"如果真的很顺利,就没有必要画'空荡荡'的椅子了吧。光明正大地画高更坐在他椅子上的肖像画寄来就可以了。就像《唐吉老爹的肖像》那样……是因为画不了,才没有画的;又或者是,因为不想画,所以才画不了;又或者说是,高更不想让他画,所以才没有画……不管怎么说,那两个人之间绝不顺利。"

重吉感觉胸口被重重一击。

的确是那样。那幅画散发着无法形容的孤独感。

每个星期看着从阿尔勒发来的文森特和高更的画,他感觉两个人的画的完成度渐渐提高到堪称双璧;但是,与其说是两个画家互相协调着创作,他觉得更像是两人互不理睬,各自顾各自作画。

提奥注意到这一点了吧。不,他不可能没注意到。这么说来,他是故意不去传达自己订下婚约的事。

要去告诉正陷入孤独的哥哥,自己找到了人生伴侣,正处于幸福的顶点——应该是一件很困难的事。

忠正一边把视线投向窗外的雪景一边说:

"我本来以为,去阿尔勒追求风光明媚的风景,文森特应该能在他憧憬的'日本的画'那样通透的作品里放出异彩。答案是……实际上并没有那么简单。"

文森特的画在流血。他似乎有着激烈地渴求,在呐喊,在受伤。

——剧烈地出血,激烈得令人几乎不忍直视。

"他在伤害着自己,把幸福从自己的作品中赶走——像是被用锋利的刀刃抵住喉咙的画到底是想卖给谁？照现在这样，他的画不会被任何人接受。所以，提奥怕是无论怎么努力都卖不掉他的画。虽然很遗憾，但这就是现实。"

重吉陷入沉默。

忠正说得对。

亲手赶走幸福的文森特，想要召唤幸福的提奥。一旦在一起就会互相伤害的两个人，但即使分开，文森特能依靠的也只有提奥。提奥对此十分清楚。但是，他却被这让人不知如何是好的沉重负担逼得走投无路了吧。

所以，他才选择了和乔结婚。提奥是想要逃走吗？从像他另一半一样的文森特这里……

难以形容的阴郁预感浸透在重吉的胸口。

然而，那个预感很快就成为现实。

在圣诞节前一天、周一的傍晚，已经进入休假期间的巴黎街头一片静谧。

虽然说是圣诞节，但无老家可回的重吉只能独自在公寓里认真地看书。

这不可思议的静谧或许也要怪下个不停的雪。说起来，在老家金泽，当年末下雪后，原本令人眼花缭乱的城内也会变得像这般寂静。他忽然想起，把拉窗微微拉开时，皑皑白雪并没有冰冷彻骨，反而让他感到了神奇的温暖。

重吉试着打开窗，寒气呼地涌入。他听到远处响起汽笛的鸣声。

——提奥他们乘坐的火车现在开到哪里了呢？

提奥告诉过他，自己会在今天和乔一起启程去乔的老家阿姆斯特丹。

他的脸因为幸福而闪耀。重吉从不曾见过提奥这样的表情。看到眼前的提奥，文森特也一定会给予祝福的吧。重吉心里虽然这么想，却还是没能说出口。

就在这个时候。

一个身着黑色大衣的男人从马路对面靠近，可以看到他正在雪中快步向这边赶来。重吉把身体探出窗口，定睛一看。

——啊。

"……提奥！"

重吉叫了一声，黑色的身影用力挥手。那个男人正是提奥。

——我还以为你早就上火车了，到底怎么了？

重吉披上长袍打开门。从螺旋楼梯下方传来的脚步声越来越响。很快，提奥就喘息着出现了。

"——阿重……"

他脸色惨白，毫无血色，似乎立刻就会晕倒。

"提奥？你怎么了，到底发生……"

提奥的眼中布满血丝，眼中闪着癫狂。那眼神和文森特很像。

"……哥哥他……哥哥……他……"

提奥把颤抖的手举到重吉的眼前。

那只手里握着一封电报。来自阿尔勒的保罗·高更——

　　文森特割了自己的耳朵
　　请速来

一八八八年 十二月二十五日
阿尔勒 市立医院

　　提奥站在哥哥躺着的病床旁，就好像伫立在又深又暗的沼泽畔。
　　文森特睡着了。悄无声息——仿佛已经失去了生命。
　　他被带到病房时，提奥以为他已停止呼吸，差点要扑到他的"尸体"上。要不是年轻的主治医生对他说请冷静，你哥哥还活着，他应该已经不顾形象地乱成一团了吧。
　　的确，文森特还在呼吸。在确认了他盖在毛毯下的胸口仍然在微微上下起伏，提奥总算松了口气。不过，泪水也在同时涌出。虽然在从巴黎到阿尔勒的路上他都努力地抑制着。但这恼人的泪水一旦流出，就再也停不下来了。
　　重吉搂着呜咽的提奥的肩膀，像是哄小孩子似地温柔地拍着他。
　　收到来自高更的紧急通知后，提奥一只手拿着电报就赶去了重吉寄宿的公寓。
　　他心慌意乱，不知如何是好。本来他预定在这天和乔一起乘上去阿姆斯特丹的火车……就在他披上外套正准备出门的瞬间，邮差敲门了。

提奥去的不是女友当下居住的兄长的公寓，而是重吉的公寓。他是下意识地在回避。他不想把亲哥哥割了自己的耳朵这么阴暗沉重的事实告诉乔。

提奥和重吉一起赶往里昂站。那时正在下雪。圣诞前的街头一片安静，连叫街头马车都很难。在好不容易乘上的马车车厢里，提奥感到自己整个身体都在颤抖。

到达车站后，重吉说：

——我去买车票。你去给乔发电报。她还在等你过去吧？如果你不想失去她，还是应该先把文森特的事告诉她。

提奥冲去即将停止营业的邮局。然后写了一封长长的电报。

　　——文森特身患重病，他现在需要我。我不得不去。
让你悲伤令我如此难受。我是这么爱你，想要让你幸福。
　　只要想到你，我就能鼓起勇气——

提奥和重吉跳上了前往阿尔勒的末班车。路上，提奥一句话都没有说。似乎生怕自己一开口就会说出什么可怕的话。

他紧紧地闭上眼。眼中浮现童年时他所憧憬的文森特那健壮的背影。如向日葵般灿烂的笑脸。分别时轻拍着自己，告诉自己的那句话。

——不论我在哪里，我都不会忘记你的，提奥。

你是我最好的朋友。

为什么——提奥在心中责问文森特。

——哥哥，你为什么——总是要折磨你的朋友？

长途跋涉总算抵达音源，确认了文森特"还活着"后，提奥开始释放自己的感情。满腔的思绪化为泪水，自他的脸颊不停地滑落。

在等提奥停下抽泣后，年轻的主治医生——之后才知道他是实习医生——菲利克斯·雷伊说："我想就你哥哥的病情聊一下。"然后把他们带去了另外一间房间。

"我在外面等你。"

重吉有些顾虑。

"没事，你也一起听吧，拜托了。"

提奥瞪着通红的眼睛求助似地看着他。

"我不知道我一个人能不能承受。"

他终于吐露出心声。

重吉肯一起来，使他得到了无比宽慰。提奥只有对这个日本友人才会吐露自己的真实想法。看来，高更对文森特来说并不是这样的朋友……真遗憾。

雷伊医生的问诊室里有一大扇朝南的窗。日光从窗口注入房间，把人字形花纹的木地板照得暖洋洋。

看到这一幕，提奥忽然意识到自己正身处于南方的土地。无论是他出生的故乡，还是伦敦或者巴黎，隆冬时都不会有这样的日照。

白晃晃的日光麻木了提奥的视网膜。文森特在这片土地上得到了这样的日光后，他的画也明亮了。

让两人坐在椅子上后，雷伊医生也在自己的扶手椅上坐下，望向提奥的眼神充满朝气。

"不知道关于这件事你听到的说法是怎样……我来解释一下吧。"

然后，他就开始用沉稳的声音讲述。

"你哥哥的伤并不致命。根据和你哥哥一起居住的画家同伴高更阁下的说法……是的,他在把事情向警察还有我说明以后出发去了巴黎,正好和你阴差阳错……前天,他似乎和你哥哥为一些事发生了争吵并不欢而散。之后,高更阁下就投宿在车站前的旅馆里,第二天早上……也就是昨天他回家的时候,发现那里聚集着许多人,乱成一团。

"他不知道发生了什么,正在发呆之际,警察走到他身边说:'能请您解释一下吗。'而高更则回答:'我还想问你们呢,发生什么了?'然后他就听到了无法置信的事:你的朋友梵·高阁下昨晚切下了自己的耳朵,送去了相好的妓女那里,似乎还对那女人说:我给你个好东西,拿好……

"高更是这么解释的,他说自己并不知道导致文森特做出这种荒唐举动的直接原因。他们的确是画家同伴,一起生活、作画。因为在一起的时间很长,所以自然也会吵架。昨天也不过是平时那种争吵而已。因为他告诉文森特自己想在圣诞前回巴黎,这让文森特很失望。因为他想要和艺术家伙伴在阿尔勒经营共同的画室,而眼看着实现的可能渐渐渺茫,所以他就悲观了吧。但是自己已经忍不下去了。所以他就说反正今晚我先去车站附近的旅馆住,然后就离开了家。早上他回去拿行李的时候就已经一团乱了。

"高更阁下因为被警察质问:'不是你把梵·高阁下逼到精神错乱的吗'而十分困扰。"

说到这里,雷伊医生也露出了困扰的神情。

"就算是,但事情变成这样,高更阁下也没有太大责任。你能理解吗?"

"能。"听医生这么问,提奥立刻回答,"当然,就像您说的那样。"

雷伊医生点了点头。

"高更阁下十分担心他朋友的状况。所以,这次就由我向他解释说:梵·高阁下在和您争吵后,用刀'啪'地割下了自己耳垂的下摆。"

"耳垂的……下摆?"

提奥不由反问。看到文森特整个头都被绷带包着,他原以为一只耳朵被整只割下来了。

"是的,大概就小拇指指尖大小。不过,出血多得令人吃惊。手指也好,耳朵也好,身体的末梢部位,一旦受伤就会剧烈出血。你哥哥自己用布包扎止了血。所以没有大碍。"

雷伊医生的语气像是在袒护孩子犯下的恶作剧。

提奥一时有些懵,但马上又感到了不安。他问:

"就算没有大碍……但是这种伤害自己身体的行为,总归是不正常的事吧。"

"嗯,是的。"医生干脆地同意,"不正常。"

虽然自残行为也不正常,但更不正常的是自那之后的行为。雷伊医生这么说道。把自己身体的一部分送去给妓女——即使是很小一部分——这不是正常人做得出的事。

"你哥哥如果没有做出这样的行为,应该也不会惊动警察。虽然不至于说这是类似的行为,但在伦敦也发生很惊悚的案件吧,被称为'开膛手杰克'的……"

年轻的医生以最近沸沸扬扬的案件为例应该并无恶意。但在提奥听来,却好像是在说文森特是接近于变态杀人狂似的人物。

提奥无力地垂下头。他已经不想再听下去了,无尽的后悔涌上心头。

——我知道的,我知道文森特的精神就像玻璃一样脆弱。我知道他比别人更加敏感和易受伤。

我知道他总是在渴求着什么,知道他在无声地呐喊,希望有人关注自己。

在流血的不是他的耳垂,而是他的心。所以被他的心附着的画才会流血。

我知道的……我明明都知道。

自己是否有想过要疏远哥哥?所以才会立刻接受他想要去阿尔勒的提议?因为自己期盼着能索性与他分隔两地。

尽管这样,他自己还是想有人能取代自己陪伴在文森特的身旁安慰他。所以才会硬是把高更送了过去。

但是……终究还是不行。

高更不是想逃,只是因为不堪承受文森特这一过于沉重的负担了。

在阿尔勒寻求只属于自己的"日本",寻求艺术家们的理想之乡……失败了。

是的,失败了。谁失败了?文森特吗?

不,不是。失败的是,我自己。

提奥耷拉着肩膀,重吉在一旁无言地守候。雷伊医生虽然也沉默了一会儿,但又开口道:

"虽然我不曾拜见过你哥哥画的画……但我想是否能看一看。在听了高更阁下的话之后,我觉得很有兴趣。"

提奥缓缓地抬起脸看着医生。医生回应他清澈的眼神。

"高更阁下是这么说的。'梵·高是个感情起伏激烈的男人,一旦发起火来,不知道会做出什么,有时候确实是很危险。但是……'"

"但是？"重吉探过身子。雷伊医生微笑着继续。

"'他画的是迄今为止没人见过、完完全全新类型的画。因为他的画太过前卫，如今还未能被认可，但早晚一定会有出头之日的。'"

——他确实是个不正常的家伙。但他是更为出类拔萃的优秀画家。

他不可能被就此埋没，对此我深信不疑。

高更留下这些话后离开了阿尔勒。

好奇心在雷伊的眼中闪烁，他又说，

"被这么一说，自然是会想要看一看了吧？"

他们总算赶上了从阿尔勒驶往巴黎·里昂站的最后一班列车。

圣诞之夜。车内的乘客屈指可数。

这天，人们会和家人一起去教堂，围坐在餐桌旁共进晚餐，来结束这一年里最庄严、最温暖的一天。会在这样的夜晚颠簸在火车里，只可能是没有家人，又或者是没有爱人朋友的寂寞乘客。

在和雷伊医生对话之后，两个人再次去了文森特的病房。虽然他还是在沉睡，但医生说可以试着把他叫醒，所以提奥晃了晃文森特的肩膀。瘦骨嶙峋的肩膀令人悲伤。

文森特醒了。但眼神失焦。

——哥哥，听得到吗？是我，阿重也在。

提奥温和地对他说话。

——啊？这里是哪里？

文森特的声音嘶哑。在阿尔勒的医院，提奥回答。

——阿尔勒？是巴黎吧。

——不是巴黎。是阿尔勒。

——为什么？为什么不是巴黎？为什么我不在巴黎？

他还意识不清。就算告诉他为什么这里不是巴黎而是阿尔勒，而且还是医院也没用吧。

——因为哥哥说想要去阿尔勒才这样的。

文森特浑沌的双眼看着天花板喃喃自语。

——我没有说过那种话。我必须得在巴黎……

因为……因为……我还没有画我最想画的东西……

站在提奥身后的重吉走近文森特。他蹲下身子，把嘴凑近文森特没有被绷带包扎的耳朵轻言细语。

——文森特，你最想画的是什么？

文森特干裂的嘴唇动了动，嘶哑的声音很难懂。提奥把耳朵凑到哥哥的嘴边，才听到了他说的话。

——Fluctuat nec mergitur……

是拉丁语。曾有那么一阵想要成为传教士的文森特能够读写拉丁语。又因为父亲是牧师，曾用圣经来学习拉丁语的提奥也多少能够理解一些。不过，提奥并没能立刻理解文森特在这时突然冒出来的单词的意义。

之后，文森特就又陷入了沉睡。

在那以后，提奥和重吉虽然也在文森特的床边陪伴了一会儿，但都不见他有醒来的迹象。

因为雷伊医生说文森特现在的情况已经稳定，没有问题了，之后的事再另行通知，所以两个人为了赶上去巴黎的最后一班列车而离开了医院。

昏暗的车窗里，路灯映照出车内的情景。提奥发现自己简直就像亡灵一般消瘦。这个时候，他忽然想起自己有未婚妻，并即将结婚。这样的现实幸福得令人无法置信。

整整一天,提奥都没有想起过乔。眼前文森特自残的可怕现实赶走了幸福的现实。

看着自己消瘦的脸,眼前浮现出笑靥如花的乔。他满心都想要立刻抱紧她。

——啊,我有乔,我有乔在。

提奥不知不觉地用自己的双臂紧紧抱住自己。

——我爱她。爱她爱到不可思议,爱到荒诞无稽。

我们很快就要结婚了,幸福的未来在等我们。

然而……

"……你的脸色好阴沉啊,去的时候是这样,回来的时候也是。"

坐在提奥斜对面座位上的重吉说,他似乎一直在观察提奥的状况。

"发生这种事,怎么可能有开朗的表情。"

提奥自嘲似地回答。

"说得也是。"重吉苦笑。

"不过,还是不要太过烦恼了。你们兄弟有一个共通点,会把还没有定论的事想得很极端。明明一个是画家一个是画商,倒像是一对哲学家兄弟。你总是这样皱眉。"

重吉夸张地皱起了眉。他的表情很滑稽,提奥终于笑了。

"就是这样。"重吉也笑了。

"有些事就算想破脑袋也没用,不管要面对怎样的暴风雨,都会过去的。这就是自然的道理。"

当暴风雨汹涌来袭时,应该怎么做?——成为小船就可以了,重吉回答。

"顺着风浪摇晃就好,这样就绝不会沉没……是吧?"

朋友的比喻静静回响在提奥的心间。

有一条河流自他胸中滚滚流过。——从几乎已经无从知晓的过去就绝不停歇的塞纳河。在那里有一座漂浮的"船":西岱岛。

塞纳河使得巴黎极度富饶。但同时,也带来过多次洪水泛滥与疫病。

即使这样,人们还是爱着塞纳河,爱着巴黎。

不论到来的暴风雨有多么激烈,我们的船,还有巴黎,都会像在塞纳河正中那绝不沉没的西岱岛那样化险为夷。怀着这份心志与祈祷,船夫们在船头挂起了保佑巴黎的标语。——浪击而不沉。

巴黎,纵被浪击亦不会沉没。

在窗边拖着腮的提奥一震,望向重吉。

"……我知道了。"

提奥用嘶哑的声音低语。

"嗯?"重吉反问,"你说什么了吗?"

提奥的嘴角微微抽动,然后露出了落寞的微笑,他说:

"我知道……文森特说的胡话了。"

——Fluctuat nec mergitur……浪击而不沉。

巴黎,纵被浪击亦不会沉没。

哥哥,你最想画的东西——就是巴黎的化身……塞纳河吧?

一声汽笛响起,仿佛划破了夜幕的黑暗。

提奥乘坐的火车渐离渐远。从文森特沉睡着的阿尔勒前往爱人正在等候的巴黎。

一八八九年 四月上旬
巴黎 第九区 皮加勒街

那间屋子，散发着温暖的幸福气息。

重吉才迈入一步，就立刻明白在这间屋子里生活，是在怎样满足的幸福之中。虽然忠正经常说自己是迟钝的家伙，但连这么迟钝的自己都能感受到，两星期前才搬来这间屋子的新婚夫妇——提奥和乔正举案齐眉地享受新生活。

"有三间房间，每间房间都有日照，很亮堂。"

提奥一边带重吉参观刚配齐新地毯、长椅子以及餐桌的客厅，一边朗声说道：

"这一带，唔，虽然也不能说是多高级的地区……但因为我最想住能有日照的、明亮的房间。你想，我和乔都是在北方出生的吧？所以我们很贪恋太阳。所以当别人把这间房间介绍给我们的时候，我们同时叫出了声：'就是这里了！'"

"真是太开心了。"乔从厨房出来，她一边把做好的土豆端上餐桌，一边笑盈盈地回答。

"我从以前就梦想着能住在全部房间都有日照的房子里。因为哥哥在巴黎的房间很闷，和荷兰的家里没什么区别，我还以为巴黎的公寓也都是没有日照的。所以找到这里的时候，我几乎跳了起来……"

"就是厨房又小又冷。"提奥一边帮忙端盘子一边说。

"虽然这样,我的太太却能做出格外好吃的菜肴。你看,她做了看起来如此美味的我的家乡菜!"

"讨厌啦,你别说得那么夸张。就是农家菜。"

乔露出羞涩的笑脸。

"哦哦,真好闻。幸福的味道。"

重吉吸了一口从盘子里飘起的热气说道。提奥得意地问他:"是吧?"

"怎么样,阿重。我每天就生活在如此好闻的味道里。乔亲手做的料理,乔洗好的衬衫,还有乔也是……全都有特别好闻的味道。"

"切,亏你说得出。反正我就生活在单身的孤独的气味里。喂,提奥,把你的幸福稍微分我点。"

"可以,来,干杯。乔也快坐下,一起喝酒吧。"

三人围坐在餐桌旁,用红酒干杯。

或许是因为回老家举办婚礼而有一阵子没有与朋友见面,也或许是因为他已经微醺,提奥的话比平时还多,把婚礼前后的各种事全都讲给重吉听。

虽然家人都希望能在教堂举办婚礼,但因为他不想办得太过隆重,所以只请了亲戚在当地的市政府机关举办了婚礼。自己的妹妹把乔当成亲姐姐一样仰慕。母亲和乔的父母都因为两家喜结连理而欣喜不已。本来觉得家乡风景无趣,但因为和乔一起,一切都感觉那么新鲜——提奥满脸通红,不停地说着,连对重吉的随口附和都没有耐心听。而这期间,一旁的乔始终都保持微笑,有时对丈夫投去深情的眼神,有时又用手捂嘴轻笑。

——就像是在画一幅幸福的画一样，重吉也微笑着望着情投意合的两人。

看起来，提奥在这一刻已经忘记了，或者说希望能有一瞬可以忘记，那绝对无法忘记的现实——被独自留在阿尔勒的哥哥——文森特。

虽然文森特永远失去了左耳耳垂，但性命并无大碍。在那之后，他的身体渐渐恢复，在进入新的一年后顺利出院了。他在没有任何人的陪伴下，独自回到了曾和高更一起生活的那间"黄色的家"。

但是，文森特似乎饱受幻听之扰，他会嘴里嚷嚷着徘徊街头，似乎想要以此来逃离痛苦。居民对有"割耳案前科"的他感到害怕，于是报了警，并强制送他住进了市立医院。这一切都是在"割耳案"之后成了文森特主治医生的菲利克斯·雷伊写信告诉提奥的。

提奥向重吉坦言——自己已经束手无策了。

入院中的文森特经常会昏厥，有时还会短暂失忆。即使这样，他还是坚持做着一件事——画画。即使是在这样的状态下，他都没有放弃画画。就好像他不能凭自己的意志来停止心跳一样。

每当哥哥出状况时，提奥虽然都想立刻冲去阿尔勒，但画廊的工作、结婚的准备，还有要筹钱，等等，各种没处理完的事都不允许他那么做。尽管如此，提奥还是一边规规矩矩地给哥哥寄生活补贴来交换他寄来的各种画，一边写信鼓励他。然后，他在信上不经意地提到了要结婚的事——希望哥哥也能祝福我将要获得的幸福。

然而，收到的却是一封固执的回信。

——我已经反复读过了有关你和沃格尔家的姑娘相遇的信。很好。不过，我还是这样，一直都这样。

提奥对自己唯一的朋友、了解事情所有经过的重吉感叹……已经无济于事了。

——不管我如何希望能和哥哥分享这份幸福，都传不到他的心里。似乎哥哥去了比阿尔勒更遥远的地方……我觉得他离我很远很远……

听着提奥的叹息，重吉却觉得并不是这样——离开的不是文森特，而是你从文森特的身边离开了。

不过，若是把这番话说出口，也只会让朋友难过。重吉只是听着提奥的话，然后设法鼓励他。

"呀，第二瓶酒也空了。"

提奥把酒瓶里最后一滴酒倒入重吉的酒杯，说道：

"好吧，接下来喝红酒吧。乔，我记得家里还有勃艮第的红酒？"

"哎呀，糟糕。昨天晚餐的时候喝掉了……已经没有红酒了。"

乔回答着站起身："我这就去买。"

"不，我去吧。酒馆都已经关了……就一瓶酒的话，街角的咖啡馆会分给我的。"

提奥说着轻快地从椅子上起身。

"我去去就来。阿重，机会难得，就享受和我可爱太太的两人对话吧。我特批了。"

他心情愉快地出了门。

"真是的，这个人就是会得意忘形。"乔双颊泛红地咕哝。

重吉微笑着说:"我已经有很久没有见过那么开心的提奥了。"

"他工作的时候总是一脸不悦。能遇到你这样的人生伴侣,他是真的很开心。"

听了重吉的话,乔也微笑了。略带羞涩的笑脸仿佛盛开的银莲花。

然后是片刻的沉默。或许是因为和丈夫以外的男性单独相处,乔微微低着头眼神闪烁。接着她忽然抬起脸望向重吉。

"那个,我……有话想跟阿重阁下说。"

重吉眨了眨眼,一脸认真地回答:"请问是什么事?"

乔红着脸说:"我……非常喜欢提奥哥哥的画。"

她害羞地说着,仿佛正在做爱的告白一般。

"正如您所见,这间屋子里只挂了文森特的画。我每天在这间屋子里,和他的画一起生活……渐渐、渐渐就喜欢上了……"

乔坦言,最初看到的时候她觉得很迷惑。麦田、向日葵、女性的肖像……这些明明都是画,但看起来又不像是画。一眼看上去就觉得像是颜料在痛苦地翻滚,这到底是什么?真的是画吗?她感到十分不可思议。

但是,每天看着这些画后,她开始觉得画里的形状、颜色、描绘的风景、花卉、人物,一切都仿佛亲切地正在和自己说话。这是未曾谋面的大哥每天用自己的眼睛观察并画到画布上的事物。阿尔勒闪耀的太阳、月亮与星星、清澈的河水、丰饶的麦田、为了画家而摆好姿势的当地的无名之人。它们一件一件地被封入画布,送到提奥的身边。想到这些,她觉得自己就好像和提奥一起在阿尔勒旅行,然后坐在文森特身边,守着他运笔作画。

"文森特的画,要怎么说呢,每一幅……都感觉很鲜活。"

乔仰望着挂在餐桌旁墙上的那幅画着一朵黄得太过鲜艳的花——一朵没有半点阴霾、闪闪发光的向日葵。

"我至今看过的画……无论是在美术馆,还是画廊,或是挂在老家客厅里的……都能隐隐地感到它们并没有活着。毕竟是画,不是活着的也是理所当然的……但是和文森特的画比较起来,就觉得它们看起来像是死的……该怎么说……"

"哦?"重吉饶有兴致地哼了一声。

"很有意思的观察。"

"真不好意思,"乔的脸又红了,她耸了耸肩,"说了奇怪的话……"

"不,"重吉微微一笑,"一点都不奇怪。"

对话戛然而止。两个人一起仰望着墙上那幅向日葵的画。安静而惬意的时刻。

重吉明白,乔是纯粹喜欢文森特的画,而不是因为他是丈夫的哥哥。而且因为她干脆地用了"鲜活"来形容文森特的画,这使得重吉暗暗对她剔透的直觉而吃惊。

"你不和提奥一起去看文森特吗?"重吉问,"他一定会很高兴的。"

"是啊……我也想这么做。但是……"

这时,新婚妻子的眉间第一次笼上了愁云。

乔很清楚提奥有多么牵挂被独自留在阿尔勒的哥哥。她也察觉到提奥心中的一个角落正被类似于罪恶感的感情侵蚀。

——我想让你幸福,因为那就是我的幸福。

提奥对乔这么说,然后他又继续说道。

——但是,如果我们的幸福会使得哥哥无法幸福,那么或许就不能称其为真正的幸福。

现在的我确实很幸福。但是，也很害怕。我害怕……这样的幸福会无法持续。

"他经常把脸从大哥的画上扭开……说胸口难受。说没法一直看下去。"

乔一脸担忧地坦白。当时提奥的脸毫无血色、直冒冷汗，似乎马上就会倒下。因为觉得这实在"感觉不正常"，于是就提议提奥去看医生，但提奥却坚持自己和哥哥不一样，不想看医生。他经常会这样浑身无力地闷闷不乐。和平时的提奥判若两人。

重吉也明白。提奥虽然看起来和文森特完全相反，但实际上却有着相近的性情。如玻璃般纤弱，会因为一些细枝末节而耿耿于怀。他埋怨不接受他们兄弟俩的社会，也责备自己无法对此直言不讳。画家文森特可以原谅的事，画商提奥却无法容忍。而这更逼得提奥走投无路。

提奥和乔本该拥有完美的幸福。文森特却在二人清朗的蓝天里挂上了唯一一朵乌云。

"是不是应该逼他去一次医院呢……"

乔不安地问。她的脸色因为担心而发白，恐怕在此之前一直都没能和人商量吧。

"不，不用担心。那只是一时的。"重吉努力用开朗的声音回答。

"不过呢，幸福得令人害怕这种话……我也想找机会说说看啊。切，真令人妒忌。"

听重吉这么打趣，乔忍不住笑出了声。

正巧在这时，提奥回来了。他说虽然没能买到勃艮第的红酒，但总算弄到了波尔多的。看起来他还是跟出门时一样好心情。

五月中，忠正的店来了位不速之客。

有着漫长黄昏的初夏。这个时期的日照时间逐渐变长，即使到晚上八点天色依然很亮。第一次在巴黎迎来夏天的时候，重吉曾因为总是不入夜而有些失常。如今他则是心情雀跃地期盼着夏天，满心想着要在结束工作后去喝上一杯。

正要打烊之时，一名绅士打开了店门说："晚上好。"是经营浮世绘的画商塞缪尔·宾格。

宾格是最早在巴黎开设经营浮世绘画廊的德国人——于一八七一年加入法国籍——他主要从日本大量进口浮世绘，并推销给被称为"迷日族"的日本美术爱好者，并由此赚了一大笔钱。在忠正的店开设之前，说到"浮世绘的店"就是指宾格的店。

忠正开始做美术商比宾格大约晚十年。那时，虽然在巴黎有着好几家经营"日本和中国"的美术工艺品的店，但卖的几乎都是把日本和中国的东西混在一起的、类似土特产的东西。忠正的加入对宾格来说显然是威胁。"若井·林"是真正经营高品质日本作品的美术商，而且林忠正还是纯正的日本人。忠正的进货渠道也确实可靠，他的店里总是装饰着优质而罕见的商品。

而且，忠正还以完美的法语在《巴黎插画》上发表了关于日本美术的评论文章，并为想要购买日本美术品的顾客提供咨询服务，并为正确制定日本美术品的价值、普及日本美术而努力。他举止优雅，长袖善舞，并能充满机智地用法语交流，还屡屡获得对外来者要求严格的地道巴黎男人的赞赏。他受邀去拿破仑家族的沙龙，在社交界中有着尊贵的地位。同样身为

"巴黎的异邦人",而且就算宾格已经成为"法国人",重吉还是觉得忠正要胜宾格一筹。

忠正和宾格虽然是商业对手,但两人却不曾对对方赤裸裸地表示过敌意。在社交界的沙龙遇见时,就和乐融融地交谈,也曾在被共同的顾客请去聚餐时同桌用餐。然而,他们总是保持着恰到好处的距离,绝不会一对一见面。

而宾格却在没有提前知会的情况下来到这里。

"宾格阁下?真是稀客……"重吉请他进门时的声音难掩诧异。

"哎呀,我正好经过附近,就想最近没见过林,不知道他怎么样了……"

宾格一边和重吉握手,一边说。虽然重吉觉得他的话像是借口,仍然立刻去了忠正的房间通报。

听说宾格来到店里,忠正的脸色微微绷紧。他整了整领口以及领带的位置,穿上西装后走到了店里。

"晚上好,塞缪尔。你竟然会来这里,真是难得。"

忠正说着客客气气地伸出右手,宾格用力握住他的手,满脸笑容地打招呼:"啊呀,林,你看起来很精神呐。"

"最近没有在沙龙看到你……生意如何?"

"嗯,托你的福,和你差不多吧。"

宾格笑出了声。

"生意很好是吧,那就好。"

忠正请宾格入座,身穿西装的宾格优雅地坐在了扶手椅上。重吉则让正准备回家的助理朱利安去街头的咖啡馆拿瓶红酒以及橄榄回来。

重吉也加入后,三人举杯致意。尽管重吉心里想着这可真是一杯不得了的餐前酒，但脸上还是露出了亲切的笑容。

宾格和忠正先是聊了一阵不痛不痒的话题。商品的销售行情、存货多少、顾客的事，等等，却谨慎地避开了两个人共同关心的话题。这样的对话似乎能永远持续下去。要怎么样才能像他们这样看起来亲密地持续聊着空洞的话题？重吉为两人绝妙的对话而震惊。

大约过了不到一小时，酒瓶空了。借着这个机会，宾格终于直截了当地说："我想你也已经察觉了……今天我来是有事相求。"

忠正晃了晃杯中所剩无几的红酒，回答道：

"那么……赫赫有名的塞缪尔·宾格找我到底所为何事？"

"实际上我有一个计划……现在我正在筹划一个可以展现浮世绘全貌的大型展览会，预计明年的大约这个时期在国家高等美术学院举办。已经取得校长的同意，巴黎市长也确定会支持的。"

空气在一瞬间凝固。

在巴黎国家高等美术学院举办浮世绘的大型展览会——完全是第一次听说。至少对重吉而言是这样。

重吉侧眼看着忠正，他的表情显然也很吃惊。

"我……当然你也是……把优秀的浮世绘卖给了许多顾客。而结果就是扩大了被称为'迷日族'爱好者们的圈子，并在巴黎美术界掀起了风潮。而且……这话只对你说应该没问题，我也自诩为引领了印象派这一新美术潮流出了力。"

爱德华·马奈、克劳德·莫奈、埃德加·德加、阿尔弗莱德·西斯莱……"印象派"的画家几乎都受到了浮世绘的影响。起初，几乎没有人能理解他们奇特的构图与笔触，但如今总算受到了市场欢迎。

浮世绘孕育出了印象派——新的艺术。这也就证明了自己一路上所做的事是正确的。

"我把这个事实堂堂正正地对巴黎市长、对美院的学长，还有答应为举办展览会提供资金支援的顾客们都说了。如果浮世绘没有被带来巴黎，也就是说如果我没有开出售浮世绘的店，那么新的艺术就不会诞生。"

宾格自豪地说着。忠正沉默着，神情冷峻。但宾格却对此无动于衷，只是继续说着。

"浮世绘的影响力深不可测。最近在印象派之后出现的画家里，别说是受到影响了，有些家伙甚至在完全模仿……你听说过吗？来我这里的一个名叫梵·高的画家。据说是'布索和瓦拉东'的经理提奥多尔的哥哥……他给我看了他临摹的广重的《大桥骤雨》的油画，还说'用这个来交换任意一幅广重的版画'……哎呀那家伙真是疯子，叫他画家我都觉得不爽……"

"恕我失礼，宾格阁下——"重吉打断了对话。

"您想拜托林先生什么事？"

"啊，不好意思，忍不住就……"宾格终于打住。

"总之，明年举办的浮世绘展一定会名留青史……但是，我对于要独占这份荣誉而心有不安，因为，林，你也是把浮世绘在欧洲推广的功臣里的一员。"

宾格面对忠正说着，神情肃穆，仿佛宣扬福音的牧师。

"我希望你成为这次展览会的协助方。我打算把迄今为止卖给自己顾客的浮世绘差不多都借来。但是，要让这场展览会圆满举办，必须要补充更多的作品。也就是……你懂的吧，林？你的助力是不可或缺的。"

忠正还是沉默着,他沉默地凝视着宾格。重吉察觉到他的眼眸里摇曳着暗沉的火焰。

"……你能趴到地板上吗?"

过了一会儿,忠正开口了。他的声音里蕴藏着静静的怒气。

"哎?"宾格问,"你刚说什么了?"

"我问你能不能趴到地板上。在我眼前,趴在那里。"

忠正手指着铺着红色波斯地毯的地板。

"在日本,如果真心要看恳请别人的帮忙,就会趴在地上。要拜倒在对方的脚下,低着头,用额头贴着地板说:'还求您帮忙'。你做得到这一点吗?"

重吉抽了口气,宾格的脸色眼看着变了。

"你,你说什么……"宾格猛地站起身,桌上的杯子因为他的气势而滚落在地毯上。

"你这个无礼的……"

"如果你做不到,"忠正坐着不动,他冷冷地说道,"那我就拒绝。"

"啊,很好。"宾格一把抓起放在桌上的丝帽,回敬道。

"你可别后悔!哪怕你在展览会场趴在我脚下求我让你入伙,也已经来不及了。你走着瞧吧!"

他大步走向门口,粗鲁地打开门后离开了。

重吉虽然站起了身,却于事无补。忠正拿起还留有残余红酒的酒杯,狠狠地朝着门的方向扔了过去。玻璃杯清脆地碎了一地。

"开什么玩笑……"

忠正低沉地说。有好一阵,重吉都一动不动地守着忠正。

忽然,忠正站起了身,然后不发一言地走向大门。

"……林学长！"

重吉忍不住叫住他，却说不出其他话来。忠正转身对着他说：

"我很快回来，你快回去吧。"

"等……请等一下。"

重吉赶紧去忠正的房间拿来了高礼帽和手杖。

"要出门的话，得带好这些。"

忠正接过帽子和手杖，轻轻一笑：

"很好。你果然是个有能力的经理。"

重吉也笑了。

"你也要去吗？"

"是的，请允许我同行。"

重吉不知道他要去哪里。即使这样，忠正所去之处就是自己的所去之处。

夕阳鲜红似熟透的果实，它把塞纳河的上空染红，在西面的尽头无声落下。

忠正和重吉走在河边的道路上，忠正在前，重吉跟在他身后。他们眺望据说曾经关押了玛丽·安托瓦内特皇后的监狱，走到了横跨塞纳河的新桥上。

新桥——这座桥的名字自十七世纪初建成以来就没有变过——横穿浮于塞纳河上的西岱岛，连接起左右两岸。石子路朝着桥的中心勾勒出微微的弧线，煤气灯在桥两侧等距排列。桥墩正上方恰好立着的两道灯柱之间，半圆形的栏杆和半圆形的石凳浑然一体。造型优雅的长凳自大约三百年前，就一直在等待为了一览塞纳河而驻足的人们的到来。

大约走到桥的正中，忠正仿佛被吸引似地靠近半圆形的栏杆。重吉也跟在他身后，站在状如船头的栏杆附近。

吹拂在河面的风轻柔地掠过脸颊。已经过了晚上九点，太阳终于打算退场。取而代之的是静静来临的黄昏。

从桥上眺望塞纳河，就能从西岱岛茂密森林的远处对面看到荣军院的金色圆形屋顶。而在更远的地方，则屹立着一个月前才竣工的埃菲尔铁塔。在渐渐暗下的天空中，它的剪影仿佛正在化为刺向天空的剑。在巴黎，不喜欢这座塔的市民不在少数。但从这里看过去的铁塔，却又像是天真的孩子玩耍时伸出的手指——"快来玩"。

重吉感到不可思议，在远离日本的异国之地巴黎，自己正和忠正两人站在横跨塞纳河的桥中央。

确实，自己在日本的时候，曾梦想过能在这个城市里这样做——也就是说，自己正活在那个时候的梦里吗？

重吉忽然想起了文森特。

文森特曾说过想去日本，想在梦想的国度里生活。

鲁莽的梦想没能实现，他退而去了阿尔勒，梦想在那里打造自己的理想之乡——而那个梦想还是没能实现。

即使这样，他还是在画。那么激烈地、伤感地、把全部的自己倾注在画布上。他从阿尔勒寄来的画切实、明亮而耀眼。那是吸收了阿尔勒的阳光、被赋予了生命的画。他真正的梦想，不就是画出那样的画吗？

和提奥一起去阿尔勒看望文森特的时候，他曾梦呓似地说过，他还没有画他"最想画的东西"。

这样说来，他还有着未完的梦想吗？当画完"最想画的东西"的时候，只有在那个时候，才能说他实现了自己作为画家的梦想吗?

"我说阿重……你对这个城市怎么看?"

忠正的声音响起。重吉把投向河面的视线转向正倚着栏杆的忠正。

"这个嘛,对我来说……就像是不现实的、梦一般的城市。"

重吉坦率地说出心里的想法。

"我至今还经常想起和林学长在日本桥的茶屋里聊天时的事。当林学长明确地说出'我要去巴黎'的时候……那时,不知怎么就觉得流淌在巴黎的塞纳河似乎就和隅田川重叠了……"

"那是怎么回事?"忠正笑了。

"塞纳河和隅田川完全两回事吧。"

"我知道的。"重吉也苦笑。

"但是,那个时候……我也不知道怎么回事,感觉就好像有那么一刻,看到了我们现在的样子……"

之后,两个人又沉默地眺望了塞纳河许久。然后,忠正自言自语似地咕哝了一句。

"真是无情啊……我们在岸上那么辛苦地拼命、挣扎……它都故作不知、自顾自地流着。"

重吉抬起脸望向忠正。他微微泛红的侧脸上浮现着微笑。

"刚来到这座城市的时候,我不管做什么都会被取笑,被看不起。'R'的发音发不出,五官很平没有棱角,人矮不适合穿燕尾服,日本是还没进化的地方以及住着野蛮人,等等……总之各种事。"

但越被看不起就越不能输给西方人,他咬紧牙关忍耐,夜以继日地学习法语,去卢浮宫一幅一幅地看西方美术作品。不停地外出与人见面。自己的身上背负着日本这个国家的荣誉,他发誓绝对不会输。

即使这样仍然会有悲愤无从排遣的时候,他就在塞纳河畔独自散步。一直不停地走着。有时候走着走着天就亮了。悲愤的事也就全部抛进了河里。那些事变成了不值一提的垃圾,全部消失在这淡绿色的河流里。

塞纳河流淌在这座城市里,绝不会停止流动。不论有多么难受的事,拼命,挣扎……只要抛进这条河里,就会被全部冲走。于是,心无一物的自己只要成为漂浮在河面的船就好。——有一次,他下定了决心。

纵被浪击,也绝不被冲走、永不沉没……要成为这样的船。

"我把这些傻话都告诉了将要出发去阿尔勒的文森特。"

"哎?"重吉忍不住吃惊。

"你对文森特说了?"

忠正点头。

"是他去阿尔勒的前一天吧。你不在的时候文森特来店里了。他特地来谢我给了他去阿尔勒的契机。"

两个人在很短的时间里聊了一会儿。忠正建议他到了阿尔勒就尽情地画自己想画的画。

文森特沉默地听着,突然倾诉道:

——我永远都画不了自己最想要画的东西。

忠正觉得很奇怪,就问他是什么。文森特虽然没有立刻回答,但很快还是坦白了。

——是塞纳河。

——塞纳河?

听起来是立刻就能画成的题材。事实上,有许多印象派的画家都曾选为绘画的题材。为什么他会说自己永远都画不了呢?

虽然这个理由很荒唐——在这个前提下，文森特坦白说道。

因为提奥的请求，我来到了巴黎，迎来夏天的黄昏时，我不知不觉地走在塞纳河畔。因为波光闪耀，我眯起了眼，却觉得连眼皮底下都成了黄色。

黄色的塞纳河！我忽然有了灵感，第二天，就在新桥正中竖好了画架，并准备了大量黄色和绿色的颜料，想要画"黄色的塞纳河"。但很快就有警察来告诫我，不可以在这里画画。这天，我就无奈地回去了。第二天我再次出门去了那里，但又有警察来对我说了同样的话。

后面一天，再后面一天……到第五天，我被好几个在那里守株待兔的警察拦住，说如果再在那里画画就送我去监狱。那是赤裸裸的警告。

文森特什么都没做，却被禁止在横跨塞纳河上的桥面上竖起画架。他没能把这么丢脸的事告诉提奥。

文森特深受打击。他觉得自己被塞纳河、被巴黎拒绝了。

自那天以后，他满脑子都在思考怎么才能在巴黎以外的地方画画、生存，就这么过了两年。虽然如果能实现去日本的心愿是再好不过，但若能在阿尔勒找到"只属于自己的日本"，他也感到松了口气。他决定今后不再执着于塞纳河、巴黎，要在阿尔勒自由地作画——文森特就这么结束了自己的话。

"听着他的话，我发现其实文森特希望能永远留在巴黎。但是他明白这个城市怎么都不会接纳自己，所以才决心离开……但如果是这样的话，岂不是太落寞了吗？"

不能让他怀着这样的心情去阿尔勒——

于是忠正对文森特说：如果不被塞纳河接受，那么就做一艘漂浮在塞纳河上的船。

即使暴风骤雨，浪涛汹涌，但只要风雨过后，就能变回平时那安静、闪耀的河面。

所以你成为一艘船，等待风雨过后即可。纵被浪击，也绝不沉没。

——然后在某一天，请你完成一幅能让我大开眼界的画。

我在这座城市等着那一刻的到来。

重吉一边听着忠正的讲述，一边望向遥远的河面。

不知为何，他的眼睛在无可救药地发热。泪水几乎夺眶而出。

塞纳河波涛滚滚。痛苦、悲伤、懊恼，它把一切都化为不足挂齿的尘埃，永不停歇地流动。

一八九〇年 五月十七日
巴黎 第十二区 里昂站

　　铁骨架做成的屋顶笼罩着月台，半圆形玻璃的另一端是一片晴朗的五月天空。

　　汽笛声响，火车头吞吐着烟雾抵达。乘客们陆续从黝黑发亮的车厢里下车。

　　戴着高礼帽的提奥和重吉顶着蜂拥而来的人流，不停东张西望，朝着月台的后方前进、再前进。

　　"——提奥，我看到了。从最后一节车厢出来了……看！"

　　走在前面的重吉转身对提奥喊。

　　"——啊，真的！……哥哥！文森特！"

　　提奥拼命在人群中扒拉着往前，朝着身穿皱巴巴的衬衫、拎着大大的行囊、扛着画架，怎么看都一副寒酸样的文森特前进。

　　"——提奥！"

　　文森特叫了一声，然后抛下了行囊和画架。两个人冲到彼此的面前，紧紧地拥抱。

　　"哥哥！——你回来了！我等了好久……"

　　提奥因为熟悉的油画颜料气味而激动不已。是每次他打开从法国南部寄来的包裹时都能使他满心感叹的、哥哥的画的味道。

"让你担心了……好多事对不起你。"

文森特直截了当地道歉。神志清醒的哥哥就在眼前。提奥一时说不出话来，只是默默摇头。

"文森特，欢迎回来。路上没出什么事吧？"

重吉走近，在文森特和提奥两人的肩膀上轻轻拍了拍。文森特高兴地拉起重吉的手握住。

"啊，阿重！很高兴再见到你！上次见到你是在这个车站的月台吧……对了，提奥，我最后一次见到你也是在这里。你们两人来为我去阿尔勒送行的。啊，就是说，我已经有两年没见到你们了……不对，还要再久些？总之就是好久不见！"

文森特如少年一般兴奋。提奥和重吉交换了眼神。

——哥哥果然不记得我和阿重去阿尔勒看望他的事……

因为"病情"，他的记忆恐怕有各种缺失——提奥从文森特现在的主治医生——圣保罗德茂索疗养院的院长泰奥菲尔·贝伦那里收到了报告。

文森特在前年年末的"割耳事件"之后似乎就在人生的下坡路一路滚落。去年五月，他从阿尔勒的市立医院转院去了圣雷米的圣保罗德茂索疗养院，一直到昨天，他还被关在被铁栏围着的冰冷病房里生活。然后，他终于回到了巴黎——回到了提奥身边。

但是，文森特并不是为了在巴黎重新开始画家生活而回来的。他被转去了巴黎附近的村落——瓦兹河畔奥维尔疗养，收留了他的精神科医生保罗·加歇正在等待他的到来。他只是在去奥维尔的路上顺便在巴黎住几天而已。

即使这样，提奥还是因为哥哥的回来而欢喜不已。

三个人一边快活地交谈着，一边上了街头马车。提奥十分兴奋，滔滔不绝地讲述着。婚后一年的生活，把家里安排得妥妥当当的妻子乔，新家所在的皮加勒街，还有依旧在店里装饰着文森特的画的——唐吉老爹……

文森特呵呵笑着，对着坐在身旁的重吉咬耳朵。

（提奥这家伙，简直就跟小孩子似地兴奋。）

无视两人的窃笑，一直到马车抵达皮加勒街时，提奥的话都没停。

过了大约不到一小时，马车停在位于皮加勒街的公寓前，三人下了车。

"提奥！——大哥！欢迎回来！"

他们听到了充满喜悦的声音。抬头一看，只见乔正从公寓四楼的窗口探出身子挥手。然后，她迫不及待地冲下楼梯，飞奔到外面的路上。

乔脸上泛着红晕，喘息着站在文森特面前。然后，她的手心按着胸口：

"对不起，我真是的……因为实在担心你们是不是会出事……"

她羞涩地笑着，文森特也笑了。

"初次见面，乔。我们终于见到了……真的谢谢你一直照顾提奥。"

文森特牢牢握住了弟媳的手。乔和提奥一样说不出话来。

四个人走进整理得井井有条的房间。房间里飘着炖土豆的香气。想来乔是一边为初次见面的大哥准备午餐，一边等得急不可耐了吧。提奥为乔的用心感到高兴。

"……房间很好。"

文森特被带进客厅后说。

"是的,很好的房间。"重吉呼应。

"所有的墙上都挂着画,全都是你的画。"

"是的。"文森特笑了。

"这个房间就是你在法国南部尽力创作后得出的成果。"

重吉说。他的这番话十分真诚。

小小的客厅墙上挂满了画。

即将收割的麦田、白天的吊桥、夜晚的咖啡馆、身着阿尔勒民族服饰的少女、满脸胡须的邮差、映照出灿烂星空的河面风景。盛开如群舞一般的鸢尾花、银叶哗哗作响的橄榄田。水的味道、草的热气、干草腾腾升起的水蒸气、活力四射的太阳。奔放的色彩、形状,感情在画布里呼吸、跳跃、充满生机地放射着光彩。

有好一阵,提奥和文森特、重吉一起默默地被笼罩在画里。

——这里是巴黎吧。不过,现在我似乎不在巴黎,而是乘着魔法飞毯——文森特的画去了阿尔勒、圣雷米,说不定还被带去了日本——

在令人心情愉悦的沉默后,提奥对文森特说。

"那么,哥哥,你能不能见见他呢?我的儿子,文森特。"

文森特把视线从自己的画上收回,他望向提奥,然后微笑着回答:

"当然。"

他们走过狭小的走廊,提奥和文森特在前,重吉和乔在后。

轻轻推开卧室的门,首先映入眼帘的,是一幅挂在正面墙上的画。

浅蓝色的天空背景下,杏树正伸展着茂密的枝叶。枝头上盛开着清爽的白花,仿佛正在宣告春天的到来。这幅画宛如春天的微笑,是文森特为了祝福在今年一月末诞生的新生命而送来的。画的下方是一座被蕾丝帐子掩起的摇篮。

知道乔怀孕的时候,夫妻俩商量后写信给哥哥,说想给将要诞生的孩子取名为"文森特"。如果是女孩子怎么办?文森特的担心被无视了。提奥坚持一定会是男孩子,名字一定会是文森特。他无论如何都想给孩子取名为文森特,为了能随时想起远在天边的哥哥。而且,如果这样能安慰到三十六岁还没有妻子孩子、被从家人和朋友身边隔离、被世间抛弃、正在独自受苦的哥哥——

门被彻底打开,兄弟俩蹑手蹑脚地靠近摇篮,轻轻掀开蕾丝帐子,只见那出生了四个月的、肉嘟嘟的小婴儿文森特正在呼呼沉睡。

提奥伸手想要抱起他,却被文森特阻止了。然后,他把食指竖在嘴唇前,用荷兰语轻声道:"这样就好。"

——这样就好……请就这样……

文森特的眼睛湿湿的,提奥的眼中也涌出了泪花。

重吉和乔也都眼中噙泪。两个人站在门口,凝望着兄弟俩的背影。

伸展的杏树树枝也只是静静地守护着这一切。

大约在一年前的一八八九年五月。

文森特一个人乘着马车去了位于阿尔勒东北处的小村镇——圣雷米普罗旺斯。他转院进了由村镇经营的圣保罗莫索尔疗养院。

阿尔勒那次可怕的事件之后,文森特因为状态不稳定,被半强制地送入了市立医院,却不见好转的迹象。

虽然主治医生雷伊医生会把文森特不稳定的情况一五一十地告知提奥,但他告诉得越详细,提奥就越感到不安。而且文森特的信里到处可见他用"我这样的疯子"这样轻蔑的语句来形容自己。

而文森特的自杀未遂更是把提奥逼得走投无路。文森特至少已经有过两次企图结束自己生命的行为。第一次,他喝下了作为颜料溶剂的松节油。第二次,他吞下了管状颜料。两次都是突然发作,因为附近有其他人,所以幸免于难。虽然身边的人都认为那是假装自杀,但提奥却心知肚明。

不管是松节油还是颜料,对文森特来说,那都是用来延续生命的东西,绝不可能是寻死用的凶器——哥哥到底在想什么?

虽然被医生劝说,既然做到这个地步,那么就不要留在这里,而是回到巴黎的监护人——提奥——身边为好,但文森特却坚决拒绝。他到底打的什么主意呢?——不能再给弟弟添麻烦了。如今的提奥要守护自己的"家庭"。连画也画不好的自己如果跑去他家……或许他是考虑到这些才自我克制的。

自己又是怎样?在想些什么呢?

为什么就怎么都不对文森特说一句"回来吧",就放任他不回来呢?

说不定他在等……说不定哥哥就在等我哪天对他说出这句话。

我……我是不是在害怕,如果哥哥回来……我又要重复那种痛苦的日子了?

好不容易有了乔,得到了幸福,会不会被弄得一团乱。

哥哥……啊,但是我……

我想见哥哥，想和哥哥见面聊天，聊画、聊艺术、聊浮世绘、聊日本……聊我们曾经相信的明天。

这些是不是都已经成为无法实现的梦？

在不断地自问自答中，提奥愈发走投无路。乔全力支撑着动辄就消沉的提奥，偷偷给素未谋面的大哥写信。告诉他提奥不为人知的苦恼，其实他是希望文森特回来，还有他们有多么被文森特的画鼓励。

——我们很幸福。因为我们的生活被你的画包围。

如果你回巴黎，我们一定会更加、更加幸福。

我来代替提奥说，务必请你随时回来。为了让我们幸福，也为了使你自己幸福——

在这期间，文森特突然决定去圣雷米。因为疗养院院长对画家文森特表示出兴趣，并承诺他即使是在疗养院内，也可以在高自由度的环境下治疗。

——只要可以画画，哪里我都去。哪怕是地狱。

文森特下定决心要再次握起画笔。

由修道院改造的疗养院很宽敞，很多房间空着。文森特被分到二楼的一间房间，并被允许把一楼的一间房间作为画室。在给提奥的信上，文森特写了有关从二楼的窗口——虽然装着牢固的铁栏——可以看到清新美丽的风景，以及重新开始创作的画。

我可以看到横亘于蔚蓝大气里的阿尔皮耶山脉、疗养院中庭的菜园，还有在那里挥动锄头的人们。虽然我有点害怕患者们的叫喊声以及徘徊的身影，但和想象的不同，他们并不危险——是的，不像自己这么危险。

文森特终于稳定下来再次握起了画笔。看到他状态稳定后，院长就下达了外出许可。文森特欢天喜地地扛起画架，又把颜料、调色板、画笔一股脑地塞进行囊后出门了。

风是他的朋友。他追逐着风，漫步在村落里的每一处。橄榄树的银灰树叶在风中如蝴蝶飞舞般颤动，田间小路上如梦初醒般的鸢尾花正在欢迎他。这世界上的一切都是画家文森特·梵·高的伙伴。文森特沉迷地让画笔游走在画布上。

让他最为醉心的是村落里随处可见的柏树。文森特从没见过这么奇妙的、孤高得似乎能听到其清冽正气的树木。他在树前待了无数小时、无数天，渐渐地，他觉得自己仿佛是在照镜子。不知不觉间，柏树似乎和画家自身的形象重合了。

文森特像是画自画像似地凝视柏树，又被柏树凝视。他的画笔仿佛化为燕子，在画布上灵活地飞来飞去。他就这样画了好多幅柏树。但文森特没有把这些画寄给提奥，直到自己满意为止，他都把这些画留在了身边。

夏去秋来。虽然文森特再次提起画笔是值得高兴的事，但提奥却跌入了苦恼的深渊。

七月，乔怀孕的喜悦没有持续太久，他就在"布索和瓦拉东"里的工作中出了好几次错。他被上司严厉地批评，完全失去了自信。有时候，他甚至会犹豫是不是要拆开从圣雷米寄来的包裹。

但对于文森特的信，提奥还是会一封不落地看完并回以短信。因为不想让文森特担心，他不写工作上的失意，但还是会尽量坦率地写下自己的心情——希望你能体谅我没法给你补贴太多的钱，我也有家庭，而且孩子即将出生，在金钱方面不太宽裕。不过，只要想到哥哥在那么困难的状况下依旧在画画，总是能让我得到鼓励。

不要忘记——就像我不是一个人一样，哥哥也不是一个人。我有哥哥，哥哥有我。
还请不要忘记这一点——
文森特寄来的信里，经常会详细地讲述自己所看到的风景、眼下正在着手的画以及完成的画。

——今天早上，我从窗口眺望了很久太阳升起前的田园景色。拂晓时只有一颗启明星，它看起来特别大……我没有任何可以抵抗这种感动的能力。

——我满脑子都在思考柏树。我想要像画向日葵那样画一幅柏树。让我很吃惊的是，目前还从没有人画出过我看到的柏树。不论是线条还是比例，它都美得像是埃及金字塔。它有着令人惊艳的绿色。它沐浴在阳光下的黑色飞溅，那种黑色是我所能想到的最难去正确表现的音符。

文森特写在信上的语言，时而精准得令人吃惊，时而又是那么美好。从他的文字里迸发出的对绘画的追求令人炫目。无法想象这些把一切都描写得详尽准确的信竟然出自精神上患有疾病的人。

他的画也是一样。从圣雷米寄来的许多画上，仿佛都能从画布上听到清澈的旋律。构图稳如中世纪的城堡，色彩则仿佛夏天的花束。

一幅又一幅。每次打开包裹，提奥的胸口都会受到冲击，然后他的心也随之颤抖。文森特望着的风景，他的心情，他的愿望。

——我想把这幅画，想把这份心情与人……

——提奥，我想与你分享。

九月底，提奥收到了一只大木箱。

拔掉钉子、打开盖子，里面是十幅和平常一样用油纸包好的画布。松开绳子，打开油纸，一幅又一幅，他和平常一样检查作品的状态。但不同的是，他的心跳正在加快。

从包裹里陆续出现的作品的完成度之高，都是迄今为止不曾达到的。

留着大胡子、身穿制服、看起来很老实的男人。啊，这个人就是在各方面都很照顾哥哥的邮差鲁林。这个手握摇篮的绳子、脸色略显疲惫，但望着摇篮的视线却满是慈爱的绿裙子女性一定就是鲁林夫人了。还有他们两人的那个圆嘟嘟婴儿的肖像，那双天真无邪的眼睛正笔直地看着这边。以眼看就要落下地平线的黄色太阳为背景，拼命在大地上播种，直到夜晚来临那一瞬间的人。还有似乎汇集了全世界阳光一般明亮的黄色向日葵。

以及——

提奥拿起箱子里剩下的最后一幅。不知为什么，他有预感这会是一幅特别的画。

他屏息揭开油纸，出现了一副画着星月夜的画。

明亮，一整片明亮的夜空。那是孕育了清晨的夜晚，是在等待拂晓的夜空。

连带地球在内的星星自转轨迹化成了白色的、长长的曲线，在夜空中形成了一团团旋涡。大大的新月发出灿烂的红光，点点繁星即将隐于黎明的面纱。

而在这之间，却有一颗丝毫不见黯淡、正愈发闪亮的星星——金星。将阿尔皮耶的山表照得发蓝，它的光芒落在正静静安睡的村落。

如此清澄的星月夜,但他这幅画真正的主角却是在左手边屹立的柏树。

身披犹如绿色铠甲的枝叶,笔直伸向天空的身姿,那的确是柏树,却又不是柏树。有着人类的姿态、那个孤高画家的姿态。

唯一一个度过孤独的夜晚,在即将破晓的天空下伫立的人。

唯一一个画家。

唯一一个,哥哥。

提奥松开屏住的呼吸。泪水涌出,又自他脸颊滑落。

——哥哥……我。

我等这幅画等了好久。

提奥轻轻地拥紧星月夜的画。

他闻到新鲜的颜料味道。那是令人怀念的哥哥的味道。

这一年十月最后一个星期六的晚上,提奥为忠正和重吉举办了中止了好一阵的"特别鉴赏会"。

自从去年末文森特的事件发生后,已经停办了将近一年。

为了这场久违的"鉴赏会",提奥没有选择"布索和瓦拉东",而是借用了朱利安·唐吉的店。

这一天,唐吉从一早就开始整理店面,他收起摆得乱糟糟的年轻画家们的画,空出了墙壁。乔去附近的集市买了熟芝士和橄榄泥,以及比平时再贵些的红酒。当提奥结束工作、捧着油纸包好的画布到店里时,一切都已经准备就绪。

快到晚上八点时,店门开了,重吉出现在门口,接着是忠正。

"哟，欢迎光临。感谢你们能在百忙中前来。"

提奥喜不自胜地前来迎接。忠正一边把帽子和手杖交给乔，一边彬彬有礼地问好："久疏问候。梵·高夫人肚子里的宝宝可安好？"

乔红着脸回答："是的，很顺利。多谢您关心。"

"你可来了呢，林。"唐吉亲切地拍了拍忠正的肩。

"阿重虽然经常来店里露脸，你从前年来看了梵阁下画的我的肖像画后就没来过了。"

"是啊，是我失礼了，唐吉阁下。"

即使对大度爽朗的唐吉，忠正也不忘有礼的问候。唐吉满脸笑："什么呀，什么呀。"

"听说你最近独立了？这就证明了工作顺利吧，而且你还有个可靠的左右手。"

唐吉说着又拍了拍重吉的肩。重吉露出了害臊的笑容。

这一年，忠正和常年合作经营的若井兼三郎拆伙，"若井·林商会"变成了"林商会"，店面也搬到了比较靠近城市中心的维多利亚街后重新起步。此外，忠正还被日本政府任命，负责审查将在法国革命百年纪念世博会上展出的日本展品而回了一次日本，总之就是忙得不可开交。

忠正的忙碌与专注工作，重吉都会逐一告诉提奥。所以提奥曾担心这一晚忠正会不会来参加这久违的鉴赏会。虽然重吉打包票说：没关系，一切包在我身上，但要调整忠正的日程显然是非常困难的。

所以，看到两人按时来到店里，提奥高兴得说不出话来。

忠正、重吉、唐吉还有提奥一起喝着红酒，聊得很热烈。乔不时温柔地抚摸着自己鼓起来的肚子，不时地斟酒、切芝士、摆盘,利落地走来走去。

大约过了不到一小时,忠正开口了。

"那么,今晚在这面空荡荡的墙上,到底会挂起什么样的画呢?"

提奥轻轻点头,对唐吉使了个眼色。唐吉乐呵呵说了句"好,要来了"后,就消失在店深处。过了一会儿,他手上捧着一幅画布回来了。

忠正悄无声响地把手中的红酒杯放在了桌子上,重吉仰头望着墙,仿佛在看日出一般。

乔用手贴着肚子靠向提奥。提奥轻轻地揽住她的肩。

唐吉在四人眼前的墙壁上挂起了一幅画。

——《星月夜》。

孕育了早晨的黑夜,静待破晓的村落。环绕着明亮夜空的群星轨迹。火红燃烧的新月,格外明亮的金星。直冲天际的孤高柏树。

忠正目不转睛地盯着画看,完全不眨眼。重吉也是。文森特所画的这幅画夺走了这两个人所有的词汇。

有那么一瞬间,提奥产生了幻觉。他仿佛看到——此刻文森特就在这里,就站在忠正的身边,正静静地看着他被带入画中——的幻觉。

——不,这一定不是幻觉。

现在,你一定就在——这里。

你的心就在这里。

是吧?哥哥。

"终于……完成了。"

在许久的沉默后,忠正终于说了这么一句。提奥把停留在

《星月夜》上的视线转向忠正。

"文森特终于画了,他终于画了他最想画的东西。"

忠正的眼中微微闪着泪光。提奥默默地看了他的侧脸好一会儿。

他想说些什么,却什么话也说不出。

——他是知道的。这个人,这个孤高的人。

明亮的夜空是塞纳河。河面上映照出挂在夜空的月亮与群星,在往来的船只拨开的浪涛里,永不停歇地流动。

仿佛永远都站在入口处的柏树是文森特,画家独自伫立在塞纳河畔,等待终将来临的黎明。

那毅然伫立的柏树的身影,似乎又能和注视着文森特的画的忠正的身影重合。

外面马路上七叶树的林荫树正随着五月的暖风摇摆。

"啊,天气真好。快看呀,大哥。七叶树的绿叶是那样……"

乔把窗户彻底打开,心旷神怡地说道。

在窗边抱起婴儿的文森特转向乔。

"这样吹风对宝宝不好,是吧,文森特?"

他蹭了蹭小侄子的脸颊,或许是因为被胡子蹭得痒,出生四个月的文森特咯咯笑出了声。

"在荷兰,小孩子都是这样和风玩耍的吧?大哥和提奥也都这样的吧?才这么点风,不用介意啦。"

乔这么说了以后,刚好进房间的提奥也加入了。

"啊呀,这话我可不能听过算过。偏巧这个孩子是个地道的巴黎男子,荷兰的规矩不通用。"

"呀,太狡猾了。被你们兄弟一起说我就没办法了。"

乔笑着关起大开的窗。文森特在侄子柔软的脸蛋上轻轻一吻,把他交回母亲的怀里。

"可不要成为傲慢的巴黎男人,要做你爸爸那样温柔的男人。"

文森特对着母亲怀里的婴儿轻声说。提奥和乔交换了一下眼神,都笑了。

"都准备好了吗?"提奥问。

"是的,都好了。"文森特回答。

这是文森特出发去瓦兹河畔奥维尔的早上。曾公开表示自己是所有无名画家伙伴的精神科医生——保罗·加歇正在等待文森特的到来。

把加歇医生介绍给提奥的正是唐吉老爹。加歇医生特别喜欢和不被世人认可的艺术家交流,每次去巴黎出诊都会去唐吉老爹店里逛逛。

提奥也事先一个人去了瓦兹河畔奥维尔,同加歇医生见了面。他相信这里没有问题。他觉得文森特看到流淌在小镇附近的瓦兹河,会想到这条河和塞纳河相连,自己也和巴黎相连,从而得到心灵上的治愈。虽然这样的想法很自说自话,但再没有比文森特更能从自然风景中得到启示的画家了。

他订下了文森特移居到瓦兹河畔奥维尔之后,在加歇医生的观察下每天作画并逐渐康复的计划。奥维尔离巴黎不算远,提奥一家随时可以去看他。文森特也可以随时回巴黎。他一定可以痊愈后回巴黎。提奥是这么相信的。

话虽这么说,这三天里的文森特比自己还要正常。他食欲旺盛,适度饮酒,经常笑,对小文森特也很好。他甚至出门去买自己在法国南部经常吃的橄榄。因为在圣雷米疗养院的一年里，提奥收到过文森特会突然昏倒的消息，所以很不放心让他一个人。但如果他去瓦兹河畔奥维尔，就没法一整天都陪着他，一个人度过的时间也会变长，所以让他渐渐熟悉环境是很重要的。

但是，文森特的脑子和感性都很清醒。至少在这三天里，怎么看他都不像是个病人。提奥因此而感到安心。

说不定文森特已经痊愈了。他战胜了在阿尔勒和圣雷米度过的孤独生活，尽管遍体鳞伤，甚至面临死亡的深渊，即使这样，他还是完成了那样的杰作……

是的，他不是回来了吗？经过了一番脱胎换骨，他回到了我们身边。

"不，等下……第一次和加歇医生见面，这样的打扮不太好吧。"

文森特和三天前从圣雷米回巴黎时一样穿着皱巴巴的上装和缝补过的西裤。只有穿旧了的皮鞋被擦得发亮。是乔在晚上擦的。还有就是把所有东西都塞入了装有颜料、调色板、画笔的行囊里。

"所以我才说把我的上装给你。"提奥目瞪口呆地说。
"果然不太体面，那我就拿一件吧。"文森特苦笑道。
"我这就去拿来。之前想过可能会用到，已经洗过了。"
乔抱着婴儿赶回寝室。
"她真是善解人意，你娶了个好老婆。"
听文森特这么说，提奥微笑着回答："你说得对。"

"我说提奥……可以的话，你能把书房里的那只旧的黑皮包借我吗？这个包不太像样。"

文森特唐突地说道。虽然提奥不记得带文森特经过书房，大概他是在自己去工作的时候进去的吧。他说过想给阿尔勒的雷伊医生和圣雷米的贝伦院长写感谢信，或许就去用了书桌。

"嗯，好的。我有好几个包，没关系的。"

"是嘛，那就欠你人情了。这样看起来是不是就稍微正常些了？"

文森特竟然会在意别人怎么看自己，提奥觉得很滑稽，因为以前从来没有发生过这种事。

文森特他——正常了。

看来不用再担心他了。就这么相信吧。

在七叶树木的树荫下，提奥和乔等着将和文森特一起启程的街头马车的到来。

虽然提奥恳请让自己送到车站，但文森特怎么都不肯答应。他说想一个人在马车里晃荡着去，还说至少最后的时间里想去吹吹风。

清脆的马鞭声响起，街头马车起步了。

文森特坐在最后一排的座位上转身挥手。提奥和乔也挥着手，一直在挥，不停地挥。

坐了超过规定人数的共乘马车摇摇晃晃地在大马路那头的转角拐弯，很快就看不见了。

——文森特说，至少最后的时间里。

是什么的"最后"呢？

最后的巴黎？

不，怎么会？不可能。

然而——

他一直都耿耿于怀——文森特最后的这句话。

黎明时，提奥因为胸口几乎要窒息的难受而醒来。

睡梦中他出了一身汗，一瞬间他不知道自己身在何处。和平时一样，他睡在夫妻卧室里的床上。提奥下意识地伸手去摸应该在身边入睡的乔。但是，却没有摸到妻子那散发着柔和香味的身体。他终于想起来她带着儿子回老家度暑假去了。

看了看一旁空荡荡的摇篮，提奥重重地吐了口气。

——怎么回事……做了个很不好的梦。

他不记得是怎样的梦。但那种窒息的感觉却依旧残留在提奥的胸口。

七月二十八日，黎明。房间的内部渐渐变亮，新的一天正要开始。

打开窗，四处传来小鸟的鸣啭声，清晨的空气清冽而惬意。

提奥穿上乔熨得笔挺的新衬衫，独自无言地做着出门前的准备。忽然，他想起自己在梦中拼命地奔跑。

自文森特移居瓦兹河畔奥维尔已经过了两个月。

一切都很顺利，住得很舒服——移居没多久，文森特的信就一封接着一封。

——奥维尔着实美丽。更美的是，这里有许多最近越来越少的古旧的茅草屋顶。我很希望能在此安心地画着这里的风景，并因此而换到留在这里的费用。这里实在非常美。是很有特点的、如画一般的真正的田园。

他借宿在村政府附近客栈的三楼，和照顾他的加歇医生很投缘。他想要画的题材无穷无尽——朴素的教堂、瓦兹河的清流、一望无垠的麦田、田间的小路以及在交叉路口飞舞的鸟群。

读着那些完全感觉不到丝毫疾病阴霾的文字，提奥安下了心，觉得能让文森特去瓦兹河畔奥维尔真的太好了。

到了六月，提奥带着乔和儿子文森特·威勒姆，又邀请了重吉去了奥维尔。加歇医生热烈地欢迎了他们一行。文森特借宿的拉乌客栈，隔壁房间住着荷兰画家安东·莫夫，也加入了他们热闹的聚餐。餐桌摆在了医生家里的庭院，在盛开的白玫瑰与蓟花的簇拥中吃到的杂菜派，美味得令人难以忘怀。

文森特和提奥两人并肩在麦田中的小路上散步。抱着婴儿的乔和重吉跟在他们身后。站在交叉路口，文森特立定眺望着麦田。"再往前走一些吧。"提奥虽然这么提议，但文森特却不肯离开，"不，我就在这里，你们自己去吧。"提奥还想劝，却被重吉阻止了——他是画家，一定是有了画画的灵感，让他去吧。

提奥他们留下文森特一人继续在小路上走。但中途提奥忽然感到一种莫名的不安，赶紧又折返了回去。

文森特依然和分开时一般伫立在交叉路口。他一边握着碳棒在速写本上游走，一边满脸不解地转向提奥——怎么了？忘了什么东西了吗？

不安的时间只有片刻。度过了美好幸福的假日后，提奥一家和重吉返回了巴黎。

回去的路上，重吉热烈地表示下次想把林学长也带来。

——林学长似乎在考虑，把一两幅文森特在奥维尔画的画加入他的收藏。

重吉偷偷告诉提奥，忠正打算购买一些新锐画家的画来完成"林的收藏"，日后带回日本。

提奥曾经想过，文森特在奥维尔的生活就算再长也就是一年左右。

巴黎两年、阿尔勒一年、圣雷米一年。之前他也流转于荷兰各地、比利时还有英国等地。文森特是不会在同一个地方久居的画家。

也不知道没有家庭对他来说是幸运还是不幸。抛弃故乡也是一样。或许是因为这样的环境才让他破天荒地获得自由。不，不正是因为没有束缚，他才能以孤高的画家自居吗？

提奥的心情十分复杂。眼看文森特回巴黎是必然趋势。但那样一来，会收留他的就只有自己。现在的住处太过狭窄，没法为他准备画室。那么就必须搬家。但是钱从哪里来呢？把文森特的画卖掉就可以了吗？——卖？谁？我吗？——我卖得掉吗？

卖得掉，一定能卖掉。目前，在今年一月比利时举办的画展上，不是有画家伙伴买了他的画吗？虽然只卖掉了一幅。《法国信使》上也刊登了盛赞文森特的画的评论。啊，哥哥当时会有多么高兴啊。所以他才离开圣雷米回来了不是吗？我不是也欣然接受了吗？

哥哥当然是要回巴黎的，支持他不也是我一直在做的吗？

提奥自问自答了很久。渐渐地，他的心情也变得无可救药地低落。

眼下，提奥正准备从画廊辞职并独立创业。和经营层之间的隔阂一旦产生便不容易填补。经营层每天都责备提奥，说他没用。他的收入也被大幅削减，光是养活妻子和幼子就已经很吃力。

在这最糟糕的状况下，如果文森特回来的话——

七月一日，文森特忽然出现在提奥工作的地方。

他是出于画家的随性而想着要吓一吓弟弟吧，但他毫无预告地出现在店里却造成了提奥的困惑。经营层也震怒：别让这种寒酸的画家进店！

提奥把文森特拉到店外。

——你来做什么!？为什么不先发一封电报给我！

提奥大为光火地责骂了文森特，文森特吓得缩紧脖子。

——我是还你东西的。那个……之前你来的时候我忘记还你了。

他说着递过那只黑色的皮包，提奥沉默地接过。

——你今天回去吧？回奥维尔？

他以防万一地问。文森特虽然没有立刻回答，但还是说了一句：

——是的，回去……立刻就回。

他的声音很无力。

——真不好意思突然过来……再见。

他转过身，风一般地离开了。

提奥没能叫住他，也没能追上去，他只是目送着文森特落寞的背影。

自那之后过了将近一个月。

破晓时噩梦的阴霾依然还在，这天，提奥去"布索和瓦拉东"上班。

才迈着沉重的脚步走进店里，他的助理安德雷像是等候多时似地赶到他身边：

"您在奥维尔的朋友来了。"

提奥歪过头。

——奥维尔的朋友?

"他说是乘早上第一班火车来的……"

安德雷对着急急赶向会客室的提奥的背影说道。一瞬间,不祥的预感贯穿了提奥的胸口。

结果,等提奥来上班的是文森特隔壁房间的荷兰画家莫夫。

"提奥……"

莫夫通红的眼盯着提奥,从他干裂的嘴唇中迸出的话语击垮了提奥。

文森特,对自己的胸口,开了枪。

他还有气。快跟我来,现在、立刻。

去奥维尔——去你哥哥身边。

一八九〇年 七月三十日
瓦兹河畔奥维尔

村落的上方是一片蔚蓝的天空。

强而有力的太阳放射着闪耀的光芒，在石子路上投下浓密的绿荫。七叶树的枝叶在风中轻轻摇曳。

载着文森特棺材的货运马车咯噔咯噔地驶过缓缓的坡道，这条路通往村外的墓地。

送葬队列的最前方不是牧师，而是牵着马的村民。提奥紧跟在棺材后面，仿佛随时都会倒下，重吉用手紧贴着好友的背给予支撑。

跟在两人身后的有乔的哥哥多利艾斯，加歇医生和他的儿子保罗，唐吉老爹以及几个画家伙伴。和炫目的盛夏阳光正相反，每一个人的脸上都布满哀伤。

送葬的队列从村镇的教堂前经过。一个月前，文森特还在这座教堂前竖起画架，描绘着中世纪贵妇的站姿。而教堂却不会为自杀的画家敲响丧钟。

下午三点半，送葬的队列抵达墓地。两名挖墓人手持铲子，在墓穴旁等着一行人的到来。把棺材放入墓穴后，加歇医生从丧服的上衣口袋里取出悼词叽叽咕咕地念了起来。告别的话语似乎完全没有传到提奥的耳朵里。不是因为风太大，重吉知道——那是因为他什么都听不到。

没有神父来告慰逝去的灵魂，没有祷告，永别的时刻就这样来临。壮工们用铲子把土盖在了棺材上。如雕像般面无表情的提奥看着干巴巴的尘土在风中扬起。

重吉是在七月二十九日的午前收到了文森特的讣告。

安东·莫夫发来的电报上只写了：文森特去世，速来。握着那张纸，重吉在圣拉扎尔站跳上了开往蓬图瓦兹的火车。

忠正在七月十四日革命纪念日那天从巴黎出发回了日本。时机太不凑巧了——这是怎么回事，为什么？重吉的大脑一片空白。但总之，不去那里看看就什么都不会明白。重吉告诉自己要冷静，在奥维尔小镇站下了车。然后从那里直奔文森特借宿的地方——拉乌客栈。

文森特在村政府前那个小客栈三楼的客房里停止了呼吸。一天管饭才三法郎五十生丁的破格低价——但连这也都是用提奥的补贴支付的——但他只在这里度过了他人生最后的七十多天。重吉一口气冲上了通往阁楼的楼梯。

这时文森特的尸体刚被移入刚送来的新棺材里。房间很小，有两个人在里面就几乎没法动弹。天窗的正下方是一张简陋的、空荡荡的床，文森特的脑袋在枕头上留下了一个凹痕，从天窗射入的光线落在枕头上。狭小的房间的墙上，密密麻麻地挂着好几幅他在奥维尔画的清新的风景画。

提奥茫然地站在床边。在发现重吉后，他无力地微笑道："哟，阿重。"

——我的哥哥，他走了……他终于走了。

住在隔壁房间的荷兰画家安东·莫夫和保罗·加歇两个人抬起棺材，去往二楼的房间——面朝马路的客栈里正上方的宴会用房间，他们费劲地下了狭窄的楼梯，把棺材搬了进去。客栈主人拉乌老爹善意地把那间房间给他们用作临时告别仪式的会场。

——为什么要在这里？重吉问保罗·加歇。即使重吉是日本人，他也知道告别仪式是在教堂里举行的。然后保罗压低了声音回答：

——因为，他是自杀的。

七月二十七日晚，文森特胸口流着血回到了借宿处。客栈的后面有通往阁楼的楼梯，老板娘在入口处发现了倒下的文森特。拉乌老爹和莫夫两个人把他抬进房间后，莫夫又立刻飞奔去加歇医生的家。文森特的胸口有弹痕。加歇问他到底发生了什么，濒死的画家承认自己对胸口开了枪。虽然很幸运地没有射中要害，但奥维尔没有可以做紧急手术的医生。虽然他们也讨论过从巴黎请医生来，但文森特拒绝了——不用了，别管我了……他断断续续地喘息着说。

——比起这些，我想……我想，见提奥……

翌日，七月二十八日的午后，提奥收到文森特生命垂危的消息后从巴黎赶来。他冲进哥哥的房间，紧紧抓住卧床的哥哥形如槁木的身体。

——哥哥！

哥哥没事的，有我在。我就在这里……

之后，两人便开始用荷兰语对话。只有两人，在这个世界上最小最贫穷的画室里，直到文森特的生命走到尽头。

连同乡的莫夫都不知道两个人用母语说了什么。那段时间里充满着太过亲密而纯粹的悲伤。即使是艺术之神，也无法打扰到当时的二人吧——莫夫是这么说的。即使是这样，这位善良的同乡画家还是担心着这对可怜的兄弟的将来，坐在仅一墙之隔的房间里的床上，向着或许正在某处的神明不停地祈祷。

当新的一天到来——七月二十九日的半夜，墙的那头传来了恸哭。莫夫从口袋里掏出怀表——凌晨一点半。

就这样，文森特走上了不归路。

到了早上，莫夫和保罗·加歇为了向各方通知讣告而四处奔走、发电报。提奥虽然一夜未睡地守在文森特的遗体旁，但当接到讣告的人们陆续赶来后，他似乎想到什么一样忽然清醒地站起，一举一动都显露出坚强。

眼下就是必须要做的"处理后事"。他必须向村政府提交死亡证明、购买墓地和棺材，并准备告别仪式。

和村里教堂的纠纷也在这时发生。基督教的教义不承认自杀。天堂之门不会对自杀的人开启。结果，告别仪式确定在没有宗教色彩的场所，即拉乌客栈举办，搬运棺材去墓地的马车也是从隔壁村政府借来的。

提奥几乎没有哭。他为了好好地送哥哥上路而拼命奔波。但在重吉的眼里，这个样子更令人心痛。

棺材被安置在二楼房间正中的工作台上，文森特生前使用的调色板以及画架都放在他的脚下。提奥把文森特房间里所有的画都搬到这间房间里，默默地一幅一幅挂起。重吉也在一旁帮忙。

——哥哥他，之前，寄过一封信……

提奥一边对着墙上敲着钉子一边喃喃地说着。

——信上写，要是有一天，能在某个咖啡馆里开画展就好了……

但竟然会是以这样的形式实现……

正如提奥所言，告别仪式的会场就像是一间小型美术馆。

伫立在钴蓝色天空下的教堂。倒映着青翠欲滴的树丛的瓦兹河。犹如蓝色火焰的蓟花。在革命纪念日挂起了各国国旗的村政府。画家杜比尼家盛开的花园。鸟儿飞舞，刚收割完的麦田。毛糙的、凹凸不平的树根。

——连这种东西……都画了啊。

在挂起画着树根的长条横幅画布——是的，那仅仅是一幅贴近树根后完成的画——但在挂到墙上时，重吉却忍不住心头一震。

不是芬芳的花朵，也不是辉耀的绿叶，只是树根。文森特仅仅画了树根。画家坚毅的眼神已经不会再被花和绿叶撩动——之后重吉才从莫夫那里听说，这幅画是文森特的遗作。是画家在成为他最后一个画室的阁楼里的画架上留下的最后一幅画。

七月三十日下午六点，村里教堂的钟响了六下。

距离从瓦兹河畔奥维尔去巴黎的最后一班列车只剩一小时。

在彻底打扫了告别仪式的会场和文森特的房间后，提奥和重吉赶往奥维尔小镇车站。从拉乌客栈走去车站大约五分钟。提奥拎着黑色皮包，重吉的腋下夹着用油纸包好的长条横幅画布。

在打扫会场的时候，提奥把文森特留下的画亲手分给了每一个文森特生前交好的朋友。那一幅幅笔触粗犷色彩激烈的画全都透着仿佛刚刚才完成的新鲜。他们一边收下画,一边说着谢谢,并表示会好好保存。

随便选你喜欢的就好——提奥最早是对重吉说这句话的。但重吉虽然道谢,却表示自己拿最后剩下的就好。而最后剩下的,就是那幅《树根》。重吉小心地用油纸把画包好,感觉仿佛是这幅作品选择了自己。

文森特为什么会去画树根呢?他想表达的一定是在大地扎根、堂堂矗立的大树。故意不画最想画的东西,而是画其周围的事物,来促使看画的人产生联想,并在脑中浮现出主题。这种手法是日本画的显著特点。文森特终于把日本画的手法完全化为己有。

抵达瓦兹河畔奥维尔车站后,提奥从口袋里取出怀表:"离火车到还有将近一小时……阿重,能稍微陪我一下吗?"

明明应该已经累得筋疲力尽,但提奥的声音听起来却不可思议地有力。重吉应了一句"当然",跟在了已经迈开步子的提奥身后。

朝着通往教堂所在的小山坡那条缓坡的反方向走,尽头就是瓦兹河。桥对面的河那头是邻村瓦兹河畔梅里。提奥在桥的前面左转,沿着树木丛生的河边小径往前走。重吉一边想着提奥这是要去哪里,一边跟在他的身后。

七月末,虽然已经过了下午六点,但天色还是很亮。太阳镇守在西边的天空,灼灼地照耀着河面。河边的树木枝繁叶茂,绿色的河面倒映着他们的身影。

风很大。沿着河边的道路上排列着白杨林荫树。它们向着一望无垠的蓝天伸展着枝叶,随风哗哗作响。两个人沉默地走在那段小路上。

提奥忽然站住。重吉也在离他稍远处停下脚步。看着提奥回头的脸，重吉一震。

——文森特？

夕阳下，有那么一瞬间，提奥的脸看起来似乎和文森特重叠了。风呜咽着从耳边掠过。提奥看着重吉的眼睛，张开了干涸的唇。

"阿重……是我杀了哥哥。"

哎？

重吉瞪大了眼。提奥的身体哆哆嗦嗦地颤抖，右手拎着的黑色皮包扑通一声掉在了地上。

"哥哥就是在这里……在这个地方，开枪……射了自己的胸口……那把枪是我的……我完全忘记我把枪放到这只包里去了……哥哥把它从我巴黎的书房带走了……"

提奥颤抖着说完，眼看就要倒下。

"——提奥！"

重吉冲上前去。提奥全身颤抖得令人害怕。重吉一把搂住朋友的身体。

"振作点，提奥！文森特是自杀的，不是你杀的！"

"不，不是……等于就是我杀的……这段时间我的工作不顺利，收入也少了……但是，我还有妻子和孩子……有生病的哥哥……对我来说，哥哥变成了负担。而哥哥也察觉到了。他觉得如果他不在了，我的负担就会减轻……所以就……"

有那么一刹那，提奥的脸上浮现出奇妙的微笑。像是绝望，又像是看破了一切。

"我也去死好了……"

重吉抽了口气。下一秒，他的手已经不由自主地"啪"地挥在提奥的脸颊上。

"蠢货!"重吉用尽全力喊道。

"你死了又怎么样?你以为你说这种话你的哥哥就会高兴吗?"

提奥趴在地上不住地喘息。他的双手抓着泥土,一边呜呜地呻吟着,一边不停地用拳头捶打着大地。一下又一下。很快,他似乎用完了浑身力气,仰天躺倒在地面。

"——哥哥……文森特……"

提奥断断续续地说着。为了听清楚他那仿佛会湮没在风中的声音,重吉集中全部的精神去倾听。

文森特在断气前,两兄弟用母语交谈的最后的对话——

"我赶到的时候……哥哥的意识还很清醒。哥哥他看着我的眼睛,说了'对不起'。"

提奥抓住躺在床上的文森特,拼命地叫着。

——没事的,我会想办法,你绝对不会有事的!

然后,文森特微微地笑了笑,轻声说。

——没事的,想办法……是你的口头禅……

你让我尽情地画画。你说没事的……我越画,你的负担就越重。

但是,我想用画画来回报你。因为我不会其他事。

我一边画,心里就只有一个愿望。

——总有一天,要回巴黎。

回到你身边——

"从圣雷米回巴黎的时候,哥哥和我们一家度过的时间只有短短三天。出发去奥维尔的前一天,哥哥趁我不在的时候进了我的书房,给我写了封信……"

仰天躺倒的提奥坐起身，他抱着膝盖，一边迷茫地眺望着波光粼粼的河面，一边继续说着。

"哥哥打算把信偷偷地藏到包里……然后就发现了手枪。"

那是提奥经常使用的黑色皮包。

文森特打开包，想把写好的信藏进去，却看见包的最底下有什么东西正闪着幽黑的光。

——难道是……

是枪。他拿出来看了看，里面装着一发子弹。

"我太傻了。一直到哥哥跟我说……我才想起来有过这么一回事。我确实曾经把枪放进这只包里。"

那是常备在提奥办公室里用来防身的枪。

两年半前的那个年末，文森特曾经因为和提奥吵架失踪过。百般烦恼的提奥打算如果文森特回来时还是说什么都不听，他就用枪抵着自己的太阳穴假装要自杀。当然，他一点都没有想死。他是觉得如果不这么做，文森特不会有所收敛。

结果，他还没有这么做，文森特就在新年伊始启程去了阿尔勒。

提奥就这样把枪留在了包里，想着要是哪天再吵架，就吓唬吓唬他……然而，在有了新的家庭，身边有各种事要忙以后，他就完全把这件事给忘了。

而这把枪就这么鬼使神差地被文森特发现了。

文森特知道提奥有深深的苦恼。他甚至是抱着某天一了百了的想法在生活。是谁把提奥逼到了这个地步？

——这把枪应该给我。

折磨提奥的人是他自己。而能把提奥从折磨中解放出来的人也是他自己——

文森特出发去奥维尔的时候，向提奥借了"那只包"。提奥完全没有起疑，立刻就借给了他。知道他已经完全忘记了放在里面的枪，文森特略感安心。

七月初，文森特把枪留在身边后，又去见了提奥，把空包还给了他。说不定他发现枪不见之后会责备自己。怀着少年恶作剧般的心情，文森特没有打招呼，就去了提奥工作的地方。

然而，突然造访的文森特却受到了提奥的冷眼对待。而且把包还给他后，他似乎对包里放过的东西毫无兴趣。

文森特的心里仿佛响起了崩塌的声音。

自那天起，文森特满脑子想的都是要把提奥从痛苦中解放。画各国旗帜飘扬的村政府时、画有鸟群飞起的麦田时、趴在地面上画着树根时，他都在不停思考，要怎么做才能让提奥、乔和年幼的文森特幸福。

他很快得出了答案——让自己离开这个世界。这就是他能为唯一的弟弟所做的事。

七月二十七日，星期日，午后九点。射入天窗的阳光渐渐微弱，夜幕潜入狭小的房间。文森特在画布上完成了《树根》后，把调色板和画笔胡乱地扔在了地上。他取出藏在床底下的枪，放进上衣的口袋后出了房门，然后一路朝着奥维尔河走去。

风很大。暗红色的夕阳燃烧在西边的天空。文森特沿着河边白杨林荫树之间的小道往前。然后，他像一个被叫住的孩子一般忽然站定，朝着来时的路转过身。

夕阳正往河面上的天空靠近。太阳西沉，天空渐暗。

文森特从口袋里取出枪。用颤抖的手把枪抵住自己的左胸。他想要扣动扳机，却怎么都做不到——你怎么了？为什么狠不下心？来，如果你有勇气的话，就动手吧。

让提奥——自由。

砰的一声,短而发闷的枪响。与此同时,一阵疾风刷地穿过了白杨树的林荫道。

左胸一阵被灼伤似的剧痛。眨眼间,紫黑色的血就从胸口流出。文森特跟跄着走到河畔。把枪扔进河里后,正想要纵身跳进河里。

但就在那时。

——哥哥。

在风中,他似乎隐隐听到了呼唤他的声音,怀念的声音。

——哥哥,你找到了自己的道路。你乘坐的马车没有动摇。你只要相信并前进就好,我心甘情愿地为你赶车。

去吧,哥哥。这条路,我们一起走——永远。

——提奥……文森特呼唤着弟弟的名字。剧痛的火焰熊熊燃烧,文森特用颤抖的双手摁着正在不停流血的胸口。

——提奥。

提奥……提奥。

提奥……

怎么会这样。我……我再也见不到你了吗?

为什么我都不说一声……就做这种事。

啊,上帝啊。如果可以的话……再让我、再让我……见他一次吧。

见我的弟弟——我的另一半。

再见……一次……就好……

文森特最后的心愿被上帝应允了。

提奥及时赶到。兄弟俩紧紧握着彼此的手,他们的灵魂相通了。

夜半天空，一轮明净的满月升起。月光透过小阁楼里的窗洒进房间。

——哥哥。

以后给你开画展吧，开在大型美术馆里，应该会有许多人从世界各地赶来看你的画。

你的画会漂洋过海，会去很远的地方旅行，一定也会传到日本。

是的——在日本也会介绍你的画，会有无数人被你的画感动。

我们一起迎接这一天吧。

只要和你在一起，什么地方我都去。不管什么时候，不管在哪里，我们都在一起。

约好咯。

提奥在文森特的耳边用荷兰语轻轻地说着。文森特点着头。

——若能这样死去……多好啊……

他咕哝着，深深地、缓缓地吸了口气。这是文森特三十七年的人生中最后一次呼吸。

白杨树林荫道畔，提奥和重吉并排抱着膝。

"我有东西想要给你看。"

重吉说着从口袋里取出一张纸片递给提奥。

"作为纪念分到的这幅画……画布反面的木框里夹着这个。"

接过纸片后，提奥定睛望去。

熟悉的文字——是曾经收到过好几封，好几百封的，文森特的信。

开诚布公地说吧。我们仅仅是通过画就能完成某些对话。

即使这样,提奥,我现在还是要再一次告诉你,我一直都在对你说的话。

你不仅仅是个画商。借由我,你其实也在描绘画的一部分。

所以,无论多么痛苦的时刻,我的画都能保持安定。

一个字又一个字,提奥珍惜地看着来自文森特的最后一封信。

风格独特的文字。精准而美丽的法语。因为有太多话想说,而飞快书写而成的笔迹。

刚才还吹得那么猛的风,在不知不觉间停歇。奥维尔河倒映着夕阳闪耀流淌。

眼看上火车的时间将近,但重吉没有催促提奥。

很快,提奥站起了身——用自己的双脚。

数行泪水自他脸颊滑落。提奥纵声大哭。就好像很久很久以前,他紧紧追在即将离开故乡的哥哥身后时一样。

一八九一年 二月三日 ———

巴黎 第二区 维多利亚街

从半夜起就吹个不停的北风戛然而止，冰冻的夕阳冷冽地挂在西边的天空。

这天，最后一个去林忠正店里拜访的是身裹丧服的乔安娜，和她刚满一岁的儿子文森特·威勒姆。

刚从伦敦出差回来的忠正在听重吉汇报这几天发生的事。本来忠正预定还要在伦敦多待几天，在收到重吉的电报后紧急赶回巴黎。

两个人在忠正的社长办公室里聊着。虽然桌上的银碟子上摆着让街角咖啡馆送来的咖啡，但谁都没有喝，已经凉透了。

敲门声响起，助理朱利安把脸探了进来。

"梵·高夫人来了，但是她没有预约……"

忠正和重吉对视了一眼，两个人站起身，快步走向会客室。

乔没有坐在长椅上，而是站在夕阳照射下的窗边。年幼的文森特依偎在妈妈身边，手中紧紧攥着黑色礼服的裙摆。

"乔！"

先叫出声的是忠正。此前，不论关系再好，他都谦和有礼地称呼她为"梵·高夫人"，这是他第一次喊她的名字。

乔微微挤出一个微笑。眼看着就要哭出来的、无力的微笑。

"这次的事,要怎么说才好……实在太过突然……"

忠正寻找着合适的话语,乔努力地坚强回应。

"是的,今天我就是来……通知我丈夫的事……"

然后,她满眼含泪,声音颤抖地说:

"一月二十五日,我丈夫提奥在他入院的乌德勒支精神病院里……去世了。"

忠正和重吉眼睛眨也不眨地盯着乔。乔抬着脸继续说道:

"虽然我知道自进入今年以来,他的状态一直都欠佳。但是去世前的那一晚,他的情况忽然恶化……我没能赶上……去见他最后一面……"

她费力地说到这里,眼看着五官就要拧成一团。

"……我……我让他……就这么……一个人走了……"

呜……呜呜……她呜咽着哭出声。文森特·威勒姆天真的小脸原本正抬头看着妈妈,也因为乔的哭泣而突然号啕大哭。

"没事的,乔……没事的!来,到这里来。"

忠正温柔地说着,他揽着乔的肩,轻轻地让她坐到长椅上。重吉抱起哭个不停的孩子,紧紧地拥抱他。

——提奥……

重吉在心中呼唤着朋友的名字。仅仅是这样,胸口涌起的伤怀就令他几乎无法呼吸。

提奥——提奥。

你,你……

真的……死了吗?

你留下自己爱的人,留下这个才刚满一岁的孩子。

你去了是你另一半的哥哥身边……出发去了天国里的文森特身边吗?

乔说她没能赶上见提奥最后一面，重吉也一样。

提奥去世后第二天，火速赶往荷兰乌德勒支的乔匆匆给重吉发来讣告。重吉才意识到他再也见不到自己的朋友了。

忠正坐在掩面抽泣的乔身边，静静搂着她的肩，耐心地等着她哭完。

乔哭够以后，开始用力喘气。然后，她说着对不起，用指尖擦拭泪水。

"我一直都没能哭出来……无法相信，我实在是惊呆了……那个人竟然就这么不在了……"

"没关系。"忠正沉稳地说。

"泪水不需要理由。"

乔的眼中又涌出新的泪水。她又哭了好一阵，这一次，她哭出了声。

再怎么哭泣，离开的人都不会回来了。

仅仅半年，乔就连续失去了两个重要的人——重吉也是。

文森特·梵·高，享年三十七岁。

提奥多斯·梵·高，享年三十三岁。

这对兄弟就像纤细缥缈的两条线，因为紧紧缠绕在一起而变得强大，因为对方的存在而互相鼓励，相依为命。

然后，绝不能解开的线头却因为文森特的自杀而突然松开。

提奥拼命去拉那条断开的线。

然后，提奥的死使两个人终于再次缠绕在一起。

乔哭成了泪人，忠正静静地揽着她纤弱的肩安慰着她。从窗口射入房间的夕阳把他们的影子拉得很长很长。

——悲伤、痛苦还有烦闷，一切都流入泪海就好。

看着两人的身影，重吉也又一次地哭泣。

哭累了的小文森特，不知何时已在重吉的怀中呼呼大睡。

但愿不要吵到他的睡眠——不要让这幼小的孩子从梦中醒来。

重吉久久地把文森特抱在自己温暖的怀中，仿佛正在拥抱"明天"。

一八九一年 五月中旬
巴黎 第九区 皮加勒街

初夏的风吹拂着大路两旁的菩提树。白天一天长过一天,咖啡馆的露天席位上,冲着初夏良辰而去的人们正尽情地享乐。

一辆双头马车停在皮加勒街的公寓前。重吉和忠正相继下了车。重吉的腋下夹着一只用细长油纸包好的包裹。两人沿着公寓的螺旋楼梯上到四楼后,敲响了涂着黑漆的大门。

门开了,露出了乔的脸,她正抱着文森特·威勒姆。

"欢迎光临,林阁下、阿重阁下。我正在等你们。"

忠正在乔的手背上轻轻一吻。

"你好,乔。谢谢你邀请我们来。"

然后,他又轻轻蹭了蹭孩子的脸颊。

"嘿,长大了呢。和你爸爸一样有双善良的眼睛。"

乔莞尔一笑。

"请进。因为已经准备好搬家,房间里很煞风景。"

两人走进客厅。虽然长椅和餐桌还在,但却空荡荡的。墙上曾经挂满的文森特的画也一幅都没有留下。

"已经完全收拾好了呢。"重吉张望后说,"都是你一个人收拾的?"

"住在附近的哥哥嫂嫂来帮过忙……不过文森特的画都是我包好的。"

乔露出羞涩的微笑后回答。然后她解释说，因为她在提奥生前曾经帮提奥打开和包好文森特的画，所以已经掌握了要领。

距离提奥离世已经过了三个月。

当初，乔抱着才刚满一岁的幼子，为将来不知如何是好而束手无策，但她已经在一点一点、真的是一点一点地开始往前走。

孑然一身的她受到了兄嫂、曾经受过提奥支援并尊敬提奥的画家们，以及忠正和重吉的支持。

提奥在最爱的兄长离世后不到半年，也紧跟着文森特撒手而去。

虽然最主要的原因是因为他原本就有的慢性肾炎恶化了，但到深秋时他的抑郁症也开始严重，已经无法再继续工作。无奈之下，乔强忍难舍之情，把丈夫送去了位于荷兰乌德勒支的精神病院，想让他在相熟的人身边专注治疗。但是，他的病况一直不见好转，于自己的儿子即将迎来一周岁生日前，在没有家人的看护中停止了呼吸。

去年夏天，回到日本的忠正一会儿帮忙才成立没多久的"明治美术会"——介绍、展示国内外最新西洋美术的团体，一会儿收集要在独立没多久的"林商会"里销售的美术品，在几乎没有喘息时间的忙碌中收到了重吉发来的、文森特离世的电报。然后，当他在深秋回到巴黎时，又听说提奥住进了乌德勒支的医院，脸上的严峻怎么都无法掩饰。

忠正很快就和重吉一起去了瓦兹河畔奥维尔给文森特扫墓。听说葬礼时没有响起丧钟后,愤慨的他在正午准时赶到墓前,在宣告午时的教堂钟声响起时,深深低下了头。钟声过后,他还是久久没能抬起头。重吉知道,他正在和文森特的灵魂对话。

然后,忠正又给住院中的提奥写了好几封信。流利而简短的信——为了不加重他的负担,也为了能让他转换心情,他频繁随信附上刊登有浮世绘的杂志以及含有插画的书。但结果,提奥的回应却没能传达给忠正。

忠正虽然一直守护着文森特和提奥这对举世罕见的兄弟,却没能赶上他们人生落下帷幕的瞬间。

关于这些,忠正没有对任何人说过什么。他只是淡然地,一如既往地做着该做的事,继续着工作。

另一方面,重吉心里忽然被挖开的口子总是无从填补。尽管如此,他还是毫不松懈地继续工作,因为忠正也是这么做的。

"林商会"迎来了重要的局面。去年春天,竞争对手宾格在国家高等美术学院成功举办了浮世绘展,一时间成为当时的风云人物。与此同时,浮世绘的人气也终于爆炸。为了不错过这一商机,忠正和重吉东奔西走。

而在这期间,忠正鼓励孑然一身的乔,并建议她继承所有文森特的作品。他还断言梵·高家的所有人——哪怕是他母亲都不会理解文森特作品的价值。

——能够理解、接管文森特的画的人只有提奥一个。而现在,理解、继承他的作品就是乔你一个人的责任了。

乔很快就行动了。她鼓起勇气向梵·高家提出把文森特的画交给自己。然后,她宣布自己继承的不仅是文森特的作品,也继承了提奥的斗志。

梵·高家的人都很可怜孩子尚年幼就成为寡妇的乔,也因为事实上他们没能理解文森特作品的价值,就同意了由乔继承文森特的作品。

乔收下了数不完的画。每一幅画上,都用标签注明了标题、创作年份以及创作地点。这些工作都是亡夫做的。

虽然印象派画家终于在巴黎画坛获得了认可,但这却和乔毫无关系。她不开画展,也没有画廊帮忙打理,她找不到地方卖画。继续留在巴黎已经没有意义,她打算回到祖国。

——我想回荷兰。

春天到来之际,乔请忠正出主意。问他这个选择正确吗。

忠正没有立刻点头。过了一会儿,他笔直地凝视乔的眼睛,坚定地说:请去试一试。

——首先请努力让他的祖国认可他。然后,请回来这座城市……回巴黎。

虽然不是现在。但总有一天,文森特的画一定会被这座城市……不,被全世界认可,这一天一定会来。

我和阿重都会一边在这座城市里战斗,一边等着这一天。

"实际上,今天我有东西想交给你……已经带来了。"

重吉在空荡荡的、已经做好搬家准备的客厅里对乔说。

"咦,是什么?"乔一边哄着文森特·威勒姆一边回应。

重吉把腋下夹着的包裹放在餐桌上,仔细地把油纸拆开。里面出现的是那幅《树根》。

"文森特告别仪式那天……提奥把留在他房间里的这幅作品给了我,说当成纪念……不过,这似乎是文森特的遗作。我不能拿这么重要的作品。"

乔眼神湿润地望向画布。过了一会儿，她非常低声地说：

"不，能否还请你把它……带回日本？"

重吉困惑地看向忠正，忠正也正盯着画布看。

"……不是现在。"

他清晰地说了这么一句。

"现在的日本，才刚刚接触到西洋画的有趣。但所谓的西洋画，是画坛巨匠们画的，古典画教科书那样的画。要理解文森特这样全然一新的画还需要一段时间。"

不去自己发现价值，而是承认他人已经认可的价值，这就是日本人的特性。所以，不管是法国、英国还是美国，在日本以外的国家被认可的艺术，他们都会欢迎。

"或许你会问我怎么知道。但是，我就是清楚。因为……浮世绘就是这样。"

忠正用早已看透的表情静静地说着。

"就在不久之前，浮世绘对日本人来说还只是用来包茶碗的纸。但一旦知道浮世绘在巴黎被认可后，他们就开始责备我——说我把日本贵重的美术品卖到海外，说我是……'卖国贼'。"

乔的嘴角僵硬了。忠正扑哧一笑，又说："虽然他们这么叫我，不过没关系。"

"因为日本的美术给新的艺术家们……给文森特·梵·高带去了光明——我为此感到骄傲。"

乔抱着幼小的儿子，默默地看着《树根》。在她的眼角，有一行泪正在滑落。

小文森特用枫叶似的小手摸着母亲湿润的脸颊，仿佛在说——不要哭。

西边的天空被染成了蔷薇色,夕阳悄无声息地落向街头的彼端。

在拜访乔后回去的路上,忠正说了句"稍微走走吧",就和重吉一起在法兰西喜剧院下了马车。

站在剧院前的五岔路口,可以一览西北方向的加尼叶歌剧院和东南方向的卢浮宫。

宏伟的卢浮宫里,展示着拿破仑一世从世界各地收集而来的诸多美术品。花一整天也看不完,怎么看都不会腻。

重吉刚到巴黎的时候,因为忠正叫他去卢浮宫学习,他曾经在卢浮宫里待过无数小时。起初他只会怔怔地仰望大画廊里天画板上的画,但渐渐地他开始沉迷于一件又一件展示品。他像是永远地、彻底地迷失在了美之森林,追逐着各种收藏品。

无论是哪个画家,在这里首先就是惊愕。在渐渐习惯后,就会开始梦想。梦想着有一天自己的作品也能挂在这座美术馆的墙上。

谁都明白这是多么困难的事。但是,不梦想有这一天的画家,就不是画家。

两人走过卢浮宫前的广场,穿过拱廊后,顿觉豁然开朗,塞纳河出现在了眼前。

无数马车忙碌地穿梭在卡鲁索桥上。河那端的左岸林立着公寓楼,在最尽头可以看见埃菲尔铁塔正矗立在被夕阳映照的天空下。

"……真是不可思议。"

站在大约是桥的正中,望着埃菲尔铁塔的身影悄然发现在迟暮的天空中,重吉自言自语道。

"那座塔刚建成时,市民们纷纷咒骂说钢筋太丑,玷污了风景,但如今,我已经回忆不起来没有那座塔时的风景了。"

"就是这样的,巴黎这座城市。"

忠正回答。

"当出现从未见过的事物时,首先是感到困惑,于是就各种抱怨。但渐渐就接受了。"

浮世绘也好,印象派也好,都是这样。

一定会有那么一天……文森特·梵·高也变成那样吧。还有,林忠正也是。

重吉在心中祈祷。

如果能那样就好了,一定会有那么一天的。

夕阳的光辉渐渐洒向河的那一头。遥远的天空中,启明星开始闪耀。

两人伫立在桥上的身影渐渐消失在暮色中。塞纳河滔滔地、永不停歇地在那座桥下流淌。

主要参考文献

《提奥·另一个梵高》玛丽·安琪莉可·奥泽恩／弗莱德里克·德·乔迪 著 伊势英子／伊势京子 译 平凡社 二〇〇七年

《小林秀雄全作品·第二十集·梵高的信》小林秀雄 新潮社 二〇〇四年

《梵高的信·上·致伯纳德》埃米尔·伯纳德 编 硲伊之助 译 岩波文库 一九五五年

《梵高的信·中·致提奥多尔》J·V·梵高－沃格尔 编 硲伊之助 译 岩波文库 一九六一年

《梵高的信·下·致提奥多尔》J·V·梵高－沃格尔 编 硲伊之助 译 岩波文库 一九七〇年

《梵高的信·画·和灵魂日记》H·阿娜·苏 编 千足伸行 监译 冨田 章／藤岛美菜 译 西村书店 二〇一二年

《梵高——寄梦日本的艺术家》圀府寺 司 角川文库 二〇一〇年

《"梵高之梦"美术馆——后印象派的时代与日本》圀府寺 司 小学馆 二〇一三年

《梵高深爱的浮世绘·美丽的日本梦》NHK 采访组 日本放送出版协会 一九八八年

《生命的渴望》欧文·斯通新庄哲夫 译 中公文库 一九九〇年

《两个梵高·梵高与贤治37年的心之轨迹》伊势英子 新潮社 二〇〇五年

《画商·林忠正》定塚武敏 北日本出版社 一九七二年

《漂洋过海的浮世绘·林·忠正的生涯》探讨林忠正实行委员会编 BRUCKE出版社 二〇〇七年

《太阳升起时》木木康子 筑摩书房 一九四八年

《日本主义·幻想的日本》马渕明子 天门出版社 一九九二年

《日本主义入门》日本主义学会 编 思文阁出版社 二〇〇〇年

《从日本主义到新艺术》由水常雄 中公文库 一九九四年

《巴黎时间旅行》鹿岛 茂 中公文库 一九九九年

《巴黎五段活用 漫步在时间迷宫之都市》鹿岛 茂 中公文库 二〇〇三年

《文艺巴黎指南》鹿岛茂 NHK出版 二〇〇四年

《新版我想买马车！》鹿岛 茂 白水社 二〇〇九年

《日本人在巴黎》鹿岛 茂 新潮选书 二〇〇九年

《复原失落的巴黎·漫步在巴尔扎克时代的街头》鹿岛 茂 新潮社 二〇一七年

《山中商会·把东洋至宝卖给欧美的美术商》朽木百合子 新潮社 二〇一一年

《对日本人而言·美为何物》高阶秀树 筑摩书房 二〇一五年

《修订·对日本美术的认识·当东遇上西》高阶秀树 岩波现代文库 二〇〇九年

《绘画的黄昏·爱德华·马奈逝后的斗争》稻贺繁美 名古屋大学出版会 一九九七年

《看懂西洋名画的方法5 印象派》杰姆斯·H·鲁宾 神原正

明监修 内藤宪吾 译 创元社 二〇一六年

《巴黎和诺曼底·印象派环游指南》小野·阿姆斯登·道子／迈克尔·B·多哈特 媒体工场 二〇一二年

《法国绘画与浮世绘——横跨东西文化的桥梁 林忠正之眼力展》图录 高冈市美术馆／福山美术馆／茨城县近代美术馆 一九九六年——一九九七年

《克勒勒米勒博物馆所藏·梵高展》图录 木岛俊介监修文化村博物馆／福冈市美术馆 一九九九年－二〇〇〇年

《超越印象派·运用点画法的画家们·从梵高、修拉到蒙德里安》图录 国立新美术馆／广岛县立美术馆／爱知县美术馆 二〇一三年——二〇一四年

《法国印象派的陶瓷器·1866-1886日本主义的成熟》图录 罗兰·达尔维斯监修 滋贺县立陶艺之森／山口县立萩美术馆·浦上纪念馆、冈山县立美术馆／松下汐留博物馆／岐阜县现代陶艺美术馆 二〇一三年－二〇一四年

《大浮世绘展》图录 江户东京博物馆／名古屋市博物馆／山口县立美术馆 二〇一四年

《梦想的法国绘画·从印象派到巴黎画派》图录 千足伸行监修 兵库县立美术馆／文化村博物馆／北海道立近代美术馆／宇都宫美术馆 二〇一四年－二〇一五年

《常设展·高冈物语》图录 高冈市立博物馆 二〇〇八年

《艺术新潮特集·更美好的日本主义》新潮社 二〇一四年七月号

Vincent van Gogh à Auvers, WouterVan der Veen/Peter Knapp, Chêne, 2009

Le grand atlas de Van Gogh, Nienke Denekamp /René Van Blerk,

Rubinstein / Van Gogh Museum, 2015

Japonisme and the Rise of the Modern Art Movement: The Arts of the Meiji Period, Gregory Irvine, Thames & Hudson, 2013

La collection d'estampesjaponaises de Claude Monet, Geneviève Aitken / Marianne Delafond, Fondation Claude Monet-Givemy, 2003

协助（敬称略）

马渊明子

圀府寺司

牧口千夏

GenevièveLacambre

Hans Ito

梵高中心 Espace Van Gogh（阿尔勒）

圣保罗莫索尔修道院（圣雷米普罗旺斯）

拉乌客栈（瓦兹河畔奥维尔）

梵高美术馆（阿姆斯特丹）

高冈市美术馆（富山）

巴黎市

Acknowledgements

Akiko Mabuchi Diector General, The National Museum of Western Art, Tokyo

Tsukasa Kohdera Professor, Osaka University, Osaka

Chinatsu Makiguchi Associate Curator, The National Museum of Modern Art, Tokyo

GenevièveLacambre, Paris

Hans Ito, Paris

Espace Van Gogh, Arles

Saint-Paul de Mausole, Saint-rémy de provence

Auberge Ravoux, Auvers-sur-Oise

Van Gogh Museum, Amsterdam

Takaoka Art museum, Takaoka, Toyama

Mairie de Paris

本作品是基于史实的小说。

虚构人物没有原型。

文森特的信里的文字引用自《小林秀雄全作品·第二十集 梵高的信》小林秀雄著（新潮社刊）。

原文刊登于

《纸莎草》二〇一四年十二月号—二〇一六年八月号

《小说幻冬》二〇一六年十一月号—二〇一七年九月号

※ 本书文字与上记有所修改

"TAYUTAEDOMO SHIZUMAZU" by Maha Harada
Copyright © 2017 Maha Harada
All rights reserved.
Original Japanese edition published by Gentosha Inc.
This Simplified Chinese Language Edition is published by arrangement with Gentosha Inc. through East West Culture & Media Co., Ltd., Tokyo.
Simplified Chinese edition copyright: 2020 New Star Press Co., Ltd.
All rights reserved.

著作版权合同登记号：01-2018-8182

图书在版编目（CIP）数据

浪击而不沉 /（日）原田舞叶著；星野空译．—— 北京：新星出版社，2020.11
ISBN 978-7-5133-4123-3

Ⅰ．①浪… Ⅱ．①原… ②星… Ⅲ．①长篇小说－日本－现代 Ⅳ．① I313.45
中国版本图书馆 CIP 数据核字（2020）第 153349 号

午夜文库
谢刚 主持

浪击而不沉

[日] 原田舞叶 著；星野空 译

责任编辑：曹晓雅
责任校对：刘　义
责任印制：李珊珊
装帧设计：人马艺术设计·储平

出版发行：新星出版社
出　版　人：马汝军
社　　址：北京市西城区车公庄大街丙3号楼　100044
网　　址：www.newstarpress.com
电　　话：010-88310888
传　　真：010-65270449
法律顾问：北京市岳成律师事务所

读者服务：010-88310800　service@newstarpress.com
邮购地址：北京市西城区车公庄大街丙3号楼　100044

印　　刷：北京美图印务有限公司
开　　本：910mm×1230mm　1/32
印　　张：9.5
字　　数：228千字
版　　次：2020年11月第一版　2020年11月第一次印刷
书　　号：ISBN 978-7-5133-4123-3
定　　价：52.00元

版权专有，侵权必究。如有质量问题，请与印刷厂联系调换。